Susanne
LAUER

SIGINA

Heimkehr der KELTEN an die SIEG

Roman

Von der Autorin sind bei BOD bereits folgende Titel erschienen:

Generation Smartphone in der Pubertät, Band I u. II (2022), *Goodbye NRW-Moin Schleswig Holstein* (2023), *Haben Sie auch Seniorenteller?* (2024), *Ferne Zeit Dichter Raum* (2024).

Susanne Lauer hat Englisch, Pädagogik, DaZ DaF und Italianistik studiert, zwei kaufmännische Ausbildungen absolviert und war mehr als drei Jahrzehnte lang in Verwaltung, Marketing und Vertrieb, auch in Führungspositionen, in Deutschland und in Italien tätig.

Sitzt die Autorin nicht an ihrem Schreibtisch, wandert sie, begleitet Wasserläufe von der Quelle bis zur Mündung. Susanne Lauer lebt in Bonn.

Für sie.

Die Unvergleichliche!

2. überarbeitete Auflage 2025
© 2025 Susanne Lauer
Verlag: BoD · Books on Demand GmbH, Überseering 33,
22297 Hamburg, bod@bod.de
Druck: Libri Plureos GmbH, Friedensallee 273,
22763 Hamburg
Einbandgestaltung: Susanne Lauer, Bonn
Foto Cover: ® S.Lauer
Frames: Vektoren keltischer Rahmen (freepik.com)
Foto S. 3 ® S.Lauer (Bildaufbereitung Bleistift)
AO Merten (Eitorf) 20.03.2025
Coverdesign: Picura GmbH, Münsterstraße 18, 53111 Bonn
(www.picura.de)
Gesetzt aus der Book Antiqua (Cover/S.1: Celtic Letters)
Lektorat: Susanne Lauer, Bonn
Alle Rechte vorbehalten.

ISBN: 978-3-8192-7952-2

Verzeichnet und abrufbar in der Deutschen
Nationalbibliothek http://dnb.d-nb.de

TEIL I

TEIL II

TEIL I

1.   Avon

Er legt seinen Kopf weit nach hinten, schleudert ihn dann kräftig nach vorne und sofort wieder zurück. So wie ein nasser Hund nach einem Regenspaziergang, um das Fell von Wasser zu befreien. Die Zentrifugalkraft, die durch seine Kopfbewegung entsteht, katapultiert die Wassermoleküle in die Erdatmosphäre. Die kleinen Atome reisen auf ihrer Flugbahn, glitzernd und fröhlich spritzend, unmittelbar an seinem Gesicht vorbei.

Als er seinen Kopf hebt, sieht er, dass sie wieder da ist.

Ihre drahtige Silhouette wirft einen schmächtigen Schatten auf die Brombeersträucher am gegenüberliegenden Flussufer. Sie aber senkt ihren Blick sofort nach unten auf den vermatschten Trampelpfad. Sie wird es auch spüren, dass er wieder da ist, um sie zu beobachten.

Es wird mittlerweile ein gutes Jahr her sein, dass die beiden sich hier am Fluss zum ersten Mal begegneten. Er rudert, sie läuft. Sie haben noch nie ein Wort miteinander gesprochen. Bereits bei ihrer allerersten Begegnung am Fluss wird er instinktiv gespürt haben, dass sie ihn als Störenfried empfinden muss, als einen lästigen Fremdkörper in ihrer Natur. Sie möchte ihn schnell abschütteln, einfach nur loswerden, diesen unerwünschten Störer ihrer Abgeschiedenheit. Ihr Verhalten wirkte auf ihn von Anfang an alles andere als gewöhnlich. Oft flieht sie bei seinem Anblick wie ein plötzlich von einem Fressfeind in der Muße aufgescheuchtes Reh verschreckt davon. Das stets so lautlos, wie sie aufgetaucht ist. Sobald er sich die Augen reibt und sie dann wieder öffnet, ist sie spurlos verschwunden, so wie eine Fata Morgana.

Es wird noch gut einen Monat dauern, bis die Zugvögel zurückkehren, um den Frühling hier im Naturschutzgebiet einzuläuten. Er liebt die kalten Temperaturen, die frische Luft und die Morgenstille.

Für ihn gibt es kein unwirtliches Wetter. Die Wassertemperatur beträgt vier Komma acht Grad. Sie checkt er vorm Rudern immer geflissentlich in seiner App. Bei einer solchen Wassertemperatur sollte man allerdings nur für wenige Minuten ins Wasser gehen. Selbst für abgehärtete und trainierte Personen kann die Kälte schnell gefährlich werden. Aber er geht ja nicht ins Wasser. Jedenfalls nie willentlich. Es sei denn, sein Boot kippt an einer Schnelle um. So wie heute. Er ist nicht der Typ, der in einem Neoprenanzug unbeweglich im Boot sitzt.

Auf der einhundert-fünf-und-fünfzig Kilometer langen Flussreise gibt es sehr viele Stromschnellen. Gut kennt er ihn, seinen Fluss. Ihren Fluss. Der rund dreißig Kilometer entfernte Wasserfall in *Schladern*, der zwischen 1857 und 1858 im Zuge des Eisenbahnbaus entstand, ist mit seinem Einer nicht passierbar. Dort ist er gern bei Hochwasser. Dann bietet sich dem Besucher ein wahres Naturschauspiel, denn der Wasserfall ergießt sich auf einer Breite über vierundachtzig Metern in mehreren Stufen über vier Meter hinab.

Er zieht sein Boot ans rechte Ufer. Er hat genug für heute. Hinter seinem Rücken erhebt sich das gelbe Johannistürmchen der Abtei Michaelsberg. Oberhalb der ehemaligen Wehrmauer schwebt es vierzig Meter über der Stadt so wie ein mahnender Zeigefinger, auf dem ein metallener Fingerhut sitzt. Er kann es kaum glauben, dass da zu Anfang des neunzehnten Jahrhunderts zweihundert «heilbare Irre» untergebracht gewesen sein sollen. Er holt seinen SUV von dem Parkplatz in *Meindorf*, hievt das vierzehn Kilogramm schwere Boot geübt auf das Autodach, steigt ein, lässt den Motor an und fährt los.

Sollte es reiner Zufall sein, dass sie sich hier am Fluss seit mehr als einem Jahr immer wieder begegnen?

Dass ihrer beider Leben aufeinandertreffen, ohne sich zu berühren?

Wer ist sie wirklich?

Fragen, auf die sie ihm scheinbar keine Antworten geben möchte. Er ist fasziniert. Von ihrer Art und ihrem untypischen Gebaren. Er scheint, gefangen in ihrem Bann, auf Grund gelaufen zu sein.

Er hofft, dass sich die Bänder ihrer beider Leben irgendwann berühren werden, dass sie aus ihnen eine gemeinsame Schleife binden. Keinen festen Knoten, der einem die Luft zum Atmen nimmt, sondern eine leicht lösbare Verbindung aus Schlaufen, die zusammengehören und sich dennoch frei bewegen.

So wie auch ihr Fluss seine ganz eigenen Schleifen bindet, durch die er mal schnell, mal langsam mäandert, genauso wie es ihm seine eigene Natur vorgibt.

2.   S

Wie seicht und klar das Wasser ist, in dem sie badet. Die bunten Kieselsteine auf dem Grund des Flusses sind mit dem bloßen Auge deutlich erkennbar. In ihren anmutigen Bewegungen wirkt sie ausgelassen, beinahe so wie ein Kind. Welch' Privileg, sie beide beobachten zu dürfen: den Fluss, und auch sie.

Am heutigen Sonntagmorgen ist der kleine Fähranleger in *Troisdorf-Bergheim* unser Schauplatz

Achtung! Die Badende dreht sich plötzlich um, sodass er sich schnell hinter *Sieglinde* verschanzen muss. Schon seit einigen Jahren fristet die alte Dame ihr Rentnerdasein am rechten Flussufer, auf der kleinen Wiese vor dem Ausflugslokal *Zur Siegfähre*. Die grüne Stählerne, die ihrem Fährmann hier am Fluss stets treu ergeben, ganze siebenundfünfzig Jahre lang, so geflissentlich ihren Dienst verrichtete. Auf ihre alten Tage macht sich *Sieglinde* nun als dekorativer Pflanzenkübel nützlich, kultiviert gemeinsam mit den Besuchern dieses idyllischen Ortes liebevoll die Erinnerung an längst verschwundene Tage.

Das Ausflugslokal bleibt noch bis zum ersten April geschlossen. Das Januar-Hochwasser setzt ihm zu. Der Speiseraum ist der Menschen beraubt, das Inventar irgendwo zwischengelagert.

Wenigstens zweimal im Jahr flutet sie. Auch hier. Dann stehen die Flussauen und das Ausflugslokal komplett unter Wasser. Die Gastwirte kennen ihr Spiel. Nur sehr ungern spielen sie mit ihr mit, denn sie ist es, die die Regeln festlegt. Sie selbst betrachtet ihr Verhalten als völlig natürlich. Sie hat schon immer den Weg des geringsten Widerstandes gesucht und gefunden. Für die Menschen ist das Leben mit *ihr* ein ständiges Hoffen und Bangen, für die Gastronomen ein nervenaufreibendes Kräftemessen.

Neckisch beobachtet unser Fluss, ganz entspannt aus der Horizontalen, wie menschliche Räume nach dem Frühjahr, dank ihres ungestümen Wesens, Jahr für Jahr immer wieder aufs Neue renoviert werden müssen. Sie beobachtet von ihrem Flussbett aus, wie die Handwerker nach getaner Arbeit zuversichtlich auf das

Holz der Tische im Restaurant klopfen. Sie können jetzt in die neue Saison starten. Die Menschen können nicht sehen, dass sie bereits gleich hinter der nächsten Schleife ihre Flussfinger kreuzt. Sie ist nun mal ein wildes und freies Wesen! Sie will sich nicht gängeln lassen. Wie alle Bergflüsse, ist auch sie unbändig und wild. Sie spottet der Menschen, sie kennt keine Angst und sie wird immer ihren Weg finden. Bereits seit dem achten Jahrhundert malträtiert sie der Mensch, greift in ihr genuines, unschuldiges Wesen ein, verändert ihren natürlichen Lauf mit Gewalt, beschmutzt, verschmutzt, vergiftet sie. Einige Male hat er sie schon fast getötet und immer wieder aufs Neue ausgebeutet. Der Mensch versucht es immer wieder, sie, die Unbändige, für seine Zwecke gefügig zu machen. Doch sie lässt sie nicht verbiegen. Sie ist die Natur! Sie war schon lange vor euch allen da und sie wird auch noch da sein, wenn ihr es einmal nicht mehr sein solltet.

Nicht weit von hier verliert sich die Tochter der Berge, links im Strome des Rheins, nach ihrer langen, turbulenten Reise, die auf sechshundert-drei Metern im Gebirge ihren stürmischen Anfang nahm.

Dann wird sie gemeinsam mit ihrem großen Bruder in Richtung Nordsee weiter stromern.

Sei gewiss, wenn man sie nur respektiert, dann ist sie doch gern eure anmutige Naturschönheit, der Magnet für Ausflügler und Badegäste, die glitzernde Goldgrube für die am Ufer angesiedelten Gastronomen.

Er, der in seinem Versteck hinter *Sieglinde* noch ausharrt, möchte sie nicht verscheuchen, möchte nur beobachten dürfen. Ihre natürliche Eigenart. Ihr ungewöhnliches Tun. Ihr totales Versinken in idyllische Ungestörtheit. *Bloß nicht bewegen und kein Geräusch machen!*, ermahnt er sich selbst. Nach dem Sonnenaufgang hüllen sich die gefiederten Freunde bereits wieder in Schweigen, sie haben ihre zwitschernde Sonntagsmesse für beendet erklärt. 240 verschiedene Vogelarten leben hier im Naturschutzgebiet, darunter auch einige sehr seltene, zugewanderte.

Auch er ist irgendwie in ihr Leben *zugewandert*.

Die anmutig im Fluss Badende ist vollständig bekleidet. Sie trägt Schwarz, eine Jeans, ein langärmliges Shirt und einen Kapuzenpullover.

Sie taucht. Dafür ist es doch noch viel zu kalt! Kommt zurück an die Wasseroberfläche, balanciert ein paar Kieselsteine auf ihrer Handoberfläche. Sie klemmt sich einen der Steine zwischen zwei Finger ihrer rechten Hand und lässt ihn gekonnt über die flache Wasseroberfläche flitschen. Ihn, der beobachtet, überkommt ein wenig Neid. Wie gern würde er das auch können! Seine Söhne verzweifeln seit Jahren an ihm, so wie er Steine hüpfen lässt, ist mit ihm überhaupt kein Blumentopf zu gewinnen.* Jetzt steht sie im Wasser. An dieser Stelle kann jedes Kind stehen. Der Fluss ist höchstens eine Handbreit hoch. Wie alt mag sie sein? Schwer zu schätzen! Sie ist nicht mehr jung, aber auch noch nicht alt.

———— *Der Weltrekord im Steineflitschen liegt bei 122 Metern.

Sie liegt auf dem Rücken, lässt sich mit der starken Strömung flussabwärts treiben. Er muss nun geduldig hinter *Sieglinde* warten. Er kann ja schlecht einfach aus seinem Versteck hervorspringen, um am rechten Flussufer neben ihr herzulaufen.

In der Ferne verlässt sie seitlich das Wasser. Sie spaziert auf dem Kiesbett am linken Ufer zum Anleger zurück.

«Was machen Sie da?!»

Er ist hinter *Sieglinde* tief versunken, auch in seinen Gedanken und Beobachtungen, sodass er überhaupt nicht bemerkt, dass sich jemand von hinten nähert.

Es ist der Fährmann. Warum schon so früh? Sonntags beginnt er seinen Dienst normalerweise um neun Uhr morgens, aber eigentlich nie unabhängig vom laufenden Saisonbetrieb des Ausflugslokals.

Seit 1777 ist die Gierfähre genau an dieser Stelle. Im 18. und 19. Jahrhundert wurde sie von Fischern der Fischereibruderschaft betrieben.

Sie ist eine der letzten Einmannfähren Deutschlands. Bedauerlich, dass Matthias Mertens kürzlich verstorben ist. Über vierzig Jahre lang war er der Fährmann, der früher auch die Handwerker ans andere Flussufer brachte und das von halb sechs morgens bis abends um halb elf.

Während er, der beobachtet, über die Historie der Fähre sinniert und sich innerlich ein wenig über den morgendlichen Störenfried ärgert, sieht er, wie sie plötzlich abrupt ihren Kopf hebt, sich aufgeschreckt nach allen Seiten umschaut. Ihr irritierter Blick streift den seinen nur für den Bruchteil einer Sekunde. Dann verlässt sie umgehend diesen idyllischen Ort und verschwindet in den Auen am linken Ufer.

Na, super!, denkt er.

«Nichts!» ruft er dem Fährmann zu und lässt <Sieglinde> wieder allein.

3.   E

Er lässt seinen Einer zu Wasser. Heute kurz nach der Furt in *Meindorf*. Der Abschnitt davor, ab der Kreisstadt flussabwärts, reizt ihn weniger zum Rudern. Wegen der Buhnen, der künstlich aufgeschütteten Dämme aus Gründen des Ufer- und Hochwasserschutzes. Sie erhöhen durch die Vertiefung der Fahrrillen die Fließgeschwindigkeit des Gewässers, was das Rudern jedes Mal zum Abenteuer macht. Sie verengen aber auch das Flussbett als solches. Dann wird ein Durchkommen schwieriger. Die Autobahnen 560 und 59 flankieren die Wasserader. Auch die dichte Bebauung in den angrenzenden Ortsteilen missfällt ihm, während das Quellgebiet in den Bergen und die obere Sieg, auch wegen der geringen Bevölkerung, paradiesisch sind. Am Unterlauf bevorzugt er die heutige Etappe, von *Meindorf* bis zur Mündung in *Niederkassel-Mondorf*. Sechs Kilometer flussabwärts ist ein Kinderspiel bei dieser starken Strömung.

Flussaufwärts braucht er dann schon ein- bis anderthalb Stunden. Der Widerstand der Tochter der Berge sollte nicht unterschätzt werden. Dem kann man dann nur eigene Muskelkraft, viel Erfahrung und eine große Ausdauer entgegensetzen.

Konzentriert schaut er sich um. Er hofft, dass sie wie immer irgendwo rechts oder links in der Uferböschung auftauchen wird.

Zweimal rudert er flussabwärts. Zweimal kämpft er sich flussaufwärts wieder zurück. Trotz der Kälte schwitzt er.

Dann beendet er seine Tour. Der sportliche Genuss wird heute von der Erkenntnis, dass er sie zum allerersten Mal in einem ganzen Jahr nirgendwo in den Flussauen entdecken kann, ein wenig getrübt. Sein so lieb gewonnenes Ritual bekommt einen kleinen schmerzenden Riss.

Vielleicht ist sie krank? Vielleicht ist heute ihr Geburtstag und sie hat etwas anderes vor? Vielleicht hat sie einfach damit aufgehört, ihren Fluss aufzusuchen.

Vielleicht, vielleicht, vielleicht.

Er hofft, ihr ist nichts geschehen. Er packt seine Sachen zusammen und wünscht sich, dass am nächsten Wochenende zwischen ihnen wieder alles beim Alten sein wird.

4.   C

Mechanisch schnürt er seine Nikes ein wenig fester. Es muss ewig her sein, dass er wandern war. Es lässt ihm keine Ruhe. *Sie* lässt ihm keine Ruhe. Ihr Fehlen. Er wird sie suchen. Und hoffentlich finden.

Wie immer parkt er neben dem Sportplatz in *Meindorf.* In der Straße Am Weiher. Von da aus marschiert er am rechten Ufer flussaufwärts. Er wandert nicht so stramm wie sie. Sie eilt wie die Zeit. Er schätzt, dass sie sechs oder sieben Kilometer in einer Stunde zurücklegt. Er hingegen drosselt sein Tempo. Sein Adlerblick schwenkt vom rechten Flussufer zum linken und wieder zurück. Nichts. Gut, dass es noch Winter ist. So kann er auf Sicht suchen. Ab dem späten Frühjahr säumen gigantische lilafarbene Flussorchideen das Ufer. Sie sind auch aus der Ferne riechbar. Das Laufen entlang des Stromes ist ein einziger olfaktorischer Rausch, der Wanderer durchschreitet den intensiven und sinnlich betörenden Pflanzenduft.

In der Ferne bohrt sich die weiße Kirchturmspitze *Sieglars* in den Horizont. Er passiert die Autobahn 59, läuft unter ihr hindurch und unterquert die alte Eisenbahnbrücke. Die Melan-Bogen-Brücke, ein bedeutendes Denkmal deutscher Ingenieurbaukunst aus den Jahren 1928/29. Ihr Name geht auf ihren Erfinder zurück. Sie soll dem Hochwasserschutz dienen und eine steife Bewehrung aufweisen. Man hatte sie bis zum Jahr 2020 abreißen und durch einen Neubau ersetzen wollen. Inzwischen schreiben wir das Jahr 2025 und die Eisenbahnbrücke trotzt allen theoretischen Verheißungen. Laut Internetrecherche rechnet man nicht vor 2028 mit dem Bau einer neuen Brücke. Der ganze Spaß soll dann neun Millionen Euro kosten.

Auf der Landstraße, in Höhe des Ortsteiles *Friedrich-Wilhelms-Hütte* wechselt er die Uferseite. Der Fluss misst an dieser Stelle eine Breite von fünfzig Metern. Er begleitet ihn. Er ist seit gut einer Stunde unterwegs und müsste in etwa fünf Kilometer zurückgelegt haben.

Er wird weiter laufen, bis er sie schließlich findet. Und wenn er sich dafür Urlaub nehmen muss.

Rechts zweigt ein künstlicher Altarm von der Wasserader ab. Er kommt an das Delta, wo die *Agger* von oben, von Nordosten, in den Fluss einmündet. Sie steuert ihr ein Drittel Flusswasser bei. Eine ganze Menge. Dann erreicht er das Wehr. Der Fluss tost. In seiner Mitte haben sich riesige Baumstämme angesiedelt. Als er näher hinschaut, erkennt er schwarze Kleidung. Ist das etwa ihr Kapuzenpullover? Er ist es! Sie liegt längs auf einem großen Baumstamm. Was macht sie da? Schlafen?

Flink streift er sich Schuhe und Socken von seinen Füßen und watet durch das eiskalte Wasser hindurch, über die Kieselsteine bis zur Mitte des Wehrs.

«Hey, was machst du da? Du bist ja pitschnass!» Sie antwortet nicht, rührt sich auch nicht. Er geht noch näher heran. Und dann noch näher. Die Kapuze ihres Hoodie ist karminrot. Er zieht sie ganz vorsichtig ein wenig zur Seite.

Dann sieht er die Platzwunde an ihrem Hinterkopf, tröpfchenweise sickert das Blut in den klaren Fluss. Er hetzt zurück zum Ufer, um seine Socken zu holen. Sie sollen ihm als Druckverband dienen. Er muss den Blutfluss unbedingt stoppen! Als er sich umdreht, hebt sie plötzlich ihren Kopf:

«Oh, Mann, was machst du denn hier?! Lass mich bloß in Ruhe, hau sofort ab, dalli dalli!»

In der letzten Nacht lag die Lufttemperatur über null Grad, aber so nass, wie sie ist, und dann auch noch das eiskalte Wasser, von all den Bakterien im Fluss ganz zu schweigen. Solch' eine Naturfreundin ist wahrscheinlich nicht gegen Wundstarrkrampf geimpft. Aber zäh wie Leder wird sie sein und einen eisernen Überlebenswillen haben.

«Ich habe mir Sorgen gemacht! Ich wollte nach Dir schauen. Du musst zum Arzt, die Wunde muss versorgt werden!»

«Hau ab, Mann! Lass mich in Ruhe! Das soll nicht dein Problem sein! Ihr habt uns schon einmal vertrieben!»

«Wer, ihr?»

«Na, damals in der Eisenzeit. Wir sind hier ins Tal gekommen, um Euch mit dem Erzabbau zu helfen. Wir haben so viel gebaut, hier in den Flussauen. Und was habt ihr gemacht?! Ihr habt uns vertrieben! Wir waren ein gleichberechtigter Stamm!»

Wovon um Himmels willen redet sie bloß? Sie macht einen wirren Eindruck auf ihn. Ihre Worte. Ohne Hand und Fuß. Völlig zusammenhanglos. Es muss mit ihrer Verletzung zu tun haben. Anders kann er sich das nicht erklären. Vielleicht steht sie auch unter Schock. Sie muss ausgerutscht und dann gestürzt sein. Vielleicht hat sie sogar eine Gehirnerschütterung. Oder ist doch unterkühlt.

Er tupft vorsichtig mit seiner Socke auf ihrem Hinterkopf herum. Abrupt dreht sie ihn weg, sodass er nicht mehr an die Wunde herankommt.

«Hallo, spinnst du?! Sieh' zu, dass du endlich Land gewinnst!»

Er hört ein Jaulen. Es ist sein eigenes. Sie hat ihn in seine rechte Hand gebissen. So wie ein tollwütiger Hund. Sie ist nicht nur wütend, sondern aggressiv.

Sie windet sich und sie wehrt sich, so wie das Flusswasser hier im Wehr. Als hege er irgendwelche unlauteren Absichten. Sie gebärdet sich wie ein wildes Tier.

Plötzlich wird er geblendet. Von einer scharfen Messerklinge, die im Sonnenlicht glitzert, und die nur ganz knapp an seinem rechten Auge vorbeizieht.

«Wenn du nicht sofort verschwindest, dann werde ich höchstpersönlich dafür sorgen, dass du es tust! Das hier ist kein Spiel. Ich habe dich nicht um Hilfe gebeten. Ich brauche keinen Samariter. Ich regele das hier ganz allein. Dampf ab, Mann! Wie oft soll ich dir das denn noch sagen?!»

Ihre Augen blitzen genauso gleißend wie die Messerklinge. Sie stiert ihn drohend an, als wäre er ihr Fressfeind und sie seine Beute.

Er schwankt nur einen kurzen Augenblick zwischen seinem Bedürfnis, ihr helfen und sie versorgen zu wollen und der latenten Furcht um sein eigenes Leben. Sie ist bestimmt nicht der Typ, der lange fackelt. Er traut ihr eine ganze Menge zu.

Sie würde wahrscheinlich alles tun, um sich selbst und ihr Dasein mit Zähnen und Klauen zu verteidigen. Wer weiß, was sie in der Vergangenheit schon alles erlebt hat. Sie wird für ihr Verhalten Gründe haben.

Also weicht er langsam zurück zum Ufer. Geschlagen, rückwärts, stets umsichtig. Lässt sie dabei nicht einen Moment aus den Augen. Er lässt sie einfach da, wo sie ist. In dem Zustand, in dem sie sich gerade befindet. Unterlassene Hilfeleistung.

Dann dreht er sich um und verlässt das Wehr über die linke Uferseite. Hinter einem Baum auf dem Uferweg verständigt er telefonisch einen Notarzt.

Sie kann ihn nicht mehr sehen.

Hofft er zumindest.

5.   **U**

Als er mit seinem Einer den Fähranleger in *Troisdorf-Bergheim* passiert, sitzt sie auf auf einer Bank am linken Flussufer.

«Na, alles verheilt, geht es dir wieder besser?», ruft er freundlich über den Fluss hinweg.

«Meinst du eigentlich, ich wäre blöd? Das warst du doch mit dem Notarzt! Wag' es nicht noch einmal! Ich musste bis zum nächsten Tag in diesem verdammten Krankenhaus bleiben und völlig bescheuerte Untersuchungen über mich ergehen lassen!», zetert sie.

Dann springt sie jäh auf und verlässt die Flussauen über den Trampelpfad nach rechts in Richtung *Meindorf.*

6. **N**

Am Sonntag nach dieser Begegnung kann er sie nirgends entdecken. Auch am nächsten nicht. Sogar eine Woche später ist er immer noch am Fluss allein.

Er unterquert den Schnellzubringer bei *Troisdorf-Bergheim* und mäandert mit dem Bergfluss in dessen Tempo gemächlich unter den Ästen alter Bäume in Richtung Mündung.

Seine gefiederten Freunde zwitschern fröhlich. Die Sonne sendet von oben erste wärmende Strahlen. In diesem natürlichen Habitat brüten sechzig verschiedene Vogelarten. Die Flussauen sind ein wahres Dschungel-Paradies. Besonders im Frühling bieten sie dem menschlichen Auge eine romantische Farbenpracht. Im Wasser tummeln sich munter einige Stockenten und ein paar Haubentaucher. Einige Eltern ziehen wie Perlen an einer Kette flauschige, noch unsicher paddelnde Sprösslinge hinter sich her. Bunte, leichtgewichtige Schmetterlinge flattern durch die flirrende Luft. Die kobaltblauen Libellen sind ein Augenschmaus.

Wasserläufer gleiten gekonnt wie auf Schlittschuhen über den Fluss. Zwischen den Kieselsteinen spielen Miniaturfischchen aufgeregt miteinander Verstecken. Der Fluss ist so sauber und flach, dass sich die Wunder der Natur mit bloßem Auge bewundern lassen. Das Mündungsgebiet ist eines der wenigen naturbelassenen Wassergebiete in diesem Bundesland. Graureiher überfliegen es, stumm wie Segelflugzeuge, um ihre Horste in schwindelerregenden Höhen in den Pappeln anzusteuern. Nur all zu gern haben sie sich hier angesiedelt, da der Fluss wieder so fischreich ist. 331 Pflanzenarten fühlen sich hier inzwischen heimisch.

Das tut er seit drei Wochen nicht mehr. Sich hier am Fluss wirklich heimisch fühlen. Seit sie nicht mehr da ist. Wie vom Erdboden verschluckt. Daran ist er wahrscheinlich nicht ganz unschuldig. Er wird sie aus ihrem natürlichen Habitat vertrieben haben, durch sein ständiges, rituelles Erscheinen und seinem ewigen Durchrudern ihres Daseins.

Unbeantwortete Fragen drängen sich ihm auf, so wie ein penetranter Bettler in der Innenstadt.

Wo ist sie jetzt?

Wo hält sie sich überhaupt regelmäßig auf?

Wo schläft sie?

Hat sie ein Zelt in ihrem Rucksack?

Wo schlägt sie es auf?

Und was treibt sie im unwirtlichen Winter?

Läuft sie den kompletten Fluss zu Fuß ab?

Und seine allerwichtigste Frage:

Was kann er jetzt bloß tun, dass sie zurück kommt?

Er rudert immer abwechselnd mal durchs obere, mal durchs untere Flusstal. Diese Wasserader ist so abwechslungsreich, die Landschaft so phantastisch.

Mit seinen Freunden legte er im letzten Sommer die siebzig Kilometer Flussstrecke von *Wissen* bis *Siegburg* in drei Tagen zurück.

Im Laufe des letzten Jahres begegnete sie ihm an verschiedenen Stellen des Stromes. Mal hier, mal dort. Je länger er darüber nachdenkt, um so überzeugter ist er von dem Gedanken, dass sie eine Flussläuferin sein muss. Dass dieser Strom exakt ihr Weg, ihre Route durch die Natur, ihr Kompass durchs Leben und ihr ZUHAUSE ist.

Er wird das Schicksal nicht einfach so mäandern lassen und sich ihm tatenlos ergeben, einfach auf dem Fluss weiter herum rudern, als sei nie etwas geschehen. Er möchte nicht in seichten Gewässern passiv warten, auf etwas, dass ohne seinen Einfluss vielleicht niemals wieder eintreten wird:

Ihre HEIMKEHR in diese Idylle.

Er schmiedet einen Plan.

7.   D

Er parkt am Ortseingang *Buisdorf* in *Sankt Augustin,* im Süden der Kreisstadt, und nimmt die Wahnbachtalstraße. Linker Hand erhebt sich der 55 Meter hohe Turm *Tower Power* der Rheinischen Zell-Wolle AG. Auf dem gelben Ziffernblatt der Turmuhr kann er erkennen, dass es exakt zehn ist. Er passiert das pastellblaue Gebäude des Siegburger Rudervereins. Die Sonne steht bereits am blauen Himmel, dessen Farbintensität nicht ein Wölkchen trübt. Auf der Wiese parkt, zwischen den Bäumen, unweit des Flusses, ein blauer Hänger mit *Siegburger* Kennzeichen, der zwei zitronengelbe Ruderboote aufgeladen hat. Er biegt nach links ab, steigt die Böschung hinab. Er blickt in einen tiefen Schacht, auf dessen Grund Wasser umgewälzt wird. Im Hintergrund erheben sich die Berge des Siebengebirges. Die Bäume spiegeln sich auf der Wasseroberfläche. Unzählige, massive Felsbrocken stapeln sich am Ufer.

Die Lachszählstation befindet sich genau gegenüber, auf der anderen Flussseite. Da kommt er aber von hier aus nicht hin. Er nähert sich weiter dem Wehr. Was für ein Anblick! Die Sonne gebärt, aufgrund der künstlich erzeugten, schnellen Fließgeschwindigkeit der Sieg an diesem Wehr unzählige hell glitzernde Sterne im Wasser, die in einem atemberaubenden Tempo wild durcheinander tanzen. Er dreht sich einmal um seine eigene Achse. Was für ein beeindruckender Panoramablick, was für eine tolle Landschaft! Am Ufer sitzen ein paar Menschen entspannt in der Sonne. Urlaubsatmosphäre. Er kraxelt über die Felsen, die ihn unmittelbar an Strände auf der Insel Elba erinnern. Er beobachtet die Wasserfälle, die im Wehr in die Sieg stürzen.

Es ist Sonntag. In etwa zwei Stunden wird hier dank des lieblichen Wetters ein ziemlicher Andrang herrschen. Der Verein ermöglicht Interessierten an einigen Tagen im Jahr die Besichtigung der Lachs-Kontroll- und Fangstation am Wehr in *Buisdorf*.

Eigentlich möchte er nur prüfen, wie die Lage zum Rudern ist. An dieser Stelle ist es möglich, mittels einer Bootsrutsche elegant vom Unter- in den Oberfluss zu wechseln.

Das regionale Naturschutzprojekt rund um den Lachs gefällt ihm. Lange war diese Fischart im Rhein und seinen Nebenflüssen ausgestorben. Früher wanderten Lachse zu Hunderttausenden zum Laichen die Flüsse hinauf. Aber dann nahmen Überfischung, Uferbefestigungen und Wehre ihnen den Lebensraum. Dank der Errichtung von Flusstreppen und dem Gewässerschutz konnte der Lachs hier wieder angesiedelt werden. In Skandinavien erwirbt man Lachseier, um diese in *Buisdorf* auszubrüten (Die Eier reifen unabhängig von der Wassertemperatur!). Im Frühjahr werden dann die fünfzehn Millimeter großen Fischchen im Strom wieder ausgesetzt. Sie wandern über Flusstreppen durch den Rhein in die Nordsee bis hin zum Nordatlantik vor Island, aber vor allem nach Grönland, wo sie viele Krebse und Kleintiere als Nahrung vorfinden.

Der atlantische Lachs frisst sogar seine Artgenossen im Meer. Im Fluss gehören Junglachse, die im Süßwasser das Licht der Welt erblicken, zu seiner Beute. Der atlantische Lachs ist ein Wanderfisch: Er laicht im Süßwasser (Das Weibchen legt bis zu 10.000 Eier!), wächst (70 bis 75 Zentimeter in zwei Jahren) und frisst im Meer. Zum Laichen kehrt so mancher Lachs in die Heimat zurück. Man schätzt, dass es so um die fünfzig Prozent der künstlich gezüchteten Fische sind. Nicht selten schwimmen sie eintausend Kilometer und mehr.

Das grelle Licht blendet ihn. Er kramt seine Sonnenbrille aus dem Rucksack und setzt sie auf. Als er zum anderen Ufer hinüber blickt, kann er sie sehen! Sie kniet, mit dem Rücken zu ihm, auf einer Metallbrücke, an der Stufen hinunter ins Wasser führen. Sie greift in eine große, grüne Kiste, in der ein mächtiger Lachs so heftig mit den Flossen um sich schlägt, dass das Wasser wie eine Fontäne hoch spritzt und die Umstehenden nass macht. Er hört spitze Schreie und Kinderlachen. Jetzt, da er genauer hinüber schaut, sieht er eine kleine

Gruppe, die sich am anderen Ufer vor einem Baum versammelt hat. Es muss sich um eine der geführten Besichtigungen handeln.

Er ist ebenso irritiert wie erfreut. Er ist etwas verunsichert, weiß nicht, was er jetzt tun soll. Bleiben oder lieber schnell verschwinden? Er möchte sie auf keinen Fall ein weiteres Mal von der Sieg vertreiben. Ist aber eigentlich auch unwahrscheinlich, da sie ja eine offizielle Verpflichtung zu haben scheint. Er ist beruhigt, dass sie lebt, dass es ihr scheinbar gut geht. Im Grunde möchte er sie nur ein wenig beobachten, was sie da so tut. Möchte herausfinden, wer sie tatsächlich ist.

«Wo lasst Ihr die kleinen Fischchen denn frei?», hört er einen Jungen mit rötlichem Wuschelkopf fragen.

Da es noch relativ früh ist, noch kein Verkehr auf der Wahnbachtalstraße lärmt, kann er die zarten Stimmen der jungen Menschen gegenüber sehr gut hören.

«In *Kaldauen*», antwortet sie, »ungefähr fünf Kilometer von hier, immer am Fluss entlang, Richtung *Hennef*.

«Und wie macht ihr das dann?

Werft ihr sie einfach ins Wasser? Tut ihnen das nicht weh? Bluten sie dann nicht?»

Ihm gefällt die natürliche Wissbegierde des Knaben. Die kindliche Art, ohne Umschweife nach Wesentlichem zu fragen. Wie bedauerlich, dass viele von uns Großen diese Fähigkeit unterwegs auf der Reise ins Erwachsenenleben verlieren.

«Nein, so etwas machen wir nicht! Die sind doch noch ganz winzig! Wir schützen sie doch. Ihnen soll auf ihrer Reise bloß nichts geschehen!» Sie lächelt verschmitzt. Das erste Mal, dass er sie überhaupt eine Miene verziehen sieht. Abgesehen von ihren wütend blitzenden Augen, sobald sie ihn unterwegs entdeckt. Es gefällt ihm, was er da drüben sieht und hört.

«Wir transportieren sie in Kannen und lassen sie mittels eines Schlauches zu Wasser. Dort, wo viele Kieselsteine sind, damit sie sich verstecken können und Nahrung finden. Das hat man am Anfang des 20. Jahrhunderts auch schon so gemacht, also vor mehr als zweihundert Jahren!»

Er folgt, auf seiner Uferseite, auf einem Felsbrocken sitzend, ein wenig abseits vom Wasser, ihrem leidenschaftlichen Vortrag über die regionale Fauna.

Sie engagiert sich für die Natur. Eine völlig neue Facette an ihr. Neben den bereits bekannten, die der ewig Flüchtigen, Unnahbaren, sich Wehrenden.

«Nimmst du mich mal mit, wenn du mit deiner Kanne am Fluss nach *Klauen* läufst? Meine Mama ist bestimmt einverstanden!», meldet sich ein anderer etwa Neunjähriger enthusiastisch.

«Kaldauen», korrigiert sie das Kind amüsiert. «Beim Aussetzen kannst du mich *leider* nicht begleiten, vielleicht ein anderes Mal, wenn ich am Strom laufe.»

Bevor die Veranstaltung sich dem Ende neigt, die Zuschauermenge sich auflöst, er womöglich noch von ihr entdeckt werden wird, verlässt er das Wehr. Er läuft zurück zum Wagen, lässt den Motor an und verlässt *Buisdorf* auf demselben Weg, auf dem er kam.

Die Wanderung von *Hennef* nach *Siegburg* über die Lachs-Zählstelle erfolgte am 04.04.2025; eine weitere von *Buisdorf*/Zählstelle nach *Meindorf* am 07.04.2025 (Vgl. das Komootprofil der Autorin)

8.   U

Donnerstag, 27. Februar. Er schnürt seine Laufschuhe, packt den Rucksack, fährt mit dem Bus nach *Hennef* zum Bahnhof. Wochenmarkt. Sonnig. Acht Grad. Er mag den langen Schlauch, mit dem er zum Treppenaufgang der Gleise mäandert. Er mag die historische Zeichnung im Eingang, links an der Wand. Er grüßt den Mann, der stets um diese Uhrzeit auf dem kalten Boden in der Unterführung sitzt. Mittleres Alter, dunkle Haare, Schnauzbart, immer freundlich, Gitarre auf dem Schoss. Spielt er, schallt seine Musik bis hoch auf Gleis zwei. Das hebt die Stimmung. 8:50 Uhr. Die Regionalbahn neun Richtung *Siegen* fährt ein. Pünktlich. Für die deutsche Bahn hat Morgenstund' Gold im Mund. Je später der Tag, desto größer ihr Chaos. Acht Minuten Fahrt liegen vor ihm. Mehrmaliges stures Drücken auf den grün blinkenden Knopf an der Tür. Geduld. Einmal drücken reicht nicht. Erst die alten Passagiere raus, dann die neuen rein. Er steigt ein. Der Zug rollt los. Durch einen Graben, an bewaldeten Felswänden vorbei. Sie tarnen die atemberaubende Landschaft. Wiederauftauchen! Die Sieg stromert zur Linken. Dann plötzlich rechts. Dunkel. Ein Tunnel! Auf beiden Seiten der Campingplatz *Happach*. Der Fluss wird vom Sonnenlicht geblendet, muss blinzeln. Einmal unbeobachtet, wechselt die Sieg klammheimlich die Seite. Da! Ein Zug aus der Gegenrichtung. Angekommen in *Eitorf*. Ausstieg in Fahrtrichtung rechts.

Eitorf zelebriert das analoge Zeitalter. WLAN-free! 19.500 Einwohner im *digitalen off*. Hinzu kommen die Besucher, die verzweifelt das Internet suchen und zum *digitalen Detox* gezwungen werden. Seine Wander-App ist verunsichert. Er verlässt den Bahnhof in Richtung Hauptstraße. Lauscht den Radionachrichten. Der Moderator hat wohl einen Sprachfehler. Er stottert. Hat er doch nicht! Das Smartphone hat einen digitalen Wackelkontakt, auf der verzweifelten Suche nach einem Netz. Sein Hirn setzt die abgehakte Botschaft zu einem Sinn zusammen. Aha, so könnte es gehen! Deutschland wird heute die Türkei überflügeln.

In Nordrhein-Westfalen sind bis zu zwanzig Grad angesagt, in Antalya werden es nur dreizehn. Da möchte er ja sowieso nicht hin. Außerdem ist er kein Typ, der Hitze liebt. Er gehört eher der nordischen Rasse an. Kühle Temperaturen, frische Luft, wenn all das durch seine Stadtlunge rauscht, dann ist das göttlich! Er biegt nach rechts ab. Komoot hat sich eingeloggt. Zeichnet auf. Er durchläuft das Industriegebiet West, folgt dem Wiesenpfad am linken Sieg-Ufer. Nach anderthalb Kilometern zweigt er nach rechts ab, wechselt über eine Brücke auf das andere Flussufer, biegt nach links ab, folgt nun dem asphaltierten Weg.

Was er eigentlich vorhat? Er sucht sie! Sie muss sich doch irgendwo länger aufhalten. Eine Art Bleibe haben, ein Lager. Sie kann doch nicht immer nur den ganzen Tag laufen, immer an der Sieg entlang. Bei jeder erdenklichen Witterung. Er sucht nach ihren Zeichen, nach Spuren, Indizien, nach irgendetwas, das ihm sagt, dass sie da war. Am schönsten wäre es natürlich, sie ist da. Er würde sie sehen. Das Forsythien-Gelb vor dem tiefblauen Himmel sieht phantastisch aus! Die ersten Frühblüher.

Der Frühling ist da. Vier Ziegen dösen auf einer leer gefutterten Weide. Hinter ihnen ruht ein tatenloser Traktor. Stillleben.Wie auf einem Gemälde.

Er lässt seinen Blick schweifen. Von links über die Sieg hinweg nach rechts und dann wieder zurück. Ohne Unterlass! So wie das Pendel einer Uhr, schwenkt er seinen Kopf von links nach rechts, von rechts nach links, *tick tack, tick tack*. Wer ihm begegnet, wird ihm einen Käfigkoller unterstellen. Dass er zu lange eingesperrt gewesen wäre. Sieht bestimmt befremdlich aus. Aber einen Käfigkoller hat er nicht. Er schaukelt ja nicht mit dem Oberkörper hin und her. Er lässt nur seinen Blick wandern. Dann ist es vielleicht ein Tick? Nicht normal! Stereotyp. Aber was soll er denn tun, bitteschön?! Er *muss* doch gleichzeitig überall hinschauen, um überhaupt eine Chance zu haben. Ist ihm egal, was die anderen Leute jetzt denken! Um diese Zeit wird er sowieso kaum jemandem begegnen. Sonderlinge genießen früh am Morgen mehr Narrenfreiheit. Stehen nicht so unter Beobachtung. Nein, es ist kein Tick! Seine Bewegungen sind nicht unwillkürlich, sie sind gewollt!

Aber er kann sie nirgends entdecken. Noch nicht einmal einen Fußabdruck von ihr. Deine Spuren im Sand. Howie könnte ihm jetzt auch nicht weiterhelfen. Der ist sowieso ziemlich korpulent geworden. Wahrscheinlich könnte er mit seinem Tempo gar nicht mithalten.

Eigentlich sind sie sogar zu fünft. Er geht genau in der Mitte. Links die Eisenbahntrasse, darunter stromert die Sieg. Alles in Bewegung, alles im Fluss. Der Fluss ist beständig bei ihm, Züge rauschen nur ab und zu an ihm vorbei. Rechts die bewaldeten Höhenzüge des Bergischen Landes. Mittendrin der Höhenweg. Er. Macht fünf.

Nach vier Kilometern hört sein Weg plötzlich auf. Er hat keine Wahl. Er ist gezwungen, den Höhenweg zu nehmen. Soll nach *Merten* führen, gehört auch zu *Eitorf*. Ein 368-Seelen-Ort. Wenn im Wald ein sehr schmaler, unbefestigter Weg abrupt steil nach oben führt, dann schöpft er Verdacht. Dann schwant ihm Böses. Dieser hier scheint noch nicht einmal ein offizieller Wanderweg zu sein. Er prüft bei Komoot, wie lange er nun durchhalten muss.

Er klettert über breite Baumstämme, die mitten auf dem Weg liegen. Der Höhenweg mäandert in Kurven. Keine Absicherung. Kein Geländer. Felsbrocken. Jetzt bloß nicht ins Tal hinunter schauen! Er klettert ziemlich langsam. Legt sein ganzes Gewicht nach links. Wenn er jetzt abrutscht und stürzt, dann bevorzugt er die stacheligen Brombeersträucher zu seiner Linken, nicht den freien Fall rechts hinunter ins Tal. Irgendwie ist ihm ein wenig schwindelig. Dabei ist es doch gar nicht so heiß. Oder ist es doch schon wärmer geworden? Zwei Jacken hat er schon unterwegs ausgezogen und im Rucksack verstaut. Sein Smartphone befindet sich im Flugmodus. Bloß keine Geräusche. Das mindert die Konzentration bei solch' einer ungewohnten Herausforderung. Das macht ihn nur nervös. Er wünscht jetzt keine Ablenkung. Er möchte genau hören können, ob irgendwo etwas fällt, ein Felsbrocken sich über ihm löst. Er zieht vorsichtig an Ästen, bevor er sich ihnen anvertraut, sich an ihnen festhält. Er prüft ihre Widerstandskraft.

Sich an einem Zweig festzuhalten, der sofort abbricht, wäre nicht nur dämlich, sondern fatal. Dann stürzt er heute tatsächlich noch nach unten.

Wie gern würde er hinunter ins Tal schauen! Er weiß schon, was er da sehen würde. Die wunderschöne Tochter der Berge, die knallblaue Sieg, die im Sonnenschein einfach nur phantastisch vor sich hin glitzert, die tief unten durch Berge und Wälder aller erdenklichen Grüntöne stromert. Wenn er das doch schon weiß, ja dann braucht er ja auch gar nicht hinunterschauen. *Ob sie vielleicht zu ihm hinaufschaut? Was mag sie dann wohl denken?* Das möchte er sich lieber nicht ausmalen. Sie hält ihn bestimmt für einen Dilettanten. Für irgendetwas Artfremdes, das noch niemals in den Bergen war, das vor allem nicht klettern kann und Furcht hat. Also Menschenkenntnis hat sie, sollte sie solches von ihm denken.

Verdammt!
Irgendwann muss die Kraxelei hier doch ein Ende haben!

Tatsächlich. Es ist geschafft! Er ist im Nirgendwo hoch oben ankommen, erleichtert und völlig durchgeschwitzt. Er prüft die Außentemperatur.

Dreizehn Grad. So warm ist das nun auch wieder nicht! Doch die Sonne scheint und er ist in der Höhe. Eine Bank! Was für ein Ausblick! Wie weit er von hier aus gucken kann. Er sieht den Kirchturm von *Eitorf.* Da unten ist sie! Die Sieg. Wie schön sie ist!

Was er sieht, hat Gewicht, drückt ihn auf seiner Bank nieder. *Bewegt* ihn zum Bleiben. Er mag gar nicht mehr aufstehen. Es vergeht eine Dreiviertelstunde. Er tut nichts. Er genießt den Panoramablick. Lange hatte er nicht rasten wollen. Ein Biker rauscht die Schlossstraße hinab.

Er macht sich auf den Weg. Biegt nach rechts ab. Läuft bergauf. Erreicht *Merten.* Ein Schloss, eine Burg und so weiter. Vor der kleinen Bushaltestelle biegt er noch einmal rechts ein. Flaniert an Burgmauern vorbei. Ist auf dem *Dreitälerweg.* Er marschiert weiter, bis er an eine Eisenbahnbrücke kommt. Sie hat fünf Bögen. Manche hier im Siegtal haben nur vier.

Gut drei Stunden ist er jetzt schon unterwegs. Rund neun Kilometer liegen hinter ihm. Er kann sie nicht finden. Siebzehn Grad. Die Textilien kleben an ihm. Zu sonnig, zu warm! Er ist dankbar für diesen Frühlingstag. Die Morgenstunden sind die schönsten. Nicht so viel Volk zwischen den Füßen.

Ein Damen-Komitee kommt ihm schwatzend entgegen. Die Frauschaften sind in *Au* los gepilgert. Machen einen Rundweg. Zehn Kilometer. Sie sind älter als er.

Er kehrt um. Läuft zum Bahngleis in *Merten*. Nummer zwei. Um zwölf Uhr 42 nimmt er die S12 nach *Blankenberg*. Die Fahrt dauert exakt 180 Sekunden. Reisen in Überschallgeschwindigkeit.

Blankenberg ist ein mittelalterliches Städtchen, an einer Schleife der Sieg. Es liegt auf einem steilen Bergkamm. Der Ortsname geht wahrscheinlich auf das blanke Gestein des Berges zurück, das zum Fluss hin sichtbar ist.

Die märchenhafte Burg erhebt sich auf 152 Metern Höhe. Die anmutige Silhouette der mittelalterlichen Burganlage ist aus der Ferne gut sichtbar.

Sie nicht!

Sie ist an diesem Morgen weder aus der Nähe noch aus der Ferne sichtbar.

Er läuft die dreieinhalb Kilometer nach Hause.

Morgen ist ein neuer Tag!

Anmerkungen der Autorin:

Diese Etappe fand am 20. März 2025 statt. Aus Gründen der Kohärenz bzgl. der Kapitel-Chronologie wurde der Zeitpunkt in Abstimmung mit anderen Daten im Roman vorverlegt.

Von jeder gewanderten Flussetappe gibt es Bildmaterial. Das hier im Anhang einzubinden, würde den Rahmen sprengen. Bei Interesse seitens der Leserschaft freut sich die Autorin über eine Kontaktaufnahme unter info@resilienz.site oder über die sozialen Medien. Die Wanderungen an der Sieg sind bei Komoot eingestellt.

9.   M

Es ist manisch, was er treibt. *Er* ist es! Er ist besessen. Von seiner Idee. Süchtig danach, ihre Geschichte zu erfahren. Seine Etappen werden abstruser. Er kann sich nicht vorstellen, dass sie wild am Fluss zeltet, sich bei Dämmerung auf dem schlammigen Boden bettet und sich mit Blättern und Zweigen zudeckt. Nicht zu dieser Jahreszeit!

Tagelang überlegt er, wo die Stellen am Fluss sein könnten, die ihr Schutz bieten, vor Kälte, Regen, Wind, und Sturm.

In der nächsten Nacht fährt er nach *Windeck*. Er parkt in einer Straße mit einem metaphorischen Namen: *Im Thal.*

Des Nachts muss auch sie einmal stillstehen und sich einen Platz zum Ruhen suchen. Damit steigen seine Chancen, sie inflagranti zu *erwischen.*

Wie sich das anhört! Als wäre sie eine Verbrecherin in einem Kriminalroman oder seine untreue Geliebte! Es ist absurd, was er vorhat!

Eine Nachtwanderung wie auf einer Klassenfahrt, auf den 220 Meter hohen Schlossberg hinauf, bewaffnet mit einer Taschen- und seiner Stirnlampe, die er bei Dämmerung während des Joggens trägt, einer Thermoskanne Tee, einer Regenjacke und einer Decke im Rucksack.

Er sieht die Burgruine vor seinem geistigen Auge.

Wie oft war er schon hier?

Oft! Die vereinzelte Burgmauer mit den vierzehn* Fenstern, die wie von Raubrittern ausgeschabte, dunkle Augenhöhlen aussehen. Der Bergfried, der Treppenturm, die Außenmauern und die Mauer des Rittersaals. Der herrliche Blick von oben. Ein *Lost Place* in einer grünen Oase.

_____* Hoffentlich habe ich mich nicht verzählt, mit Mathematik habe ich es nicht so:).

Im Jahr 1997 diente die Burg als Kulisse für die John-Sinclair-Verfilmung *Die Dämonenhochzeit*. 2018 drehte man dort Teile des Films *Der Club der roten Bänder*.

Heute rasten am *Set* Wanderer und Kinder turnen vergnügt auf den Felsen herum oder klettern abenteuerlustig den Burgturm hinauf. Die Burg *Windeck* muss oft als Fotomotiv herhalten.

Des Nachts thront die Burgruine verwaist auf ihrer Anhöhe und blickt verträumt in das mittelalterliche Flusstal. *Windeck* schläft tief und fest!

Auf dem Weg huscht etwas über seine Schuhe. Im Schein der Taschenlampe flattern Fledermäuse auf ihren nächtlichen Streifzügen in den Burgturm hinein und wieder hinaus. Er kennt die Ruine gut, sodass er sich wie die *fliegenden Nager* auch im Dunkeln orientieren kann. Er steigt die Treppen hinauf und wieder hinab. Er umrundet die Burgruine. Er setzt sich auf die Außenmauer vor der Fensterwand.

Unter einen der ausgehöhlten Augäpfel.Unzählige Sterne leuchten am pechschwarzen Firmament. Er ist in nächtlicher Stille mutterseelenallein. Ihn fröstelt es. Er legt sich die Decke über die Schultern und prüft in seiner App, ob er Musik heruntergeladen hat, die dieser mystischen Atmosphäre würdig ist. Kein Netz.

Wie lange mag er hier oben schon sitzen?

Seine Gedanken laufen frei. Die Musik kommt über die Ohren. Er macht sich zum Abstieg bereit, stopft die Decke wieder in seinen Rucksack, trinkt einen Schluck und steht auf.

Plötzlich sieht er einen Schatten am Fenster des Burgturms. Das ist sicher keine Fledermaus!

«Was um alles in der Welt machst du hier, du Stalker?!

Wie bist du überhaupt auf die Idee gekommen, dass ich hier oben sein könnte?!

Sag' mir, dass das alles nicht wahr ist!

Noch nicht einmal hier habe ich Ruhe vor dir!

Hast du überhaupt nichts anderes zu tun, als mich ständig zu verfolgen?

Hau' endlich ab, Mann, verschwinde!»

Ihre Augen feuern grelle Blitze ab, die die Nachtschwärze wie Laser durchschneiden.

«Ich will mit *dir* nichts zu tun haben! Mit meinen Mitmenschen grundsätzlich nicht! Wir sind *lost souls*!

Jeder stirbt allein. Wir sind *immer* allein, abgestempelt, verlassen und vergessen! Jetzt hau' ab, sonst werfe ich eine Salve Konservendosen auf dein Haupt!», schreit sie außer sich.

Ihr Ton wird mit jedem Wort schärfer, abwehrender aggressiver. Es *muss* eine Geschichte hinter der Geschichte geben!

Er möchte nicht übergriffig sein, sie nicht noch mehr bedrängen. Er möchte sie nicht aus ihrem Refugium vertreiben.

Grußlos steigt er wieder hinab nach *Windeck.*

Er verschwindet sang- und klanglos.

Das ist eigentlich ihre Überlebensstrategie!

## 10.	F

Im Siegbogen in *Hennef* nimmt er die S 19 nach *Eitorf* und steigt dort in die Regionalbahn 9 nach *Wissen*. Er wandert auf dem Sieg-Promenaden-Weg und quert den Fluss am Güterbahnhof. Nach etwa einer Stunde wird die Tochter der Berge plötzlich breiter. Er ist im *Pirzenthal* angekommen. Kurz vor einer Eisenbahnbrücke schaut er gebannt auf den Strom. Er ist nur noch eine Handbreit hoch und glitzert verführerisch smaragdgrün im gleißenden Sonnenlicht. Was für ein idyllischer Ort! Was für eine Oase, welch' Juwel der Natur! Er lässt seine rechte Hand ins lauwarme Nass gleiten, streichelt sanft über die vom Wasser benetzten Kieselsteine.

Sie sitzt im Schatten unter der Eisenbahnbrücke.

Auf dem Gras liegen eine Zange und Seegrasschnüre. Sie verbindet mittig übereinander gelegte Weidenzweige mit Bast. Sie flechtet einen Korb. Ein uraltes Kunsthandwerk der Fischerei-Bruderschaften. Das weiß er von den Museumsführungen in *Niederkassel-Mondorf*.

Sie hebt den Kopf, schaut nur flüchtig zu ihm herüber. Sie spürt instinktiv, dass sie nicht allein ist. «Ave, Julius Cäsar. Was führt dich hierher?»

«Das weiß ich selbst nicht so genau. Auf jeden Fall ist diese wunderschöne Oase einen Aufenthalt wert!»

«Hier wohnst Du?»

Die *Flussläuferin* scheint heute umgänglicher, nicht so defensiv zu sein.

«Nein! Mein Refugium würdest du nie allein finden! Vielleicht führe ich gelegentlich dort hin.»

«Was verschafft mir die Ehre, dass Sie mich *heute* nicht mit den wütenden Dolchen Ihrer Augen erstechen, sich sogar zu einer Unterhaltung mit mir herablassen, Gnädigste?», foppt er sie.

«Du hast die Feuerprobe bestanden. Dank deiner Hartnäckigkeit und Ausdauer.»

Sie grinst.

«Hast du eigentlich Familie?»

Sie hüllt sich in Schweigen.

«Jeder hat doch Verwandte, Geschwister, einen Ehemann oder Kinder (...).

———

Foto S. 62: @S. Lauer, Aufnahmeort:*Auel,* Aufnahmedatum: 24.03.25

Ich bin verheiratet und Vater zweier Söhne.»

Er versucht, sie ein wenig aus der Reserve zu locken.

Sie steht auf.

Packt zusammen.

Macht sich auf und nicht den Eindruck, als wäre sie bereit, ihm Auskunft über ihr Privatleben zu erteilen.

Dann bleibt sie plötzlich abrupt stehen.

Sie dreht sich noch einmal um.

«Ich kenne dich nicht! Ich vertraue niemandem! - (...) Falls du es wissen möchtest, (…) *hatte*. Ich hatte (…) eine Familie.

Bin morgen wieder hier, so gegen drei, kommst du?»

Bevor er antworten kann, ist sie schon auf und davon.

11.   **L**

Am nächsten Nachmittag wartet sie schon auf ihn. Am vereinbarten Ort. An der Oase im *Pirzenthal*. Sie sitzt am Flussufer. Hat ihre Beine lang ausgestreckt, als lasse sie ihre Seele in der Sieg baumeln.

«Also, Julius Cäsar(...)».
Sie dreht sich um. Lächelt, als sie ihn kommen sieht.
«Du wolltest meine Geschichte hören.»

Er nickt, und setzt sich in ihre Nähe.

«Meinen Ehemann lernte ich Mitte der 80iger Jahre kennen. Ich hatte mein Studium in *Geschichte* und im Fach *Zeit, Raum und Mensch* an der Stuttgarter Uni abgeschlossen. Er war dort als Biologe und Dozent im Studienfach Umweltschutz tätig. Vier Jahrzehnte waren wir ein Paar. Uns verband die Leidenschaft für die Natur und der Wille, sie zu schützen.

Mein Mann entnahm Wasserproben, untersuchte die Qualität deutscher Flüsse.»
Sie macht den Eindruck, als halte sie einen Fachvortrag vor Experten, so, als wäre sie ihm gegenüber *niemals* scheu und verschlossen gewesen.

«Das klingt spannend!»
Er meint es auch so. Er ist irritiert wegen ihrer für ihn unerwarteten Erzählfreude.
 «Jetzt ist mir auch klar, warum du dich hier ständig an der Sieg aufhältst. Wo ist Dein Ehemann, an einem anderen Flussabschnitt? Warum vertraust du dich mir jetzt *auf einmal* an?»

«Er ist hier an der Sieg», antwortet sie.
«Warum sehe ich dich dann immer nur *allein*?»
Er besteht auf eine Antwort.

«Lange Geschichte!», erstickt sie eine Frage im Keim.

«Ich habe Zeit, du etwa nicht?»

Sie weiter zu bedrängen, ist strategisch unklug. Es ist das allererste Mal, dass sie miteinander ins Gespräch kommen.

«Komm erzähl' mir mal etwas über dich, Julius Cäsar!», fordert sie ihn auf. Sie gibt den Ball an *ihn* ab.
«Wie lebst du, warum spionierst du *mir* nach?»

«Ich beginne mal mit dem zweiten Teil der Frage, wenn du erlaubst. Ich spioniere dir *nicht* nach! So kann man das nicht nennen! Dein Wesen und dein Verhalten faszinieren mich, ziehen mich in den Bann, so wie ein auf der Wasseroberfläche trudelndes Blatt im Sog des Flusses. Ich möchte wissen, *wer* du bist. Ich möchte deine Geschichte hören. Es irritiert und beunruhigt mich, dass du als Frau ständig allein unterwegs bist. Dass du dich mir gegenüber oft wie ein wildes, verwundetes Tier gebärdest, wirft einige Fragen auf. (...) Meine Söhne sind fünfzehn und achtzehn Jahre alt.

Wie du schon bemerkt hast, bin auch ich immer allein an der Sieg unterwegs.»

«Und wo lebt ihr?»

«Wir wohnen in einem Haus oberhalb von *Hennef*, in *Oberhalberg.*»

«Noch nie gehört!»

«Das wundert mich nicht. Der Ort liegt nicht an den Ufern der Sieg, er ist winzig. Bevor wir dort hinzogen, hatte der Weiler nur 41 Einwohner.»

«Erzählst du mir mehr von dir?»

Er sieht sie mit einer Mischung aus Unsicherheit und Neugierde an.

«Ich habe aus Leidenschaft Ahnenforschung betrieben und fand heraus, dass ich in grauer Vorzeit keltische Vorfahren gehabt haben muss. Deshalb habe ich im Studium auf diese Volksgruppe spezialisiert.»

«Was für ein Zufall! Ich habe mich auch mit Ahnenforschung beschäftigt, als die Kinder noch klein waren. Ich bin bis ins 15. Jahrhundert gekommen. Wie du weißt, sind Dokumente in Kirchenämtern und Gemeinden teilweise dem Zahn der Zeit oder Katastrophen zum Opfer gefallen.»

«Jedenfalls», nimmt sie ihren *Faden* wieder auf, und schiebt das Thema Ahnenforschung achtlos zur Seite, »habe ich meinen Mann oft begleitet. Wir liefen die Flüsse gemeinsam ab. In die Sieg, die Tochter der Berge, verliebten wir uns auf Anhieb und das Hals über Kopf! In ihr ist *alles* vereint. Manchmal ist sie so wild aufbrausend und ungestüm. Dann plötzlich blendet ihr sanftes Gesicht. In solchen Augenblicken döst sie seicht in einer Bucht, so wie eine kleine schläfrige Eidechse auf einem sonnenbeschienen Felsen.Tatsächlich sammelt der Strom dann nur Energie für seinen Überraschungscoup in der nächsten Kurve!»

Ihre Pupillen sind geweitet. Sie strahlen. Sie gestikuliert wild mit ihren Händen wie eine Südländerin. Ihre Begeisterung und ihre Leidenschaft strömen aus jeder Pore ihres drahtigen Körpers.

Trotz des Abstands zwischen ihnen ist das spürbar.

«Meine Begeisterung für die Sieg wuchs mit dem Wissen, dass die Kelten nachweislich im *Rheinland* waren. An der Sieg fand man Beweise für ihre Ansiedlung. (…) Unser Leben war ein Traum! Wir drei sind aus dem gleichen Holz geschnitzt.   Wir sind in Leidenschaft verbundene Seelen, mein Mann, die Sieg und ich.»

Sie steht auf.

«Kennst Du den Bahnhof *Sieg Au*? Da, nächsten Sonntag um acht?»

«Sehr gern!»
Er lächelt erfreut.

Für heute trennen sich ihre Wege.

12. **U**

Diesmal ist er vor ihr da. Am Bahnhof in *Sieg/Au*. Das Gebäude ist in Altrosa gemalt, die Fensterfront rot abgesetzt. Der Himmel bildet die ungetrübte königsblaue Kulisse. Nicht eine Wolke lässt seine Strahlkraft verblassen. Er hat sich in dieses ausdrucksstarke Landschaftsgemälde hinein malen lassen.

«Komm' Julius, lass uns ein wenig flussabwärts laufen!», ruft sie ihm munter zu, als sie eintrifft.

Sie überqueren auf der Bundesstraße 256 die Sieg. Die Eisenbahnbrücke lädt zum Betrachten ein. Durch ihre Torbögen fließt der tiefblaue Fluss. Sie lassen die Auermühle links liegen und laufen über einen Höhenzug im Westerwald am linken Ufer in Richtung *Geilhausen*. Felsige Steilwände flankieren ihren Weg.

Sie betreten Rheinland-Pfalz und wandern auf der Prachter Straße weiter nach *Imhausen*, bis sie wieder an eine Eisenbahnbrücke kommen.

Zwei Stunden lang spricht keiner ein Wort. Die Stille ist ihnen der Fülle genug. Er stellt keine Fragen, die sie beantworten *muss*. Sie inhalieren die Landschaft und bestaunen fulminante Panorama-Ausblicke.

Dann stupst ihn plötzlich in die Seite.
«Komm', Julius, lass uns mal ein Päuschen machen!»

Sie wählen einen Platz auf der Wiese, unweit der Eisenbahnbrücke. Sie sind zu zweit allein. Auf ihrem Weg ist ihnen auch niemand begegnet.

«Weißt du», beginnt sie, nachdem sie einen Schluck Orangensaft getrunken hat, «da mein Ehemann wusste, wie viel mir *die Kelten* bedeuten, heckte er klammheimlich einen Plan aus.

Er intensivierte seine Beziehungen zu befreundeten Archäologen. 1991 überreichte er mir zu meinem Geburtstag die Gründungsurkunde eines Keltenmuseums. Ich traute meinen Augen nicht, als er mir den offiziellen Wisch unter die Nase hielt! Ich hatte von seiner Umtriebigkeit nie etwas mitbekommen.»

«Wow, welch' ein ungewöhnliches Geburtstagsgeschenk!», bemerkt er anerkennend.

«In Südwestdeutschland, in der Mittelschweiz und in Ostfrankreich legten die Kelten im sechsten und fünften Jahrhundert vor Christus Großgrabhügel an. Ihre Fürsten bestatteten sie stets prunkvoll», fährt sie in ihren historischen Ausführungen fort.

«Mein Mann kümmerte sich um das Museumsmanagement und die Koordination der Archäologen. Wahre Schätze wurden da ausgegraben: Vasen, filigraner Schmuck, Marmorbüsten, Porträts, Besteck usw.»

«Dein Mann hat ein Museum gegründet. Und es dir dann geschenkt. Liebe pur!»

«Genau! Ich widmete mich der wissenschaftlichen Rekonstruktion der Gesellschaft der Kelten, ihrer Lebensweise und ihrer Historie. Einige archäologische Funde kannst du übrigens auch im alten Schloss in *Stuttgart* bewundern. Die Kelten beeinflussten bis zum ersten Jahrhundert vor Christus die Geschichte Süddeutschlands. Sie strömten nach Europa aus!»

«Was für eine Story! Ist das denn so einfach möglich, ich meine, als Privatperson ein Museum zu gründen?»

«Ja.» Sie nickt.

«Das *Museum König* in *Bonn* ist auch aus einem privaten Museum heraus entstanden.»

«Tatsächlich? Das wusste ich gar nicht!»

Es ist das *erste* Mal, dass er sie anlügt.

«Systematische Dokumentationen und wissenschaftliche Erforschungen werden in einem Privatmuseum nicht gefordert. Wir erhielten staatliche Fördermittel und Spenden und gründeten eine Stiftung.»

«Und wer kümmert sich jetzt um das Museum? Wenn ihr beide hier am Fluss herumstreift? Oder ist es zur Zeit geschlossen?»

«Das ist die *Fortsetzung der Geschichte*. Nächstes Mal!» Das bestimmt sie jetzt einfach so, als würde sie ihm abends ein Buch vorlesen, es wäre schon spät geworden und deshalb für *ihn* jetzt Zeit zum Schlafen.

«Was machst du eigentlich so Julius, ich meine, beruflich?»

«Darüber möchte ich nicht sprechen!», antwortet er freundlich, aber bestimmt.

«Bist du arbeitslos oder vielleicht (...) Privatdetektiv (...) oder etwas in der Richtung? Würde ja zu dir passen!» Sie grinst keck.

«Nein, falsch! Ich weiß deinen Vertrauensvorschuss wirklich zu schätzen, aber ich selbst möchte über meine berufliche Situation nicht sprechen. Du kannst mich ansonsten alles fragen, was du magst, okay?»

«Na gut, dann lass ich mir für dich ein paar knifflige Fragen einfallen. (...) Sollen wir weiterziehen, Julius Cäsar?»

Sie machen sich wieder auf den Weg, queren die Sieg ein weiteres Mal und begleiten den Strom an seinem rechten Ufer bis nach *Rosbach Windeck*.

Dort trennen sich erneut ihre Wege.

Er nimmt die Regionalbahn nach *Eitorf*.

Wohin sie sich aufmacht, das weiß nur sie allein.

13.   M

In den Folgewochen *liest* sie weitere Kapitel ihrer Geschichte vor. Nicht alle, aber einige schon.

Es lief wohl damals alles rund, mit ihnen als Paar und dem Keltenmuseum. Sie waren viel unterwegs, machten gemeinsam Flussexpeditionen.

Dann kam das Jahr, in dem ein Virus zuschlug.

Um es sportlich auszudrücken: Corona war ein starker Gegner. Zu stark für beide! Staatliche Gelder für den Kulturbereich wurden eingefroren, die Spendenbereitschaft der Bevölkerung nahm rapide ab. Das Museum musste aufgrund der Sicherheitsvorkehrungen in Deutschland über viele Monate zwangsweise schließen, während die Kosten für den Museumsbetrieb weiter liefen. Sie blieben bis zum Frühjahr 2021, zwar von der Situation eingeschüchtert, aber immer noch mutig, im Ring stehen und kämpften mit vereinten Kräften.

Gegen ein ihnen überlegenes Virus und seine finanziell weit ausholenden Fangarme. Nach unendlich vielen Runden waren beide erschöpft, zu müde, physisch, aber auch psychisch. Ihnen blieb keine andere Wahl, als resigniert die weiße Flagge zu hissen. Das Land war aus finanziellen Gründen nicht bereit, das Museum zu kaufen.

Die Kelten waren ein weiteres Mal besiegt und wurden von ihren Ufern vertrieben.

Die beiden Burgherren meldeten ganz offiziell ihren Untergang an. Die Insolvenz.

14.   E

«Durch die Insolvenz hatten wir einen Haufen Schulden. 30 Jahre lang lebten wir in unserer Immobilie. Sie war Rückzugsort, Castle und Heimat. Mein Mann übte seinen Job als Biologe an der Uni nach wie vor aus, aber ich war erschüttert. Ich konnte mir eine Rückkehr in eine Festanstellung, überhaupt in ein bürgerliches Leben und eine normale Wohnung überhaupt nicht mehr vorstellen. Ich wollte die Waffen nicht strecken, sondern unseren *Feldzug* fortführen. Die Familie meines Mannes brach den Kontakt zu mir ab, da sie die alleinige Verantwortung für unsere finanzielle Misere bei mir sahen. Ihr Sohn hätte aus Liebe zu mir die Burg gekauft und das Keltenmuseum eröffnet. Rational war gegen ihre einseitige Argumentation kein Ankommen.»

«Was? Eine Burg?!», fragt er verwundert.

«Ja, eine richtige Burg, ungefähr 40 Kilometer von hier, im Rheintal, oberhalb von *Brohl*.

Da, wo die Kelten ihre Ringwälle errichteten. Warst du da schon einmal?»

«Nein, noch nie!»

Es ist das zweite und hoffentlich letzte Mal, dass er sie anschwindelt.

«Mein Mann versank in depressive Phasen, weil er nicht ertrug, dass wir vor einem finanziellen Scherbenhaufen standen. Auch die *Fehde*, die seine Eltern gegen mich ausfochten, trug zu seinem psychischen Unwohlsein bei. Sie unterstellten ihm, er hätte sein Urteilsvermögen ausgelagert, da er mich geheiratet habe. Ich wurde mit der Zeit regelrecht scheu und verlor mein Vertrauen in die Menschheit. Ich wollte *nur noch allein* sein.

So kam eines zum anderen!», beendet sie ihre Rede.

Was ist das eine, das noch zum anderen kam?

Eigentlich ist die Geschichte schon tragisch genug!

Die bislang vorgetragenen Kapitel ihrer Erzählung ergeben immer noch kein komplettes Buch.

15.　　　　　N

Sie nimmt ihren Rucksack und läuft über den Kies, kraxelt die Böschung links neben der Eisenbahnbrücke hinauf.

«Komm!», fordert sie ihn auf.

Sie nehmen einen schmalen asphaltierten Weg, rechts sind nur wenige Häuser. Der Pfad mündet in die *Pirzenthaler* Straße, die in einer scharfen Linkskurve in die Siegstraße übergeht. Ein großer, auf einem Baumstumpf hockender Holzfrosch glotzt ihn mit seinen gelben Augen mitleidsvoll an.

Die sportliche Herausforderung lauert gleich hinter der nächsten Kurve. In etlichen Serpentinen zieht sich die Siegstraße eine steile Anhöhe hinauf. Er fällt hinter ihr zurück. Fast in jeder Kurve bleibt er kurz stehen. Holt Luft. Bewundert den Ausblick auf das *Pirzentha*l unter ihm, das die Flüsse entlang des rheinischen Schiefergebirges gegraben haben. Grüne Felder säumen den Straßenrand. Westerwälder Gehölze tarnen felsige Steilwände.

In den Senken hingeworfene Häuschen schmiegen sich eng aneinander. Satt grüne Auen. Es würde nicht verwundern, ertönte plötzlich Heidis Ruf in den Bergen. Erinnerungen an Schweizer Panorama-Landschaften fluten sein Gedächtnis. Obwohl es keineswegs warm ist, perlen ihm Schweißtropfen von der Stirn. Er wischt sie mit der rechten Hand weg. Will sich keine Blöße geben. Die Frau vor ihm in der Ferne ist um einiges kleiner und schmächtiger als er.

«Und hörst du etwas?», fragt sie von weitem.

Was sollte er schon hören?!
Er lauscht seinem rasselnden Atem. So langsam geht ihm die Puste aus.
«Stadtleben macht mich vollkommen fertig. Von allem zu viel. Lärm. Verkehr. Menschen!»
«Wie hoch sind wir hier?» Zaghaft befragt er die ortskundige Alpinistin in schwindelerregender Höhe.
«280 Meter.»
«Wenn Du fünfhundert geantwortet hättest, hätte ich dir das auch geglaubt!», kommentiert er ihre äußerst präzise Auskunft.

«Es kommt dir nur so endlos steil vor, weil sich die Serpentinen auf 1,5 Kilometern wie Kaugummi in die Länge ziehen. Solch ein Gefälle ist für Städter nicht ohne! Im Frühjahr und Sommer cruisen hier Biker, Motocross- und Quadfahrer durch die Gegend. Bei *Komoot* haben schon Leute kommentiert, dass sie froh waren, als sie oben ankamen.»

Das wäre er auch. Sogar ziemlich froh! *Bitzen*, Ortsteil *Dünebusch*, Kreis *Altenkirchen* liest er auf einem Schild. Ein anderes lädt zum Langsamfahren ein, um hier lebende Hauskatzen zu schützen. Er fragt sich, ob in *Dünebusch* ausschließlich 700 Erwachsene wohnen oder ob einfach die Kinder derart robust sind, dass es sie überhaupt nicht tangiert, wenn sie von einem rücksichtslos heizenden Autofahrer mal eben von der Straße gefegt werden.

Als er sie endlich einholt, steht sie am linken Straßenrand vor einem Holzmarterpfahl. Passt! Zu der Folter des Aufstiegs. Bei Indianervölkern lautet die Devise, je größer der Respekt, desto unbarmherziger die Tortur. Vielleicht ist er ihr tatsächlich schon näher gekommen. Nicht nur in Metern gemessen. Durch seine Hartnäckigkeit.

Vor dem Pfosten ruht ein gelbes Haus mit der Aufschrift *Bergtreff*. Sieg-Steig, liest er. Vom Steigen hat genug. Er klammert sich an die stille Hoffnung, dass es irgendwann nicht mehr höher hinaus gehen kann. Dass auch eine Stiege Optionen in zweierlei Richtungen bietet. Sie biegt nach links ab, marschiert über eine Wiese, zwischen Marterpfahl und dem gelben Haus hindurch. Dann läuft sie nach rechts. Siegessicher, als handele es sich hier um ihren Schulweg, den sie, seit sie laufen kann, zweimal am Tag beschreitet. Den sie selbst mit Augenbinde einem Fremden blind skizzieren könnte. Er sieht nichts. Keinen Weg. Keinen Steig. Auch ohne Augenbinde nicht. Für ihn ist das bloß eine Wiese. Sie passieren eine Schutzhütte. Vor ihr liegen runde Holzscheite neben einem Baum. Sie sehen wie überdimensional große Teller aus. Das schlangenförmige weiße S auf blauem Untergrund prangt am Fuße des Stammes. Auch die Sitzbank ziert ein solches Emblem. Sie hat der Ort *Bitzen* den Rastsuchenden freundlicherweise gestiftet. Er wünschte, sie würden *ihm* Sauerstoff spenden!

Sie marschiert zielsicher auf den Wald zu. Links, neben einer blauen Bank, führt tatsächlich ein Weg tie - fer in das Gehölz hinein. Gestapelte Baumstämme zur Linken. Der Weg ist von kahlen Buchen und braunen Fichten gesäumt. Sie drängeln sich dicht an dicht wie Unmengen von Besuchern am Einlass eines ersehnten Konzertes. Auf dem felsigen Untergrund liegt ein Blätterteppich, am Wegesrand bemooste Felsbrocken. Zu dieser Jahreszeit kann er durch die Bäume hindurch den Fluss in der Tiefe glitzern sehen, als flösse Lametta in ihm. Nach ein paar Metern wird der Steig abrupt steil und schmal, das Wort Weg zum netten Euphemismus. Geröll, Blätter, Geäst und herausstehende Wurzeln. Zentimeter für Zentimeter sucht er sich mühsam ein Fleckchen Grund, auf dem er irgendwie Tritt fassen kann, um in diesem Wirrwarr nicht völlig den Halt zu verlieren. Sie hingegen scheint wie ein Rotkehlchen fröhlich trällernd vor ihm herzuhüpfen. In einem unachtsamen Moment wird er nach unten in das tiefe Tal stürzen. Sein Haupt wird auf einem Basalt-Felsen zerschmettern (...).

«Sag' mal? Das HIER ist doch kein offizieller Weg! Du willst doch nicht etwa *da* hinunter klettern? Wie kann man denn so etwas *Sieg-Steig* nennen! Im Vergleich dazu ist das Dschungelcamp ja ein harmloser Ponyhof! Verwechselst Du mich etwa mit dem Bergretter oder Reinhold Messner?»

Es ist die Furcht, die aus ihm spricht.

Er, der sich immer nur sicher fühlt, wenn er die *Fäden* in der Hand hält und alles unter Kontrolle hat, spürt allmählich Ohnmacht in sich aufsteigen. Er ist recht unbeholfen und der Willkür der Natur und der ihrigen ausgeliefert. Das ist ihm für seine bescheidenen Verhältnisse bei weitem zu viel Action. Klettererfahrung besitzt er auch keine. Sie ist vermutlich nicht nur eine Flussgöttin, sondern ebenso eine Gämse, die im Nu Berge erklimmt und furchtlos Steilhänge hinab rast. Wenn er das zuhause erzählt, werden sie behaupten, seine Phantasie wäre mit ihm durchgegangen. Er ist für seine Höhenangst bekannt.

Die Bürstenfichten bieten wenigstens den Vorteil, dass ihre Zweige wie ungekämmte Haare zu allen Seiten abstehen, sodass er sich an ihnen, so wie ein verängstigtes Kind an Mutters Hand, festhalten kann. Vorausgesetzt, sie halten überhaupt sein Gewicht. Völlig gesund scheinen die Bäume hier oben nicht zu sein! Wenigstens hat es in den letzten Tagen nicht geregnet. Sonst wäre er wahrscheinlich schon auf den nassen Blättern wie auf einem Bob auf eisglatter Fahrbahn ins Tal geschlittert.

Am Fuße des Steiges erblickt er eine kleine von den Bäumen ausgesparte Fläche am Ufer des *Holper Baches*. Eine wahrscheinlich wurmstichige Sitzgruppe aus Holz. Ein Tisch, eine Bank.

«Gehört dir das Ensemble? Ist das dein Wohnzimmer? Hast du das selbst gezimmert?»

«Nein.», schmunzelt sie. «Ist wahrscheinlich von irgendeinem Jäger. Ich weiß es nicht. Ich bin hier jedenfalls noch nie jemandem begegnet. Keiner Menschenseele!»

Dass sich hier Wandergruppen gemütlich zum Rasten niederlassen, kann er sich nicht vorstellen, nach der Tortur, die soeben hinter ihnen liegt!

Er kann auch nirgendwo eine Möglichkeit entdecken, um hier überhaupt jemals wieder wegzukommen. Seine Füße tasten sich vorwärts. Der *Holper Bach*, aufgrund seiner Breite eher ein Strom, ist die unüberwindliche Grenze. Er drängt sie an die heruntergekletterte steile Felswand. Es ist kein Pfad zu sehen, der am Wasser vorbei führen würde.

«Und wie kommen wir hier wieder weg?!»
Nach dem halsbrecherischen Abstieg möchte er sich nicht ausmalen, wie es wäre, die Steilwände wieder hinauf zu klettern.

«Es gibt drei Möglichkeiten», antwortet sie völlig entspannt, so als würde sie ihm in irgendeiner Stadt einfach nur den Weg zum Bahnhof erklären.
»Entweder auf demselben Weg zurück, durch den *Holper Bach* waten oder sich am linken Ufer durch das Gestrüpp kämpfen. Dort liegt in der Furt eine Metallplanke, die über das Wasser führt. Die hat wohl einer der Dorfbewohner mal dorthin gelegt.»

Möglichkeit eins schließt er für sich rigoros aus. Der *Holper Bach* macht seinem Namen keine Ehre! Er ist sehr breit und überhaupt kein stilles Wasser!

Dieses Gewässer soll er vollständig bekleidet mit elektronischem Gerät bei einstelligen Außentemperaturen durchqueren?

Mit dem ganzen Gestrüpp am Ufer ringen?

Und wenn es durchweicht ist und er hoffnungslos im Morast einsinkt, was dann?

Er hegt große Zweifel, dass sein Smartphone eine solche Wildwassersafari unbeschadet überstehen würde. Er zöge sich wahrscheinlich eine stattliche Anzahl an Kratzern und blutenden Wunden an seinen Oberarmen zu.

«Früher wollte man hier mal einen Übergang für Wanderer errichten. Das Vorhaben wurde nie umgesetzt.»

«Und dann? Wenn wir diesen Steg erreicht haben, wie geht es dann weiter?»

«Eigentlich gar nicht! Da kommt dann zwar ein Stück asphaltierter Weg zur Rechten der Sieg, aber der führt nirgendwohin. Den Fluss kann man gegenüber *Etzbach* nur ein einziges Mal im Jahr überqueren, nur an dem Tag, an dem das Siegtalfest stattfindet. Dann spannen sie eine Hängebrücke über das Wasser. Und selbst vom anderen Ufer aus ist kein Durchkommen. Da ist ein Firmengelände und wenn die Leute auch nur versuchen, sich der Sieg zu nähern, kommt der Inhaber sofort angerannt und möchte wissen, wo man denn eigentlich hin will und was man hier überhaupt vorhabe. Ich habe es einmal ausprobiert, als ich die Gegend zum ersten Mal erkundete. Du siehst also, wir sind hier am *Holper* Bach vollkommen safe!»

Unter *safe* scheint er etwas anderes zu verstehen als *sie*. Melancholisch denkt er an die Rettungspunkte im Kottenforst, die das Rote Kreuz aufstellte und mit Notfallnummern und genauer Standortbezeichnung versah.

Hier könnte ja im Ernstfall noch nicht einmal ein Hubschrauber landen!

Dann macht er seinen wild kreisenden Gedanken laut Luft.

«Hier kann ja im Ernstfall noch nicht einmal ein Hubschrauber landen!»

«Der kann nicht nur nicht landen, dank der Steilhänge und der wie Salzstangen dicht an dicht stehenden Fichten kann der uns von oben auch gar nicht sehen. Irgendwann ist in *Pirzenthal* mal ein Hubschrauber abgestürzt. Die beiden Insassen haben den tragischen Unfall leider nicht überlebt.»

Ihre Erzählung funktioniert nicht als Entspannungsübung für seine flatternden Nerven. Sie wirkt mutig, sich auf ihre innere Stimme verlassend, dem Schicksal vertrauend.

«Hast Du gar keine Angst vor wilden Tieren? Der Wolf ist doch auf dem Vormarsch in dieser Region.»

«Die Wölfe sind zwar im Westerwald, aber in den Ortsteilen *Puderbach, Birnbach* und bei *Hachenburg*. Dort hat man Spuren gefunden und Beweisfotos einer Wildtierkamera ausgewertet. Sie sind nicht unmittelbar hier. Im *Pirzenthal** weiden ja auch keine Ziegen und Schafe. Die *Bitzener* lebten früher vom Erzabbau und der kargen Landwirtschaft auf steinigem Boden. Das war kein Honigschlecken. Selbst wenn ein Wolf hier auftauchen sollte, hat er das Recht, sich in der Natur frei zu bewegen. So wie wir auch.»

_____* Das Pirzenthal liegt idyllisch an der Sieg, im Grenzbereich der Verbandsgemeinden *Wissen* und *Hamm*. Erstmalig urkundlich erwähnt wurde es im 15. Jahrhundert.

«Komm', ich zeig dir mal meinen Schlafplatz!», schlägt sie vor, wahrscheinlich, um ihn abzulenken. Sie führt ihn zu einer Holzhütte in V-Form, aus langen Ästen errichtet. Mit Blättern, kleinen Zweigen, Laub und Moos hat sie das Dach abgedichtet. Es liegt eine grüne, regendichte Plane darüber, die sie am Eingang von unten ein wenig anhebt, um ihn in das Innere ihres Unterschlupfes blicken zu lassen. Der Boden ist mit zwei Lagen Teppich ausgelegt. In einer Ecke liegt ein Schlafsack auf einer Isomatte, auf der sie eine Felldecke drapiert hat. Am Kopfende ruhen drei in die Jahre gekommene Kuscheltiere. Von einem im oberen Bereich gespannten Seil hängt eine Taschenlampe herab. Auf ihrem Lager liegt ein aufgeschlagenes Buch, daneben eine Plastikfolie mit Stiften, Textmarkern, einer Schere und einem Schreibblock. Auf dem Boden stehen ein Transistorradio, ein großer Plastik-Kanister mit Wasser und ein Gaskocher mit einer Blechtasse. An der anderen Wand lehnen ein Werkzeugkoffer und ein leicht angerosteter Erste-Hilfe-Kasten sowie eine große, blau-gelbe Ikea-Tasche, aus der Textilien herauslugen.

«Ziemlich minimalistisch hier! Aber Du scheinst ja alles zu haben, was du so brauchst!», stellt er fest.

«Kann man im Wald überhaupt leben? Das ist doch verboten!»

«Ich bin nicht ständig hier und 300 Millionen Menschen leben in Wäldern, davon 60 Millionen indigene Völker. Gut ist, dass mein Platz weder bei Komoot noch bei Google Maps eingezeichnet ist. Wie du gemerkt hast, ist es schon ein heikles Unterfangen für Ungeübte, an diese Stelle überhaupt zu gelangen.»

«Wohl wahr! Von hier aus läufst du immer den ganzen Fluss ab?»

«Etappenweise. Von hier aus marschiere ich meist nach *Wissen*. Das sind so etwa drei, vier Kilometer. Da die Regionalbahn 9 den Fluss treu begleitet, steige ich immer dort aus, wo es mich gerade hinzieht.»

«Ich bewundere dich!»

Er meint es ehrlich. Doch im Hintergrund läuft ein wenig Neid mit. Er muss an Pippi Langstrumpf denken.

«Und was machen wir jetzt?»

Kaum hat er die Frage gestellt, fürchtet er auch schon ihre Antwort.

«Jetzt schlagen wir uns durch das Gestrüpp am Ufer des *Holper Baches* und kehren zurück nach *Wissen.*»

Er stopft sein Smartphone ganz tief in die Hosentaschen.

Zieht die Ärmel seines Pullovers weit hinunter.

Noch über seine Handflächen hinaus.

TEIL II

16.   Outsourced

Seit vier Jahren lebe ich nun schon mit meiner Familie in einem Mehr-Generationen-Haus.

Die Idee, Nähe zu Gleichgesinnten herzustellen und dennoch als Familie autonom zu bleiben, reifte schon länger in Care.

Ben, unser Jüngster, der zwischenmenschlich jongliert und auf seine rigiden Gewohnheiten besteht, kroch während des Corona Lockdowns noch tiefer in sein Schneckenhaus.

Jamin, unser Ältester, verbrüderte sich mit seinem Smartphone und wurde spielsüchtig.

Care, die in ihrem sozialpädagogischen Job stets wie ein routinierter Fluglotse im Luftverkehr selbst bei dichtem Nebel brilliert, war bei uns Zuhause mit ihrem Latein allmählich am Ende. Sie erhoffte sich durch das Leben mit unterschiedlichen Generationen unter einem Dach ein wenig Balsam für die Psychen der Teenager. Die Jungens wirkten vor allem während der Pandemie verloren. Ältere Mitbewohner könnten Ben und Jamin aufmuntern und ihnen zusätzlichen Halt geben.

In einem Mehr-Generationen-Haushalt unterstützt man sich gegenseitig im Alltag und übt neue soziale Bindungen einzugehen. Da ich meine Frau liebe und nur das Beste für meine Familie möchte, dauerte es nicht lange und ich saß mit Care in einem Boot. Wir begannen mit der Suche nach einem geeigneten Objekt, recherchierten in den sozialen Medien nach Gleichgesinnten und schalteten Zeitungsanzeigen. Wegen Ben und damit eine gewisse Privatsphäre gewährleistet werden kann, wollten wir, in Abhängigkeit von der Größe des Objektes, nicht mehr als vier weitere Mitglieder in das Haus aufnehmen.

Ende 2020 fand sich oberhalb von *Hennef* ein geeignetes Anwesen. Nach etlichen, teilweise sehr kuriosen Vorstellungsgesprächen mit Menschen, die wir zum ersten Mal sahen, war die Mannschaft aufgestellt. Zu acht starteten wir im März 2021 auf unserer Arche Noah eine Reise in unbekannte Gewässer. Die Passagiere an Bord führen unterschiedlich viel Lebenszeit, eine gute Portion Individualismus und manchen skurrilen Charakterzug mit im Handgepäck.

Wir alle teilen gewisse Werte und Vorstellungen von einem Leben in Gemeinschaft.

Das Haus ist in *Oberhalberg*. Der Weiler* liegt in einer Höhe von 170 bis 200 Metern auf den Hängen des Bergischen Landes und des Nutscheid**. Bei unserem Zuzug hatte er 41 Bewohner.

─────

* Ein *Weiler* ist eine Siedlung aus wenigen Gebäuden, kleiner als ein Dorf. Der Begriff geht auf lat. *villare* „Gehöft" bzw. *vīllarîs* „zum Landgut gehörig" bzw. *villa* „Land-, Gutshaus" zurück. Ursprünglich war ein *Weiler* die Personalunterkunft vornehmer Landhäuser. Dem *Weiler* fehlen zentrale Gebäude, wie z.B. Kirchen oder Gasthäuser, hat ein *Weiler* doch eine Kirche, ist er ein *Kirchweiler*. Im Bergischen Land war ein *Weiler* usprgl. eine Hofschaft und eine Siedlung für Arbeiter, die weiter entfernt in Hammer- und Schleifwerken bzw. in Mühlen tätig waren. Dem *Weiler* fehlen Straßennamen. In größeren Orten, wie z.B. in *Hennef*, haben *Weiler*, wie z.B. *Oberhalberg*, Straßennamen. In Österreich haben *Weiler* übrigens eine maximale Größe von 8 Häusern, ab 9 Häusern handelt es sich um ein Dorf
(Quelle: Literatur „Weiler" der deutschen Nationalbibliothek).
**Nutscheid ist das Kerngebiet des größten zusammenhängenden Waldgebietes im Bergischen Land, ein Höhenzug zwischen der Sieg im Süden und *Bröl* im Nordern in der Gemarkung *Lauthausen*, auch ein weiterer Ortsteil von *Hennef*.

Der nächstgelegene Bahnhof ist der in *Blankenberg*. Die Teenager mussten zwar die Schule wechseln, aber *Oberhalberg* ist über das lokale Bussystem recht gut angeschlossen.

Für Care ist die Nähe zu *Köln* über die Autobahn und durch den *Eitorfer* Bahnhof gegeben.

Die Stadt *Hennef* ist 8.5 Kilometer entfernt und bietet Einkaufsmöglichkeiten und eine gute ärztliche Versorgung.

«Papa, warum heißt die Stadt eigentlich *Hennef?*», fragt Ben, als wir auf dem Weg zur Objektbesichtigung sind. Mich freut es, dass er, obwohl dem Kleinkindalter längst entwachsen, noch Fragen stellt. Ben gehört nicht zu der Fraktion, die anstatt die Altvorderen zu interviewen, lieber das Smartphone zückt, um Antworten zu googeln. Er bekam sein internetfähiges Gerät erst mit vierzehn Jahren und steckt quasi noch in den digitalen Kinderschuhen. Aufgrund Cares Erfahrungen mit Jugendlichen und nach der Lektüre neurologischer und pädagogischer Fachartikel über die fatalen Auswirkungen einer verfrühten, exorbitanten Smartphone-Nutzung auf Kinder und Jugendliche*, zögerten wir die Aushändigung eines Smartphones bei unserem Jüngsten hinaus. Damit fielen wir, unmittelbar und ohne Netz und doppelten Boden, aus dem zeitgenössischen, gesellschaftlichen Rahmen. Wir leisteten allerdings zum Wohl unseres Sohnes den auf die Barrikaden gehenden Eltern der Klassenkameraden nur allzu gern Widerstand. Ben selbst scheint unter der digitalen Abstinenz nie gelitten zu haben. Er nutzte ein Klapphandy, um uns im Notfall erreichen zu können.

«Sohnemann, hier fließt irgendwo der *Hanfbach* und man vermutet, dass der Name der Stadt auf ihn zurückgeht. Der Bach hieß früher *Hanapha*, die Stadt *Hennef Hanapho*. Und weißt du, was das Coolste ist? Hier begann auch die Geschichte der Jugendherberge! Ein Lehrer namens *Schirmann unternahm* im Jahr 1909 eine Wanderreise mit seinen Schülern.

_____* Die Autorin verfasste in den Jahren 2020/2021 zwei Bücher zum Thema.

In einer Nacht im *Bröltal*, nicht weit von hier, wurden sie von einem sehr heftigen Gewitter überrascht. Die Jugendlichen und ihr Lehrer durften zwar bei einem Bauern in einer Scheune übernachten, aber der war nicht gerade besonders gastfreundlich. Also überlegte sich Herr Schirmann, in gewissen räumlichen Entfernungen Jugendherbergen zu errichten, so wie es auch überall unterwegs Turnhallen und Schulen gibt.»

Ich schaue über die Schulter nach hinten. Ben ist, wie so oft, in Gedanken versunken.

Jamin hantiert mit seinem Smartphone.

«Boh, ey Leute, hier wohnt auch dieser Schlagerfuzzi Wolfgang Petri, *Hölle, Hölle, Hölle*, ein Glück, dass der keine Musik mehr macht!»

«So hoch oben, wie wir wohnen, würden wir den auch wahrscheinlich gar nicht hören», beruhigt ihn Care.

Die Hausgemeinschaft besitzt fünf Kraftfahrzeuge. Wir sind alle mobil und fahren gern Auto.

In *Oberhalberg* erhoffen wir uns Ruhe, auch für Ben, der sie für sein seelisches Wohlbefinden benötigt.

Unser Haus ist von Feldern und Wäldern umgeben. Weder der *Halberger Bach* noch die Siegaue sind weit entfernt.

Das Anwesen, beige geklinkert, rotes Dach, wurde 2002 auf einem 645 m² großen Grundstück gebaut. Es hat eine Wohn- und Nutzfläche von 390 m², die sich auf vier Ebenen vom Keller bis zum Dachgeschoss verteilen. Im Erdgeschoss ist eine 117 m² große 4-Zimmer-Wohnung. Von hier aus erreicht man die Terrasse und einen großen Garten mit einem Blockhaus. Die Wohnung im ersten Stock hat 100 m², ebenfalls vier Zimmer und einen Balkon. Im Dachgeschoss sind 60 m² Wohnfläche. Im großen Keller mit Tageslichtfenstern kann noch Wohnraum geschaffen werden.

Das Haus bietet also ausreichend Platz für acht Personen. Dann sind da noch zwei Garagen, um die wir losten, und zwei Außenstellplätze.

Der Preis für das Objekt war eine lange Zahlenreihe. So verkauften wir die Immobilien, in denen wir bisher lebten, und blätterten als sechs erwachsene Investoren 1.220.000 Euro hin.

Immer wenn ich auf die Garagen blicke, auf schneeweiße Tore und rote Dächer, muss ich an Weihnachten denken.

Die Aufteilung der Räume entfachte bei den neuen Bewohnern einen hektischen Wettstreit. Wir versuchten als Team, zweckmäßig und empathisch zu entscheiden. Ben wollte das komplette Dachgeschoss allein bewohnen. Care träumte davon, ins Erdgeschoss zu ziehen. Ihre Beweggründe waren die Terrasse und der Garten. Deren Nutzung steht jedoch allen Mitbewohnern gleichermaßen zu!

Bevor ich Ihnen nun erzähle, wie die Leutchen sich im Haus verteilten, sollten Sie erst einmal erfahren, um wen es hier eigentlich geht.

Mich kennen Sie ja bereits. Ich bin fünfundvierzig Jahre alt. In unserer Hausgemeinschaft spalte ich das Holz für unseren Kamin und erledige die Einkäufe für alle.

Meine Frau Care ist neununddreißig Jahre alt. Sie arbeitet als Streetworkerin im Schmelztiegel *Köln*. Wie ich meine bessere Hälfte kenne, wird Sie Ihnen das sicher noch genauer erläutern. Care kümmert sich liebevoll um unsere Söhne und um den Garten.

Unser Sohn Jamin ist achtzehn. Er steht kurz vor dem Abitur und liegt mit seiner Pubertät im Zwist. Eigentlich ist ihm immer alles egal, was manche Dinge im Alltag leichter macht, andere schwieriger.

Unser Sohn Ben ist fünfzehn und autistisch veranlagt.

Mr. und Mrs. Letter sind beide Anfang sechzig. Sie führten gemeinsam einen Buchhandel im Bergischen Land. Ihre *Bücherliebe* ist ihr Leben! Sie verkauften nur Werke, die sie selber gelesen und für gut befunden hatten. Beide scheuen das Internet und die sozialen Medien wie der Teufel das Weihwasser. Corona brach ihnen finanziell das Genick. Sie wurden gezwungen, Insolvenz anzumelden und ihren Buchladen zu schließen. Die Letters leiten die Bibliothek in unserem Mehr-Generationen-Haus. Das machen sie großartig!

Ihr Bücherfundus zog mit ihnen gemeinsam nach *Oberhalberg*. Eintausend Bücher! Zwei Drittel der geschriebenen Worte vermachten sie Verwandten und Freunden, stellten sie in Bücherschränke oder verschenkten sie über die Nachbarschaftshilfe an Leser.

Die Hausgemeinschaft stellte eigene Bücher in die Hausbibliothek, was zu mehr Platz in den Wohnräumen führte. Es gibt auch eine kleine, gemütliche Leseecke. Die Letters praktizieren ein professionelles, rein analoges Ausleihsystem, damit kein Buch verzweifelt gesucht wird, obwohl es nur ein Mitbewohner gerade liest. Sie arbeiten noch mit den guten alten Karteikarten, so wie man es in den 70iger Jahren handhabte. Einmal im Monat fährt Mrs. Letter die regionalen Bücherschränke ab, um unseren Bestand literarisch aufzuhübschen. Sie bestellt telefonisch Bücher, die wir gern lesen würden, und holt sie höchstpersönlich im stationären Buchhandel ab. Noch haben wir Kapazitäten und können weitere Regale im Kellergeschoss aufstellen. Alle vier Wochen organisieren die Letters Lesungen. Sie verfügen über weitreichende Kontakte innerhalb der Buchbranche, zu Buchhändlern, Autoren und Lesern. Bei solchen Veranstaltungen besuchen uns Menschen von *außerhalb*. Das ist jedes Mal ein Highlight! Stolz zeigen wir dann Interessierten unser Anwesen und erfreuen uns an der Unterhaltung mit netten Besuchern.

Der ein oder andere würde sicher gern am liebsten bei uns einziehen und für immer bleiben. Wir wollen jedoch erst einmal weiter ausprobieren, wie sich unsere Reise mit der aktuellen Besatzung gestaltet.

Rider ist fünfundfünfzig. Er ist Finanzbeamter im Ruhestand und seines Sternzeichens Jungfrau. Das erwähne ich nur, weil er sehr ordnungsliebend und auch ein wenig pedantisch auf seine Mitmenschen wirkt. Er ist in unserer Gemeinschaft für die Finanzen und die Buchhaltung zuständig. Mit Zahlen und dem Tamtam rund um das Finanzamt kennt er sich aus. Er lebte schon länger allein, war aber offen für neue Lebenskonzepte. Mit Kindern kommt er gut klar. Er ist selbst Vater eines pubertierenden Sohnes, der bei dessen Mutter lebt.

Teller ist Witwer und Anfang achtzig, was man ihm nicht ansieht. Auch er ist Beamter im Ruhestand. *Ein* bewegtes Leben liegt hinter ihm. Er ist ein begnadeter Geschichtenerzähler, humorvoll und hilfsbereit. Als ehemaliger Steward, auch auf Kreuzfahrtschiffen, sorgt er bei uns für gute Stimmung und oft für die kulinarische Versorgung der stets ausgehungerten Passagiere.

Seit ein paar Monaten besitzt Teller ein neues Küchengerät, das er vergöttert. *Ey, Freier!* So oder so ähnlich heißt das Wunderding.

Soweit es die Schule der Teenager und unsere Verpflichtungen zulassen, frühstücken wir alle zusammen. Ein gemeinsames Abendessen ist einmal wöchentlich gewünscht.

Wir alle hätten natürlich auch dort bleiben können, wo wir gerade wohnten, als Care auf einmal beschloss, dass ab sofort alles anders werden soll. Einige der Hausbewohner hätten sich durchaus exklusive Wohnformen leisten können, inklusive späterer Betreuung, oder aber für immer alleine bleiben können. Scheinbar, und auch das eint unsere Mannschaft an Bord, war das nicht das Konzept, das wir im Grunde unserer Herzen für immer leben wollten. Uns sind mögliche Fallstricke des Zusammenlebens durchaus bewusst, die weniger durch die relative Abgeschiedenheit unseres Domizils oder durch finanzielle Probleme entstehen könnten, als eher dadurch, dass es für jeden von uns das allererste Mal ist, dass er mit Fremden unter einem Dach lebt.

Unabdingbar sind die individuelle Bedürfnisermittlung für jeden Hausbewohner, ein geschicktes Austarieren von Nähe und Distanz, die Kompromissbereitschaft aller und natürlich das sich ständige Besinnen auf das gemeinsame Ziel. Eventuelle Narben auf den Seelen sowie die Frage der Kompatibilität unserer Charaktere gehören zu den Unbekannten der Mehr-Generationen-Formel.

Es heißt doch so schön, man könne den Leuten immer nur bis zur Stirn gucken, den Rest müsste man ausprobieren.

Und das wollen wir!

Alle!

Es einfach einmal ausprobieren.

Zurück zu der Wohnraumverteilung.

Ben zog in den Keller und schuf sich dort seinen persönlichen *Schutzbunker*.

Teller und Jamin zogen ins Erdgeschoss, weil beide absolute Lerchen sind und Teller sich gern in der Nähe der Küche aufhält. Er ist der Älteste, sollen andere die Treppen ständig rauf- und runter rennen. Vielleicht wird Teller sogar durch seine humorvolle Art einen gewissen meditativen Einfluss auf Jamin haben, der mit seinem jüngeren Bruder im ewigen Zwist liegt, weil Jamin Ben oft zu laut und zu unordentlich ist. Da unserem ältesten Sohn sowieso alles egal ist, mussten wir erfreulicherweise keine Diskussionen führen.

Care und ich teilen mit den Letters die erste Etage.

Rider zog unters Dach, damit er sich frei fühle. Er wird wie ein Adler im Horst aus Gründen der Kontrolle einen Blick von oben auf das Geschehen haben wollen.

Die Aufteilung ist ein erster Entwurf. Sollte am zwischenmenschlichen Horizont eine dunkle Wolke aufziehen, können wir uns jederzeit räumlich umsortieren.

17.   Ihr letztes Kapitel

Die dunkle Wolke zog am Horizont auf. Allerdings nicht am Himmel über *Oberhalberg*.

Sie wollte die Fortsetzung ihrer Geschichte erzählen und beabsichtigte, mir in *Eitorf* eine ganz bestimmte Stelle an der Sieg zu zeigen.

Ich verlasse das rote Backsteingebäude des alten Bahnhofes. Sie steht bereits wartend am Ausgang. Nach einer kurzen Begrüßung marschieren wir los. Sie biegt nach rechts ab, ich folge ihr.
«Wir laufen jetzt 1,3 Kilometer bis dahin. »
«Bis wohin?»
«Das wirst du dann schon sehen, Julius Cäsar.»

Während unseres Spazierganges --- ein wahrer Euphemismus ---, die Dame vor mir geht sehr flott, kann ich kaum hören, was sie sagt.

Der Lärm des dichten, an uns vorbei ratternden Verkehrs, viel Schwerlastiges, ist ein Schalldämpfer für ihre Worte.

«Was sagtest du?»

Sie bleibt kurz stehen und dreht sich um.

«Ich sagte, wir sind auf der Landstraße 333.»
Sie passt die Lautstärke ihrer Stimme den ohrenbetäubenden Dezibel unserer Umgebung an.

«Der eigentliche Straßenname ist ein Witz!»
«So? Wie lautet er denn?»
«*Harmoniestraße* (…). Also Julius Cäsar, unsere Zahlungsunfähigkeit vor vier Jahren (...)», sie nimmt das Garn wieder auf, dessen *Faden* sie bei unserem letzten Treffen einfach in der Luft hatte baumeln lassen, «das war nicht das Schlimmste für mich, auch wenn unsere Immobilie zu einem absoluten Schleuderpreis von drei Millionen in der Insolvenzmasse verschwand (...).»

«Entschuldigung, wenn ich dich unterbreche, aber was ist denn das da für ein langes Gebäude rechts, das mit dem Schornstein?»

«Du interessierst dich aber schon für meine Geschichte, oder?!», fragt sie pikiert.

«Ja, natürlich!»

«Das ist die *Weco*. Die müsstest du eigentlich aus der Presse kennen. Ab Mitte Dezember versammeln sich dort sämtliche Pyromanen zum feurigen Großeinkauf.»

«Ach' ja, stimmt! Die produzieren Feuerwerkskörper.»

«Kann ich jetzt weiter erzählen?»

«Gern.»

Sie spinnt ihren *Faden* weiter.

«Mein Mann entnahm weiter Flussproben, auch im Frühjahr 2021 (...). Ach weißt du was, Julius, hier ist es viel zu laut! Ich erzähle gleich, wenn wir an der Sieg sind, an der entscheidenden Stelle, okay?»

Ich nicke und betrachte die steilen Felswände auf der linken Straßenseite. Sie sind zum Teil mit Netzen gesichert. Da scheint ab und zu ein mächtiger Steinbrocken herunterzukommen.

Bis *Eitorf*, in etwa bis zur Höhe der Aral-Tankstelle, war ich bislang ausschließlich auf dem Wasserweg unterwegs. Daher hatte ich bisher überhaupt noch keine Gelegenheit, die Gegebenheiten vor Ort fußläufig aus unmittelbarer Nähe zu betrachten.

«Krasse Felswände hier!»

«Diese Straße ist die einzige Verbindung zwischen *Hennef* und *Eitorf*. Die Einwohner sind wegen der steilen Felswände unmittelbar neben der Straße sehr dankbar. Sie fahren sogar ausgesprochen gern hier entlang, selbst bei Dämmerung oder bei witterungsbedingt schlechten Sichtverhältnissen, wie zum Beispiel bei Nebel, Regen oder Schnee. Für sie bieten die Felsen subjektiv Sicherheit. Es ist für das Wild unmöglich, den Abhang herunterzukommen und dann plötzlich unerwartet auf der Straße zu stehen. Das berichtete eine Bekannte, die schon seit Jahren in *Eitorf* wohnt.»

«Was du so alles weißt! Es würde mir als Autofahrer eher Sorgen bereiten, in eine lebensgefährliche Kollision mit einem plötzlich herabstürzenden Felsbrocken zu geraten!»

Sie biegt nach an einem Laternenpfahl mit drei Hinweisen, *Broil King*, *Gerstaecker* und *Krain Elektroroller*, nach rechts ab. Wir landen auf dem *Spinnenweg*.

«Dass du dich als Frau traust, hier entlang zu gehen!»
«Wieso?»
«Tja, wegen des tierischen Straßennamens.»
Ich grinse.
«Schubladen-Denken, Julius Cäsar? Dein Humor ist manchmal gewöhnungsbedürftig!»

Ich sollte mal öfter die Klappe halten!

Am Ende des Weges befindet sich ein gelbes, kastenförmiges Gebäude mit blauen Schriftzug. Das habe ich vom Wasser aus schon mal gesehen.

«Haben wir heute eine Besichtigung in der Wollproduktion?»

Ich kann es einfach nicht lassen!

«Wegen Schoeller Wolle?»

Sie grinst.

«Nicht, dass ich wüsste.»

Wir biegen nach links ab und marschieren entlang des rechten Ufers. Nach nur wenigen Metern stoppt sie plötzlich zwischen Firmengebäude und Wiese an einer Ausbuchtung der Sieg. Das Kiesbett ist mit Sand bedeckt. Die Stelle sieht wie ein Naturstrand aus. Bestimmt ein schönes Plätzchen für ein ruhiges Mittagspäuschen. Vielleicht tummeln sich hier die *Wollmäuse* Schöllers. Wir scheinen am Ziel zu sein.

«Der erste April 2021 war ein heißer Tag, wir hatten fast sechsundzwanzig Grad. Du wirst dich nicht mehr erinnern, Julius Cäsar. Das ist fast vier Jahre her. Ich hingegen erinnere mich an jenen Tag, als wäre er heute! Es war ein Gründonnerstag, der Tag vor Karfreitag. Ich weiß nicht, ob du überhaupt noch wüsstest, was du am am ersten April vor vier Jahren gemacht hast. Die meisten Menschen erinnern sich nicht mehr daran, sobald der Tag vorbei ist.»

Ihr Körper spannt sich. Sie wirkt konzentriert. Ihre Stimme klingt anders, belegt. Ich bin erleichtert, dass sie ohne Unterlass weiter redet, dass ich ihre Frage überhaupt nicht beantworten muss.

«Nach diesem einzigen Hitzetag ist der April merklich abgekühlt. Die Freibäder waren noch geschlossen. Später öffneten sie unter sehr restriktiven Auflagen. Der zweite Lockdown dauerte bis Mai an. Hier an dieser Stelle, genau hier!»

Sie zeigt auf den Kies zu unseren Füßen und breitet dann, so wie Greifvögel, die Beute erspähen, ihre Schwingen die Arme aus.

»Hier, wo wir beide gerade stehen, hat mein Mann am Gründonnerstag vor vier Jahren dem Fluss Wasserproben entnommen. Die Sieg ist in *Eitorf* genauso wie in *Herchen* ziemlich verschmutzt.»

Ich scanne die Wasseroberfläche, entdecke schleimige Pfützen im Wasser.

Kleine Plastikteilchen treiben im Wind wie Miniatur-Segelboote an uns vorüber. Größere weiße Schlieren erinnern an Badeschaum, sind wohl aber eher giftige Überreste einer industriellen Säuberungsaktion.

«Komm', Julius! Lass uns mal da vorne rechts hingehen, auf die Kies-Zunge da!», fordert sie mich auf. «Auf der anderen Uferseite, da gegenüber, führt hinter der Sieg die Hombacher Straße den Berg hinauf nach *Schmelze*. Der Name des Ortes ist Programm. Seit Ende des 18. Jahrhunderts wurde hier eine kleine Kupfererzgrube betrieben, die eine Schmelzhütte erforderlich machte. Doch jetzt schweife ich ab, das ist ja sonst dein Part.»

«Beeindruckend, wie gut du mich schon kennst!»
Ich muss grinsen.

«Da, wo es nach *Schmelze* hinaufgeht, verläuft die Bouraueler Straße über eine kleine Brücke und geht in die Hombacher Straße über. Das wirst du von hier aus leider nicht sehen können. Aber was du erkennen kannst, sind die Strudel auf der Wasseroberfläche.»

«Ja, sie sehen wie ein V aus», bestätige ich ihre Aussage. «Die künstliche Schwelle bildet einen horizontalen Strudel und gleich daneben ist noch ein vertikaler, langgezogener Wasserwirbel.»
«Genau!»

Meine detaillierte Beschreibung scheint sie zu erfreuen.

«Es gibt hier wegen der Brücke auf der Straße Unterspülungen. Die Tiefen der Sieg sind hinter Stromschnellen und Brücken durch Ausspülungen entstanden oder aber durch verbliebene Krater nach zahlreichen Bombeneinschlägen bei den Luftangriffen im zweiten Weltkrieg. Der Fluss hat hier eine Tiefe von vier Metern.»

«Sag' mal, woher weißt du das eigentlich alles? Lehrst du als Dozentin an einer Volkshochschule?»
«Julius! Ich habe mich jahrelang und sehr intensiv mit der Sieg beschäftigt, vor allem in den letzten vier Jahren. *Totenloch* heißt die Stelle übrigens hier.»

Mir schwant Böses.

«Klingt ja nicht gerade einladend! Und warum ist dann ausgerechnet an diesem Flussabschnitt ein Strand?»

«Julius, das wissen nur die Götter! Es ist völlig absurd!» Sie wird lauter.

«Hier ist das Schwimmen absolut verboten! Oben an der Straße steht sogar eine Sitzbank. Kannst du dir das vorstellen? Der Strom ist von beiden Ufern aus leicht zugänglich. Hier sind schon in früheren Zeiten Menschen ertrunken. Bei den Älteren heißt die Stelle *Dudeloch*. Die Sieg war früher das Freibad für alle. Damals wussten die Leute eigentlich genau, von welchen Stellen man sich besser fernhielt. Heute kentern hier viele Bootsfahrer.»

Das betrifft mich jetzt!

«Ehrlich gesagt, an diesem *Totenloch* bin ich noch niemals mit dem Einer vorbei geschippert.»

Es ist die Wahrheit! Hier bin ich *noch nie* gerudert. Ich mime besser den Ahnungslosen, denn ihre Stimmung scheint sich mit jedem Satz weiter einzutrüben. Ihre Laune nimmt allmählich das Dunkle der Tiefsee an. Es ist mehr als eine wage Ahnung, wie die Geschichte nun ausgehen wird.

«Also schwimmen *wir* hier heute nicht?»
«Julius, meine Güte! Kannst du nicht einmal ernst bleiben?!»
«Doch das kann ich! Aber macht es die Sache dann zwangsläufig besser? Humor ist manchmal sehr hilfreich. Außerdem ist er Bestandteil meines Genpools!», verteidige ich mich.

Mein Kommentar findet kein Gehör. Sie nimmt den *Faden* ihrer Erzählung wieder auf.

«Genau an dieser Stelle hier war am ersten April 2021, ein etwa zehnjähriger Junge im Fluss. Er war allein.

Er paddelte hektisch, sein Kopf geriet immer wieder unter Wasser. Um Hilfe gerufen hat er wohl nicht, aber es war offensichtlich, dass er mit der Sieg einen verzweifelten Zweikampf austrug. Außerdem soll er keine Badesachen angehabt haben, sondern vollständig bekleidet gewesen sein. So wurde es jedenfalls in der Presse geschildert.»

Mich befällt ein mulmiges Gefühl. Ich würde mich jetzt am liebsten sofort aus dieser Szene herausschneiden. Sie nimmt meine Anspannung scheinbar nicht wahr, denn sie fährt unbeirrt mit ihren Ausführungen fort.

«Das ist eine der tiefsten Stellen der Sieg! Sie misst hier vier Meter.»

Sie wiederholt sich! Vielleicht ist sie aufgeregt?

Wie weit will sie die Dramatik eigentlich noch zuspitzen? Die Karten liegen doch bereits auf dem Tisch! Die Würfel sind gefallen! Das Schicksal des Jungen ist besiegelt!

«Mein Mann war der *einzige* Mensch am anderen Ufer. Er kannte die Sieg wie seine Westentasche. Er hätte dir die Unterspülungen des Flusses blind aufzeichnen können. So wird er an jenem ersten April 2021 vermutlich spontan in den Fluss gesprungen sein, um den hilflosen Jungen aus dem Wasser zu ziehen. Das gelang ihm auch.»

Sie macht eine Pause. Sie schluckt.

«Nur leider (...) verlor mein Ehemann dabei sein Leben!»

Sie reibt sich die Augen. Atmet hörbar tief aus.

«Damit verlor ich (…) auch meines! Mein Mann konnte überhaupt nicht schwimmen! Ein Biologe, der regelmäßig Wasserproben aus Flüssen entnimmt und selbst nicht schwimmen kann. Ist das nicht wahnsinnig komisch und herrlich absurd?!»

Sie bricht in ein irres Lachen aus.

Ich betrachte sie verunsichert von der Seite. Ich sehe, wie ihr stumme Tränen die Wangen hinunterlaufen. Sie schluchzt laut auf. Ihre Verzweiflung geht in ein Crescendo über. Ihr schmächtiger Körper bebt.

Ich bin betroffen. Schwer getroffen. Schon wieder! Diese Frau ist mir nicht fremd. Das war sie noch nie! Ich möchte sie gern in meine Arme schließen. Sie trösten. Doch mir fehlt der Mut. So wie ich sie inzwischen kenne, wird sie meine Nähe niemals zulassen. Schon gar nicht in diesem tragischen Augenblick. Selbst dann nicht, wenn sie mir soeben ein Geheimnis und ihren größten Schmerz anvertraut haben sollte. Ein wildes, verwundetes Tier lässt niemanden an sich heran!

«Das tut mir (...) so --- (...) --- wahnsinnig (...) leid!», stammele ich, weil mir einfach nichts Besseres als diese abgedroschene Floskel einfällt.
«So wie du deinen Mann beschreibst, hätte ich ihn nur zu gern persönlich kennengelernt!

Ich erinnere mich dunkel daran, von dieser Tragödie in der Zeitung gelesen zu haben.»

«So war er, mein Mann, furchtlos. Er war ein Gutmensch. Er war die Liebe meines Lebens! Nach seinem Verlust bin ich nur noch verzweifelt. Noch heute. Ich wurde selbst depressiv. Am 24. Mai des selben Jahres legte ich mitten in der Nacht, im Wahn, an unserer Burg Feuer und somit unseren ehemaligen Wohnsitz in Schutt und Asche. Dabei hätte ich dort noch bis zur vollständigen Abwicklung unseres Insolvenzverfahrens weiter wohnen bleiben können. Stattdessen wurde ich wegen Brandstiftung von meinen Schwiegereltern angezeigt. Die Kriminalpolizei konnte sich im Ermittlungsverfahren entspannt zurücklehnen. Meine Schwiegereltern nahmen die Zügel in die Hand und betrieben akribisch Indizienarbeit. Für sie kam überhaupt niemand anderer als Täter in Frage als ich. Ich spürte regelrecht ihre Vorfreude bei der Vorstellung, mich hinter Gittern zu wissen. Ich kam aufgrund eines psychologischen Gutachtens auf Bewährung frei. Da war mir allerdings schon alles egal.

Ich sah in allem keinen Sinn mehr. Ich atmete noch, aber ich hatte aufgehört zu leben. Ich stromerte weiter die Flüsse entlang und siedelte an der Sieg. Unter den vielen Eisenbahnbrücken finden sich immer geschützte Schlafstellen. Wenn es im Winter eisig ist, lässt mich ab und zu ein Bauer in seine Scheune. Das Wandern in der Natur hält mein Leben in Bewegung und mich am Leben.»

Das Schweigen zwischen uns könnte stiller nicht sein.

Nach einer Weile ergreife ich das Wort.
«Ich danke dir für dein Vertrauen! Das muss dich immens viel Kraft gekostet haben, mir das alles zu erzählen. Vor allem, nachdem ich auch noch immer so hartnäckig nachbohrte. Deine Geschichte bewegt mich sehr, sie ist äußerst tragisch! Vielleicht habe ich ein Trostpflaster für dich, auch wenn das Leid eines solch' schmerzlichen Schicksalsschlages kaum zu lindern ist. Es könnte dich aufmuntern und wieder geselliger werden lassen. Du könntest auf andere Gedanken kommen und neue Wege kennenlernen. Du liebst doch unentdeckte Pfade, nicht wahr?»

Sie schaut mich stumm an. Ihr Gesicht ist nass.

«Ich habe dir doch von unserem Haus in *Oberhalberg* erzählt. Da wohne ich nicht nur mit meiner Familie. Wir leben ein Mehr-Generationen-Konzept. Wir sind acht Hausbewohner, altersgemischt, ein total nettes Völkchen. Wir unterstützen uns im Alltag gegenseitig und halten zusammen, eine Art Gegenentwurf zur gesellschaftlichen Vereinzelung. Oft ist es ziemlich lustig bei uns. Wenn du möchtest, stelle ich dir die Mannschaft einmal vor. Wir haben ausreichend Platz. Es ist ein schönes Haus mit Garten. Du wärest dort vor der nächtlichen Kälte und überhaupt vor den Unbilden der Witterung geschützt und müsstest nicht ständig draußen schlafen. Natürlich wärest du trotzdem frei, könntest dein Leben an der Sieg so führen, wie du es gewohnt bist. Der Mensch ist ein soziales Wesen. Gib deinem Leben eine zweite Chance!»

Sie schaut mich irritiert an.

«Das kommt jetzt aber ziemlich plötzlich, Julius! Ich muss über deinen Vorschlag erst einmal in Ruhe nachdenken. Ich weiß gar nicht, ob ich nach all den Jahren überhaupt noch gesellschaftsfähig wäre. Inzwischen bemerke ich eremitische Züge an mir. Ich brauche meine Freiheit und ihr seid ja wohl so eine geregelte Gemeinschaft. Ein gesellschaftliches Korsett würde mir die Luft zum Atmen nehmen. (…) Jetzt weiß ich, was du beruflich machst, Julius! Du bist Pfarrer oder Notfallseelsorger!»

«Spannend Berufe, aber leider nein. Jedenfalls bin offiziell keiner von beiden.»
Ich grinse.

18.   Ben

Ich denke an unseren Jüngsten. Ben. Daran, wie *er* so war, mit zehn.

Ben bewegt sich im oberen Spektrum des Autismussyndroms. Er war drei Jahre alt, als wir die Diagnose erhielten. Wir hatten immer gedacht, er wäre einfach nur aufmüpfig, nicht untypisch in diesem Alter, und er würde sich nicht alles *sagen* lassen, selbst wenn man zehn Mal so alt ist wie Ben. Wir dachten, er konfrontiere uns mit seinem starken Willen. Wir bemerkten sehr wohl, dass er starre Gewohnheiten ausbildete und beobachteten, dass jedes Mal, wenn einer von uns es wagte, diese auch nur minimal zu verändern, dass Ben dann wütend wurde und den sozialen Rückzug antrat.

Mit fünf setzte er sich eigenmächtig von zuhause ab und fuhr allein mit den Straßenbahnen durch *Köln*.

Wir machten uns schreckliche Sorgen, weil wir nicht wussten, wo unser Jüngster steckte. Am späten Nachmittag rief Cares Freundin an, bei der er wohl gestrandet war. Weiß der Teufel, wie er ihre Wohnung in einer Millionenstadt überhaupt gefunden hatte. Das war uns in dem Moment aber auch völlig egal. Wir waren glückselig, dass Ben wohlauf war und nach Hause zurückkehren würde.

In unserer Hausgemeinschaft gibt es hin und wieder Turbulenzen. In manche ist Ben verwickelt, manche löst er selbst aus.
Steht Bens Frühstücksgeschirr nicht exakt so auf dem Tisch, wie es seiner Meinung nach sein sollte, oder hört Jamin zu laut Musik, dann wird unser Jüngster unwirsch, sein Blick starr. Manchmal schreit er auch oder fuchtelt mit den Armen. Das tut er dann so lange, bis alles wieder *SEINE* Ordnung hat. Der Teller steht genau an seinem Platz, das Besteck liegt exakt so daneben, wie Ben es gewohnt ist. Jamin zieht die Kopfhörer auf oder geht in sein Zimmer, um Musik zu hören.

Als unser jüngster Sohn anfing, lesen zu lernen, lasen wir ihm vor und ermunterten ihn, in schwierigen Situationen lesend zur Ruhe zu finden.

«Ben, geh' doch in dein Zimmer und lies ein Buch! Wir bringen das alles hier wieder in Ordnung. Versprochen!»

Er zog sich dann tatsächlich mit einem Buch zurück, auch wenn er zwischendurch kurz an den Ort des Geschehens zurückkehrte, um zu kontrollieren, ob *seine* Ordnung tatsächlich wieder hergestellt worden war.

Wir merkten, dass Ben begann, sich für die Geschichte der Menschheit, insbesondere die der alten Völker, die der Kelten und die der Germanen, zu begeistern. Auch für die Natur, vor allem für Gewässer, insbesondere für Flüsse, entwickelte er ein reges Interesse. So kauften wir ihm die Ausgaben der klassischen Buchreihe für 8-12-Jährige «Was ist Was?». Wir schlugen Ben Ausflüge in Museen und in die Natur vor. Insofern war die Idee mit unserer Hausbibliothek ein pädagogisch sinnvoller Plan der Letters. Sie besitzen einige Bücher, die Bens Interessensgebiete behandeln.

Bens Wunsch, im Keller zu wohnen, bietet die räumliche Nähe zu seinem bevorzugten Rückzugsort.

In unserer Hausgemeinschaft mag unser Jüngster die Gesellschaft einiger Mitbewohner. Dazu zählen die Letters, Teller und Care. Das liegt wohl an dem Umstand, dass sie in sich zu ruhen scheinen und über vielfältige Erfahrung im Umgang mit ganz unterschiedlichen Menschen verfügen (die Letters mit Kunden, Care mit Kindern und Jugendlichen im Rahmen ihrer sozialen Arbeit). Tellers Humor ist ein Vademecum. Er kann tolle Geschichten erzählen, zum Beispiel die seiner Karriere als Friseurmeister in Hildesheim. Ob er tatsächlich Haare schneiden und Dauerwellen legen kann, konnten wir bislang noch nicht überprüfen. Teller darf Ben manchmal vorlesen. Und da er seine Erlebnisse, ob fiktiv oder real, gern wiederholt zum Besten gibt, korreliert das mit Bens Wunsch nach Regelmäßigkeit.

Rider und Ben gründeten eine Spielgemeinschaft. In ihrer Pedanterie können sie manchmal wie siamesische Zwillinge wirken. Rider und seine Ordnungsliebe und Ben, der Struktur braucht, um im seelischen Gleichgewicht zu bleiben.

Wenn die beiden allerdings zu lange *gamen*, interveniert Care, weil es des Digitalen genug wäre und Ben sonst nicht zur Ruhe kommen würde. Manchmal wird es auch ohrenbetäubend laut unterm Dach. Dann liegen Ben und Rider sich in den Haaren, weil ein Spiel anders gespielt werden soll als üblich, was für den Jüngeren einen unverzeihlichen Bruch mit seinen Gewohnheiten darstellt.

Zwischen den stets immer gleich und alphabetisch vorbildlich sortierten Büchern scheint Bens Weltordnung perfekt. Hier ist jeden Tag alles wie immer. Mr. Letter sitzt in der Leseecke und blättert in einer Zeitschrift. Mrs. Letter beschriftet ihre Karteikarten. Die Kommunikation beschränkt sich normalerweise auf eine kurze Begrüßung.

«Hallo Ben, wie geht es dir?», fragt Mrs. Letter, selbst dann, wenn der 15jährige mit wehenden Armen durch die Eingangstür geflogen kommt und mit bösem Blick stumm an ihr vorbei zieht. Dass Mrs. Letter keine Antwort von Ben bekommt, wertet sie inzwischen nicht mehr als Unhöflichkeit oder gar persönlichen Affront ihr gegenüber.

Care hielt in den ersten Wochen unseres Zusammenlebens einen Vortrag über *Autismus*, um noch Unkundige im Haus für spontan auftretende, emotionale Stürme zu wappnen.

Seit der zweiten Woche in *Oberhalberg* darf Ben allerdings erst ab mittags in die Bibliothek. Diese Regelung stellten wir auf, nachdem Ben, immer wenn er *seinen* Schutzraum Bücherei aufsuchte, fassungslos an der Eingangstür stehen blieb und schrie. Er tobte jedes Mal und fuchtelte mit den Armen. Auslöser waren die von Rider in Regenbogenfarben sortierten Buchrücken.

Die Letters brauchen ein paar Stunden, um die für den Hausfrieden so notwendige und von Ben vehement eingeforderte literarische Ordnung wieder herzustellen. Der Junge soll erst in die Bibliothek kommen, wenn alles wieder SEINE Ordnung hat.

19. Verzögerung ist Verlust !*

Eine gewisse *Ordnung* liegt auch in seinem Interesse. Er möchte ihr dabei helfen, das seelische Gleichgewicht, das sie durch *ihr* Schicksal verlor, wieder herzustellen.

Eine Woche dachte sie über seinen Vorschlag nach. Ob sie noch gesellschaftsfähig ist, kann sie nur in der Hausgemeinschaft erproben.

Sie verabreden sich an der Eisenbahnbrücke in *Herchen*, einem Ort mit 900 Seelen in der Gemeinde *Windeck*. Auf 105 Metern gelegen, zwischen dem Bergischen Land und dem Westerwald.

------

*Der Titel dieses Kapitels geht auf ein Zitat v. Seneca (4 v.C. - 65 n.C.) zurück: «Der größte Verlust für das Leben ist die Verzögerung: sie entzieht uns immer gleich den ersten Tag, sie raubt uns die Gegenwart, während sie Fernliegendes in Aussicht stellt».
(aus: Seneca, Von der Kürze des Lebens, 9. Kap., Übers. Otto Apelt (1923).

Dort suche sie gelegentlich vor der Witterung Schutz.

Er steigt in *Hennef* in die Regionalbahn 9, ist nach nur dreizehn Minuten in *Herchen*. Der Bahnhof, ein rotbraunes Backsteingebäude, hat ein Giebeldach und ähnelt einem Gotteshaus. Hinter ihm sind die bewaldeten Höhenzüge sichtbar.

Er läuft die Stromberger Straße entlang, biegt nach rechts ab, quert die Landstraße 312 und erreicht den Siegtalweg. Dort passiert er die Eisenbahnbrücke auf einem stählernen Fußgängerüberweg, der über die Sieg führt. Hier verschwindet jeder Zug in einem gähnenden schwarzen Loch, dem Tunnel am Ende der Brücke. 1909 stürzte sie wegen des Sieghochwassers ein. Es stand bis zur Mitte der vier Torbögen. Man behalf sich übergangsweise mit Seilen und einer Notbrücke.

Er ist jetzt am linken Ufer. Bewegt sich flussabwärts. Für sein Empfinden bietet die Eisenbahnbrücke keinen hundertprozentigen Wetterschutz, die Schienen haben rechteckige Aussparungen.

Doch seine Einschätzung ist völlig unerheblich, weil rein subjektiv. Schließlich lebt *er* nicht draußen. Auf alle Fälle liegt ihr Refugium gut versteckt, niemand wohnt in unmittelbarer Nähe. Gegenüber der Brücke ist nur eine Kläranlage.

Er überstreckt seinen Kopf, legt ihn weit in den Nacken und zieht sein Kinn nach vorne, sodass er die obere Etage des Bauwerkes besser sehen kann. Was für eine beeindruckende Stahlkonstruktion!
Er setzt sich auf die Mauer unterhalb des gigantischen Brückenaufbaus.

«Hallo? Wo bist du?», ruft er nach oben.
«Hier!», schallt ihm eine vertraute Stimme entgegen.

Er kann nur ihren Haarschopf sehen, ihr Kopf wirkt körperlos. Sie muss auf der linken Seite der Stahlkonstruktion liegen, sich zu ihm hinabbeugen. Ihm wird bereits bei ihrem Anblick flau im Magen.

«Kommst du zu mir hoch oder soll ich zu dir herunter kommen?»

Zu dir oder zu mir?

Er schmunzelt.

«Die zweite Variante wäre mir heute lieber. Gehen wir doch zu mir!», ruft er nach oben.

Vorsichtig, aber behände wie eine Katze, sieht er sie das Stahlgerüst langsam hinunterklettern. Als sie bei ihm ankommt, setzt sie sich neben ihn auf die Mauer. Er schnallt seinen Rucksack ab und zieht etwas Großes heraus.

«Schau' mal, ich habe dir ein Fotoalbum mitgebracht!»

Neugierig wirf sie einen Blick auf sein Mitbringsel. Kaffeeklatsch mit acht fremden Leuten in einem unbekannten Haus in *Oberhalberg*, hätte sie psychisch überfordert.

Fotos werden in ihrer Hausgemeinschaft ständig geschossen. Das bebilderte Festhalten schöner Momente wäre Cares Leidenschaft. Man müsse ständig vor ihr auf der Hut sein. Sie hocke oft hinter einer Blattpflanze, in einem versteckten Winkel des Hauses in

Erwartung des richtigen Moments. Geht man zufällig an ihr vorbei, drückt sie auf den Auslöser. Und das völlig unabhängig davon, was man gerade so anhat oder tut. Für sie ist *jeder* Augenblick ein schöner. Für das Objekt ihrer Begierde manchmal weniger.

Er schlägt die erste Seite des Fotoalbums auf.
Sie rückt näher heran und steckt ihre Nase zwischen die Seiten.

«Neugierig, bist du aber nicht, oder?! Dein Interesse freut mich!» Er lächelt.

Nach und nach stellt er ihr alle Mitbewohner vor. Dabei erwähnt er Alter und Beruf, und scheinbar nur beiläufig so manche Anekdote aus dem jeweiligen Vorleben und den einen oder anderen skurrilen Charakterzug.
Sie schaut sich jedes Foto genau an. Fragen stellt sie nur wenige.

«Deine Frau sieht sympathisch aus! Und das sind die Letters? Hast du ein Foto von Ben?»

«Bisher ist es ihm immer erfolgreich gelungen, der Kamera meiner Frau zu entwischen. Über kurz oder lang wird es auch ihn treffen! Meine Frau kann ausdauernd und sehr hartnäckig sein. (...) Und? Wie sieht deine Entscheidung aus? (...) Willst du es mit *uns* versuchen?»

Sie dreht ihren Kopf in seine Richtung, sucht nur ganz flüchtig den Augenkontakt.

«Ich bin unsicher! Ihr seid bestimmt ein wahnsinnig netter Haufen, aber ich fürchte mich vor einer Veränderung, vor einem Weg, den ich nie zuvor gelaufen bin, vor unbekannten Strömungen und fremden Witterungseinflüssen und auch davor, dass ich vielleicht in meinem eigenen, emotionalen Strudel untergehen werde.»

«Na, komm' schon! Du kannst doch schwimmen! Wir werden am Ufer bleiben und auf dich aufpassen. Lass' es uns doch gemeinsam versuchen! Man bereut immer nur das, was man nicht tat.

Du kannst gar nicht wissen, wie es wäre, mit uns zu leben, wenn du es noch nie versucht hast!

Der größte Verlust für das Leben ist immer die Verzögerung!

Es sind (…) die ungelebten Augenblicke. Wir haben alle nur ein Leben und nur eine begrenzte Zeit auf Erden.»

Sie schmunzelt.
«Hab' ich es nicht gesagt, Julius Cäsar?! Du bist doch Pfarrer! Was für bewegende Worte!»
«Danke für die Blumen! Und nun, du mäandernde Flussnomadin? Was nun? Wir werden dich schon nicht in einen dunklen Kerker sperren und den Schlüssel abgrundtief in der Sieg versenken!»
«Ich weiß es nicht (…).»
«Aber ich weiß es! Hier hast du unsere Adresse!»
Er reicht ihr einen gelben Klebezettel.
«Ich habe sie vorsorglich aufgeschrieben. Komm' einfach nächsten Montag bei uns vorbei, nachmittags um fünf, dann sind sicher alle zuhause. Dann bringst du dein Hab und Gut mit, wird ja wahrscheinlich nicht so viel sein.

Und dann beschnupperst du erst einmal *deine* neuen Mitbewohner. Ich werde sie vorher impfen. Was hältst du davon?»

«Wie?! Du hast ihnen von deinem Vorhaben noch gar nichts erzählt?!»

«Nein, bis jetzt noch nicht. Care weiß natürlich von dir. Aber warum schlafende Hunde wecken? Ich wollte erst deine Entscheidung abwarten. Mach' dir keine Gedanken. Es wird alles gut werden. Also, Montag um fünf? Bei uns?»

Er steht auf.

Sie bewegt zaghaft ihren Kopf.

Als ob sie nicke.

Er ist nicht sicher, ob sie Montag tatsächlich kommen wird.

Von seinem Plan, sie in die Hausgemeinschaft aufzunehmen, ist er überzeugt.

20. Die Fremde

In *Oberhalberg* entfacht am Abendbrottisch eine lebhafte Diskussion.

Er   «Ich habe übrigens einen neuen
             Bewerber für unsere Hausgemeinschaft.»
Ben: «Oh, Dad, nicht noch mehr Leute!»
Teller: «Mann oder Frau?»
Er: «Frau.»
Mrs. Letter: «Wie alt?»
Er: «Keine Ahnung! Schwer zu schätzen.»
Rider: «Name?»
Er: «Weiß ich nicht.»
Rider: «Wie bitte? Du willst uns eine *Fremde*
             unterjubeln, von der du überhaupt nichts
             weißt?!»

Er:	«Ich kann sie ja mal fragen, wie sie sich nennen möchte. Wie alt sie ist, spielt ja nun wirklich keine Rolle!»
Jamin:	«Hoffentlich ist sie achtzehn!»
Er:	«Mein Sohn. Was ist mit dir los? Dir ist doch sonst alles egal!»
Jamin:	«Hier sind schon so viele alte Leute!»
Care:	«Jamin, das ist jetzt aber nicht nett von dir! Wir sind alle topfit und rege.»
Ben:	«Mama, was ist *rege*?»
Care:	«Wenn man aktiv ist, wenn mit einer Person viel los ist, auch im Kopf.»
Mr. Letter:	«Wann soll sie denn einziehen?»
Er:	«Sie kommt am Montag auf Probe.»
Jamin:	«Mir egal!»
Er:	«Sehr schön, mein Sohn, so bist du mir vertraut!»
Care:	«Mir gefällt so ein frischer Wind. Mit ihr erhöht sich die Frauenquote im Haus.»

Rider: «Dass der Wind mal kein Tsunami
             ist! Ich hoffe, sie ist ordentlich und
             kann lesen. Ich möchte nur an unsere
             schriftliche Hausordnung im Flur
             erinnern!»
Care: «Rider, lass' sie doch erst einmal
             herkommen!
             Sei nicht immer so pedantisch!»
Mrs. Letter: «Vielleicht kann sie uns sogar in der
             Bibliothek zur Hand gehen?»
Er: «Wir können sie ja fragen.
             So, jetzt seid ihr informiert!
             Sie wäre auf jeden Fall eine Bereicherung
             für uns! Meine Meinung.
             Ihr werdet sie mögen! Gebt ihr
             einfach ein wenig Zeit, sich bei uns
             einzuleben.»

21.   Bananen sind aus!

Am Montag steht sie pünktlich um fünf Uhr nachmittags vor unserem Haus in *Oberhalberg*. Ich kann sie sehen, als ich von oben auf die Straße blicke. Ich laufe die Holztreppe hinunter und öffne ihr die Haustür.

«Schön, dass du gekommen bist! Dann mal hinein in die gute Stube!»

Ich zeige reihum auf die Leute, die sich bereits neugierig im Eingang versammelt haben.

«Das sind Teller, Rider, die Eheleute Letter, meine Frau Care und unser Sohn Jamin. Ben, unser Jüngster, hat sich verzogen. Er scheut neue Menschen. Du wirst ihn schon noch kennenlernen.»

Die Letters schauen freundlich. Teller lächelt charmant.

«Herzlich willkommen in unserem Mehr-Generationen-Leben», versucht meine Frau das Eis zu brechen. «Julius hat schon so viel von dir erzählt!»

Sie schaut mich an, als Care meinen Namen erwähnt und lächelt verschmitzt.

Jamin bleibt, wie üblich, von den Ereignissen um ihn herum relativ unberührt.

«Ich bin Sigina!», stellt sie sich selbst vor.

«Ach, die gnädige Frau hat doch einen Namen?!», antwortet Rider schnippisch.
Seine Bemerkung ärgert mich. Ich schiebe *die Neue* sanft in Richtung Treppenaufgang. Oben angekommen, zeige ich ihr mein ehemaliges Arbeitszimmer im ersten Stock.

Sigina wirft einen scheuen Blick auf die Schlafcouch. Sie geht zum Fenster und betrachtet nachdenklich unseren Garten.

«Komm', wir gehen runter, du bist doch gern draußen», schlage ich vor, um die Atmosphäre etwas aufzulockern.

Riders Kommandoton begleitet uns bis zur Haustür. «Sigina, unten im Eingangsbereich hängen übrigens unsere Hausregeln!»

Sigina setzt sich auf die Hollywood-Schaukel. Mit eingezogenen Schultern und gesenktem Kopf wirkt sie schmächtiger als sonst. Begeisterung sieht anders aus! Jetzt bin *ich* verunsichert.

Nachdem ich ihrem Schweigen eine Weile stumm Gesellschaft geleistet habe, sage ich: «Sigina, ich lass dich jetzt besser mal allein. Komm' erst einmal bei uns an. Wenn du Fragen haben solltest, kannst du jederzeit zur mir kommen!»

Sie nickt verhalten.
Ich kehre ins Haus zurück.

Die Hausbewohner scheinen sympathisch zu sein, bis auf diesen Korinthenkacker Rider, denkt Sigina im Stillen. *Ben habe ich ja leider nicht getroffen. Im Moment weiß ich wirklich nicht, ob ich bleiben möchte!*

Während die Gedanken in Siginas Kopf orientierungslos ihre Runden drehen, spürt sie plötzlich einen dumpfen Schlag am Rücken. Ein weiterer folgt unmittelbar, dann noch einer. Sigina schreit vor Schreck auf und fährt instinktiv von der Schaukel hoch. Sie schaut sich um. Vor dem Holunderbusch hockt ein Junge auf der Wiese. Auf seiner linken Handfläche balanciert er Kieselsteine, solche, wie die Sieg sie mit sich führt. Sigina durchbohrt den Angreifer mit einem stechenden Blick. Der Teenager grinst frech. Er nimmt einen der Steine mit der rechten Hand auf, schiebt ihn zwischen Daumen- und Zeigefinger, zieht seinen Unterarm nach hinten und schleudert das Wurfgeschoss zielsicher in ihre Richtung. Es trifft ihre rechte Brust. Instinktiv berührt Sigina die äußerst sensible Stelle.

Als sie den Kopf wieder hebt, ist der Junge verschwunden. Sigina kehrt zurück zum Haus. Rider, der sie beobachtet, wartet bereits an der Haustür.

«So, Madame! Jetzt mal schön die Treterchen auf der Fußmatte abstreifen. Das bist du wahrscheinlich überhaupt nicht gewöhnt. Willkommen in der Zivilisation! Oder hast du etwa eine Fußmatte vor deinem Baumhaus?»

Was für ein blöder Hund!

Sigina quetscht sich wütend durch den engen Spalt zwischen Tür und Rahmen an ihrem Widersacher vorbei. Sie ignoriert Rider und stürzt die Treppe in die erste Etage hinauf. Sie wirft die Zimmertür hinter sich zu und sich selbst erschöpft auf die Couch. Die Müdigkeit überwältigt Sigina sofort.

Am nächsten Morgen öffnet Sigina ihre Augen nach einer unruhigen Nacht. Die Erinnerung an den Vorfall mit diesem ungezogenen Jungen erwacht gleichzeitig mit ihr. Ben. Es muss Ben gewesen sein!

Seit Jahren hat sie nicht mehr in einem Bett geschlafen. Sie fühlt sich alles andere als herzlich willkommen. Sigina kämpft sich müde von ihrer Schlafstätte herunter, öffnet leise die Zimmertür und schleicht auf Zehenspitzen die Holztreppe hinunter.

Teller erwartet sie bereits breit grinsend im Flur.

«Na, wie war die erste Nacht, Sigina, gut geschlafen? Möchtest du mit uns frühstücken? Komm' rüber an den Esstisch! Die anderen sind auch schon da.»

Auch das noch! Jetzt bitte keine Gesellschaft! Nicht reden müssen! Nicht mit ihnen.

Sigina schüttelt in Zeitlupe den Kopf und zeigt stumm auf den Ausgang. Dann bewegt sie sich zögerlich Richtung Haustür.

Mit zittrigen Händen dreht Sigina am Knauf. Die Tür lässt sie hinter sich sperrangelweit offen stehen. Sigina hört Rider drinnen zetern.

«Was war das denn?! Kann *die* keinen *guten Morgen*? Unhöflich! Und wo marschiert Madame jetzt hin?»
Rider steht außer sich in der Küche.

«Keine Ahnung!» Teller zuckt mit den Achseln. «Vermutlich war ihr das alles ein wenig zu viel.»

«Zu viel? Wovon? Ja, meine Güte, sind wir hier vielleicht eine Auffangstation für Wildtiere, die Findlinge aufpäppelt und domestiziert?»
Rider beschwert sich hörbar verärgert.

«Leute! Bis jetzt hat es mit uns doch gut geklappt», mische ich mich ein. Mein Blick wandert von einem zum anderen und bleibt an Rider haften, der sich zu uns an den Küchentisch setzt.
  «Was soll das eigentlich, Rider? Sigina konnte dich doch draußen hören! Lass sie doch erst einmal bei uns ankommen!»

Rider lenkt mit einem Nebenkriegsschauplatz ab.

«Was hat Teller eigentlich gemacht, bevor sein *Ey, Freier-Gerät* auf den Markt kam? Das sind doch alles nur die Amis schuld! Erfinden Tausende von Haushaltsgeräten, nur weil sie ihre Soldaten auf den Schlachtfeldern versorgen wollten. Das *Ey, Freier-Gerät* stürzt unsere anderen Haushaltsgeräte in eine tiefe Depression. Bald stehen Mikrowelle und Backofen in Trauer vereint in einer Zu-Verschenken-Kiste vereinsamt vor unserer Haustür! (…) Warum hat Teller überhaupt die ganze Zeit Küchendienst?»

«Bist du jetzt fertig?!», unterbreche ich Riders unermüdlichen Redeschwall.

«Du weißt doch, wieviel Teller das Kochen bedeutet! Er probiert gern neue Dinge aus. Hier hat jeder seine Marotten, Rider. Du auch! Die Letters hatten anfangs Probleme mit *dir!* Sie wagten nur nicht, dich unmittelbar anzusprechen. Du weißt ganz genau, dass sie ihre Bücher in der Bibliothek nach Autoren und Fachthemen sortieren, nicht wahr?!

Und was machst du?! Du schleichst dich, sobald sie schlafen, heimlich in die Hausbibliothek, um die Buchrücken nach Farben zu sortieren. Weil dir Regenbogen gefallen! Meinst du, wir wüssten nicht, was du im Keller veranstaltest? Glaubst du, wir wären blind auf beiden Augen? Die Letters sind immer Stunden damit beschäftigt, das Ordnungssystem wieder herzustellen! Dem Herrn sei Dank, dass Jamin ihnen ab und zu hilft!»

«Papaaa!!!», meldet sich der soeben Erwähnte zu Wort.
«Warum müssen wir eigentlich seit Wochen Bananen zum Frühstück essen? Mir kommen die schon zu den Ohren heraus!»
Jamin marschiert zum Spiegel und zupft an seinen Lauschern.
«Guckt mal her, Leute! Die sind viel länger als vorher. Meine Ohren sehen schon wie die von Mr. Spock aus! Das war bei unserem Einzug noch nicht so! Ich schwöre!»

«Nun mal halblang, liebe Gemeinde!», meldet sich Teller.

«Ich kann auch andere Gerichte kochen, aber das Gerät ist neu. Ich muss mich schließlich erst einmal einarbeiten. Außerdem enthalten Bananen viel Magnesium. Wer mag schon Krämpfe in den Beinen? Nicht, dass ihr es irgendwann nicht mehr die Treppe hinunter schafft und ich Euch auch noch auf meinem Buckel ins Esszimmer schleppen muss!»

Teller grinst herausfordernd.

«Jedenfalls mache ich die weltbesten überbackenen Bananen mit Honig! Da können die ganzen Chinesen sofort einpacken!»

«Mir egal!», tönt es von Jamin. Unklar ist allerdings, ob es ihm egal ist, gelbe Südfrüchte zu essen, ob ihm Bananen grundsätzlich nichts bedeuten oder ob ihm diese haarsträubende Diskussion einfach nur an seinem pubertären Hintern vorbei geht.

«Papaaa! Mir sind das zu viele Leute hier! Die Frau guckt immer nur auf den Fussboden und spricht mit niemandem. Bring sie von hier weg!», schlägt Ben pragmatisch vor.

«Filius, wir sind völlig fremd für sie! Du weißt doch selbst, wie das ist. Sie braucht einfach nur ein wenig Zeit und muss erst Vertrauen zu uns aufbauen.» «Vielleicht hat sie ein schweres Schicksal und ist deshalb *so*», sinniert meine bessere Hälfte.

«Du gehst mir mit deinem Psychokram mächtig auf den Zeiger! Hier bekommt niemand eine Extra-Banane gebacken!»
Rider teilt nach wie vor unflätig aus.

«Also, um das Ganze jetzt hier zu beenden, schlage ich vor, dass wir unsere neue Mitbewohnerin Sigina ein paar Tage in Ruhe lassen, damit sie feststellen kann, ob sie überhaupt bei uns bleiben möchte. Auch wir können in der Zwischenzeit prüfen, ob die Wohnsituation für uns alle stimmig ist. Sollte Sigina einziehen, frage ich sie, ob sie den Letters in der Bibliothek aushelfen mag oder ob sie lieber eine andere Aufgabe übernehmen möchte. (…) Und du, Rider! (...) Bekommst dein *eigenes* Bücherregal, das du nach Lust und Laune aus- und einräumen kannst.

Du greifst bitte nicht mehr in das Ordnungssystem der Letters ein! (…) Wer möchte denn in der nächsten Woche den Küchendienst übernehmen? Dann kann Teller sich in Ruhe mit seinem Gerät beschäftigen, bis neue Gerichte servierfähig sind.»

«Ich mach das!», meldet sich Mrs. Letter.

»Und welche Aufgabe bekommt Teller?», möchte Care wissen.

«Das überlegen wir uns noch. (…) Also Leute, Bananen sind ab jetzt aus!»

Mit diesen Worten beschließe ich unsere Hausversammlung.

Der Abend bricht an.

Ich kann Sigina nicht fragen, ob sie in der Bibliothek
aushelfen mag.

Sie ist nicht da!

Sie kehrt auch am nächsten Morgen nicht zurück.

22.   Freiheit

Ich rudere gemächlich, mit dem Rücken in Fahrtrichtung, unweit der Siegmündung, den Blick geradeaus.

«Wo hast du gesteckt? Wir haben auf dich gewartet!», rufe ich vom Wasser aus, als ich Sigina am Ufer entdecke. Ich gleite mit dem Sitz zurück und lasse die langen Skulls los. Ihre Haare sind zerzaust. Ihre Erscheinung wirkt aufgelöst.

«Ich kann das nicht!», antwortet Sigina, ohne auf meine Frage überhaupt einzugehen.
«Ich fühle mich in eurer Hausgemeinschaft *gefangen*! Ich möchte gehen und kommen können, so wie ich es brauche. Bei euch stünde ich unter ständiger Beobachtung. Mir ist schon bewusst, dass ihr Regeln braucht. Ich mag nicht ununterbrochen kommunizieren müssen. Ich möchte meine Bedürfnisse weder permanent erklären noch rechtfertigen.

Ich brauche Menschen nur in homöopathischen Dosen. Ich lebe seit vier Jahren an diesem Fluss. Rider scheint seinem Alias alle Ehre zu machen! Sein Alter Ego ist fiktional, aber kongruent, der Spiegel seines Wesens. Er scheint mich auf dem Kieker zu haben. Dein Sohn Ben bewarf mich übrigens im Garten mit Steinen. (...) Ich befürchte, deine Gemeinschaft möchte gar nicht, dass ich in euer Haus aufgenommen werde!»

«Rider meint das nicht so! Ereignisse, die seine Ordnung gefährden könnten, sind ihm erst einmal suspekt. Harte Schale, weicher Kern! (…) Bens Verhalten wundert mich nicht. Mein Sohn ist ein pubertierender Jugendlicher und (...) Autist.»

«Autist? Ben? Warum hast du mir das nie erzählt?» Sigina ist perplex.

«Warum hätte ich das tun sollen? Er ist ein Mensch, so wie du und ich auch. Er ist clever und äußerst belesen. Er hat eben so seine Gewohnheiten. Auf Außenstehende wirken die manchmal sehr stereotyp. Ben braucht Rückzugsmöglichkeiten.

Er scheut fremde und zu viele Menschen auf einem Fleck. Vielleicht hat er im Garten eine Generalprobe für dich inszeniert, um *die Neue* aus der Reserve zu locken. Vielleicht wollte er einfach nur herausfinden, wie du du auf Gegenwind reagierst, so eine Art Mutprobe für Aspiranten.»

Dass Ben Autist ist, stört Sigina nicht. Im Gegenteil. Sie sieht die Gartenszene plötzlich vor neuer Kulisse.

«Du bist ein sehr verständnisvoller Vater!»

«Danke! Ich habe mit Rider übrigens schon gesprochen. Du könntest dich in der Gartenlaube einrichten. Draußen zu leben ist dir vertraut. Dort wärest du freier, müsstest nicht immer durchs ganze Haus laufen, wärest schlichtweg *unbeobachteter*. (…) Natürlich könntest du auch jederzeit bei uns drinnen schlafen, wenn dir danach sein sollte.»

«Ich weiß nicht, Julius! Gib mir bitte ein paar Tage Bedenkzeit, okay?»

«Klar! So viele du brauchst. Solltest du zurückkommen, könntest du dir eine Aufgabe überlegen, die der Gemeinschaft dient.»

«Lass uns am Mittwoch an der Oase treffen, dann sag ich dir Bescheid, in Ordnung?», antwortet Sigina.

Die Sieg,
an der ich lief,
ist nicht tief,
manchmal doch,
da ist ein Loch!
Hinter Brücken und
Stromschnellen
sieht man es im Hellen,
vom Krieg noch Krater,
oh Gott, mein Vater!
Können gut vier Meter sein.
Fall' da bloß nicht rein!
Mancher hat umsonst gewunken,
ist dann jämmerlich ertrunken!
Du Schönheit der Natur,
was wäre ich ohne Dich nur?!
Mal bist du lieb,
und gar nicht tief,
verträumt mäanderst du dahin.
Dann aber plötzlich tobst du los,
Nur du allein weißt,
dass ich dir ähnlich bin!
Du spiegelst mich,
verrat' das nur bloß keinem nicht!

(Verf.: S.Lauer anlässlich eines «Poesiemontag»/ Instagram)

163

23.   Fragen fragen

Sigina und Julius sitzen am Ufer der Oase, neben der Eisenbahnbrücke in *Pirzenthal*, dort, wo sie sich schon einmal trafen. Es ist bedeckt. Ein leichter Wind schickt flache Wellen sanft über das seichte Wasser der Sieg.

«Wovon lebst du eigentlich?», fragt Julius in die Idylle hinein.

«Ich bekomme finanzielle Unterstützung.»

«Bürgergeld?»

«Nein, nichts vom Jobcenter! Ich brauche nicht viel, ein paar Lebensmittel und eine Krankenversicherung.»

«Ein Konto besitzt du aber, Sigina, oder?»

«Klar, Julius! Das hatte ich doch schon immer (…). Was wird das hier? Willst du dich als mein zukünftiger Finanzberater qualifizieren?»

Julius schmunzelt.

«Ich möchte wissen, wie das so ist, ohne festen Wohnsitz draußen zu leben. Vermutlich hast du ein Postfach angemietet.»

«Julius du bist wirklich clever! (…) Ich konnte meine Bank einfach nicht dazu bewegen, Werbung oder Kontoauszüge per Flaschenpost zu schicken.»

Sigina grinst.

«Ich verdiene mir noch etwas dazu. Gelegentlich verkaufe ich Fische auf den Wochenmärkten der Umgebung. Wusstest du eigentlich, dass allein drei verschiedene Forellenarten in der Sieg leben? Die Bach-, die Fluss- und die Meeresforelle. Ich fange Lachse, Karpfen oder Forellen. Ich habe einen eigenen Internet-Shop. Via Smartphone ist ja heutzutage alles möglich. Ich vertreibe selbst geflochtene Körbe online. Der historische Weihnachtsmarkt in *Siegburg* nimmt mir auch jedes Jahr ein gutes Dutzend ab. Manchmal halte ich naturkundliche Vorträge in den Volkshochschulen der Region oder während der Keltenausstellungen in den Museen. Führungen mache ich ehrenamtlich. Ich beschreibe den Teilnehmern den Lachsfang und wie wir die Fische vermessen und nachzüchten, um sie später wieder im Fluss auszusetzen.»

«Ganz schön geschäftstüchtig!», stellt Julius bewundernd fest.

«Ich tue ja nur, was mir Freude macht und sinnvoll ist. Es beglückt mich, dass fast alles draußen stattfinden kann!»

«Wo lagerst du deine Körbe? Wenn es regnet, schneit oder im Sommer heiß ist? Du wirst ja nicht nur einen einzigen flechten und ihn unter der Eisenbahnbrücke in Klarsichtfolie verpackt abstellen.»

«Julius, du stellst so viele Fragen wie ein Kind! Jetzt weiß ich es (…) und diesmal bin ich mir absolut sicher! Du bist Kriminalbeamter! Und jetzt sag', dass es so ist.»

Sigina beugt den Oberkörper nach hinten, hebt die Arme über den Kopf und klatscht vor Begeisterung in die Hände.

«Nein, falsch!»

Julius grinst belustigt.

«Warum ich immer so viele Fragen stelle? Weil ich dich kennenlernen möchte, erfahren möchte, was dich umtreibt und was dich so bewegt. Neugier ist der Anfang allen Wissens.

Persönliche Fragen zu stellen, ist ein Zeichen wahrhaften Interesses am Gegenüber. Du wirst ja wohl zugeben, dass dein Lebensweg alles andere als gewöhnlich ist, oder?!»

«Für jemanden mit einem geregelten Leben vielleicht», pflichtet Sigina ihm bei.

«Jetzt frage ich dich mal etwas, Julius! Sag' mal, (...) ist deine Frau Care (…) eigentlich gar nicht eifersüchtig auf mich, so viel Zeit, wie du mit mir am Fluss verbringst?»

«Nein, Eifersucht würde ihr gar nicht gut stehen. Sie ist selbstbewusst. Außerdem sind wir uns unserer Gefühle sicher. Wir reden viel und Care weiß ziemlich genau, was sich in meinem Kopf und in meinem Herzen so tut. Ich denke, sie findet es sogar cool, so wie ich bin.»

Julius lächelt verzückt.

«Okay, dann wäre das ja geklärt! (…)».

Sigina grinst wie ein Honigkuchenpferd.

«Was möchtest du denn noch über mich wissen, Julius?»

Sie schaut ihn herausfordernd an.

«Ich würde gern wissen, ob du mit uns in *Oberhalberg* leben möchtest.»

167

Sigina runzelt die Stirn.

«Julius, ich mag dich. Deine Mitbewohner sind sympathisch.»

Sie zögert die Antwort noch hinaus.

«Okay, (…) ich versuche einen zweiten Anlauf. Aber nur dir zuliebe, weil du dich so dermaßen ins Zeug legst. Ich würde dann die alternative Option wählen und in euer Gartenhaus ziehen. Was meine zukünftigen Aufgaben in eurer Hausgemeinschaft betrifft, würde ich gern mit Ben etwas unternehmen. Ich könnte ihm die Gegend zeigen, mit ihm an der Sieg wandern oder ihn in der Schule unterstützen. Natürlich nur, wenn er das selbst auch will. Ich könnte auch den ein oder anderen Fisch im Sommer zum Grillen mitbringen und zu bestimmten Anlässen Körbe flechten, was meinst du?»

«Die Idee mit Ben gefällt mir sehr gut», antwortet Julius erfreut.

«Unser Jüngster wird seine Zeit brauchen, um mit dir warm zu werden. Wir schauen einfach mal, wie ihr beide so miteinander auskommt. Eine Bereicherung ist deine Gesellschaft für ihn auf jeden Fall!»

Julius strahlt Sigina an.

«Und (...)? Darf ich dich jetzt gleich mit nach Hause nehmen, ohne vorher über Los gehen zu müssen?»

Sie nickt lächelnd.

Ihre Geste ist eindeutig.

24.   Dschinni

Ben ist einverstanden. Er möchte mit der neuen Mitbewohnerin an die Sieg. Eigentlich rechnete Julius mit heftigem Widerstand seines Sohnes vor dem ersten Ausflug mit einer Fremden. Menschen haben die wunderbare Gabe, uns immer wieder aufs Neue zu überraschen. Das gilt auch für die eigenen Sprösslinge!

Ben macht die Regeln! An schulfreien Tagen geht es morgens um acht an den Fluss, ansonsten nur um vier Uhr nachmittags. Stets zu diesen Zeiten, nie zu anderen!

Sigina versucht zaghaft, Ben umzustimmen, am Samstag erst um elf loszuziehen, da es laut der Wettervorhersage am Morgen regnen soll. Ben besteht auf die von ihm festgelegten Zeiten. Um kurz nach acht nehmen sie den Bus 527 von *Hennef* nach *Sankt Augustin-Buisdorf*. Dort angekommen, müssen sie noch etwa achthundert Meter bis zur Wahnbachtalstraße 15 laufen.

Sigina und Ben werden eine gute Viertelstunde bis dorthin brauchen. Ihr Ziel ist die Lachszählstation.

Der Himmel ist bedrohlich schwarz. Die dunklen Wolken hängen tief. Die Ausflügler tragen Regencapes und Gummistiefel. Sigina bestand auf wetterfeste Kleidung, da war sie die Unnachgiebige.

Ein scharfer Ostwind fegt mit hoher Geschwindigkeit über die Frankfurter Straße. Sigina und Ben müssen ihre Kapuzen mit beiden Händen festhalten. Sie queren die Sieg und biegen nach rechts in die Wahnbachtalstraße ein.

Der strömende Regen peitscht aus allen Himmelsrichtungen heran. Sehen können sie kaum etwas. Die Sieg befindet sich in einem aufgewühlten Gemütszustand. Sie jagt ihr Wasser die Uferböschungen hinauf. Sigina und Ben sind die Einzigen, die bei diesem unwirtlichen Wetter unterwegs sind. Am Ziel klettern sie auf die Aussichtsplattform. Die Bohlen knarzen und schwanken beängstigend. Ein wenig Halt bietet ihnen nur die Umzäunung. Der Wind zerrt ruppig an den Ästen der Bäume, die sich der stürmischen Naturgewalt wehrlos beugen müssen. Flusswasser überspült die Plattform.

Sigina schiebt ihre Kapuze zur Seite. Ben steht erstarrt neben ihr. Seine Hose ist durchnässt. Er zittert. Er friert.

«Ben, was sagst du zu dem Wetter? Meine Befürchtung war wohl mehr als begründet. Wir können kaum etwas sehen. *Es schüttet wie aus Eimern*. Noch nicht einmal die Vögel zwitschern. Sie werden sich in den Baumgipfeln in Sicherheit gebracht haben. Wären wir um elf Uhr vormittags losgefahren, würde jetzt vermutlich schon wieder die Sonne scheinen. Dann hätten wir sicher erheblich mehr von unserem ersten gemeinsamen Ausflug, meinst du nicht auch?»

Ben schweigt.

Sigina spricht leise und unaufgeregt. Sie möchte dem Jungen verdeutlichen, dass es manchmal doch sinnvoll sein kann, eigene Gewohnheiten aufzuweichen, um sie widrigen Umständen anzupassen. Sie versucht, altersgerechte Worte für Ben zu finden, um seinen Unmut nicht durch erwachsene Besserwisserei zu erregen.

Sigina benutzt Metaphern. Ihre Erklärung ist unverständlich für Ben. Es war ihr nicht bewusst, dass bildliche Sprache ein Problem sein könnte und zu Missverständnissen zwischen ihnen führen würde.

«Sigina! Ich kann samstags nur um acht! Das habe ich dir gesagt! Was meinst du mit *Eimern*? Ich sehe hier keine!»

Ben blickt sie grimmig an.

«Es regnet gerade sehr stark. Eimer sind groß, können viel Wasser beinhalten.»
«Das ist doch bescheuert! Warum sagen die Menschen dann nicht einfach, was sie *wirklich meinen*?»
«Das tun sie ja normalerweise. Wenn nicht, ist es ein Spiel, ein Spiel mit Sprache.»
«Sehr merkwürdiges Spiel!», findet Ben.
«Jeder Mensch kommt mit einem Spieltrieb auf die Welt. Babies spielen gern. Manchmal ist das Spiel mit Sprache lustig.»

Sigina meidet abwechslungsreiche Substantive, um die Unterhaltung mit Ben nicht noch weiter zu verkomplizieren. Sie wünschte, sie sprächen eine gemeinsame Sprache, sodass sie sich auch im übertragenen Sinn verstehen könnten.

«Ben, ein anderes Beispiel. Ich kann einen Menschen als *Bohnenstange* bezeichnen. Bohnen ranken an dünnen Stangen heran, wenn sie wachsen. An diesen Stäbchen halten sie sich fest. Wenn jemand einen anderen Menschen als *Bohnenstange* bezeichnet, meint er damit, dass der andere genauso dünn ist wie diese Stangen, an denen die Bohnen heranwachsen. Klingt doch lustig, findest du nicht auch?!»

Ben zuckt mit den Achseln.

Sigina kommen Zweifel.

So lustig ist das gar nicht! Wenn überhaupt, dann allenfalls für den Sprecher, für denjenigen, der die Metapher anwendet. Der amüsiert sich. Nicht aber das arme Objekt seiner Verunglimpfung. Überhaupt kein netter Vergleich! Warum darf jemand nicht dünn sein? Es ist ein sich Lustigmachen über jemanden, der aus der gesellschaftlichen Norm fällt. Das ist abwertend! Nein, das war kein gutes Beispiel!

«Manchmal kann man mit sprachlichen Bildern, also mit Worten, die eigentlich etwas anderes bedeuten, auch etwas verstecken, um andere nicht zu verletzen oder zu ärgern (Sigina meint *provozieren*). Wenn ich dich zum Beispiel fragen würde - *Bist du heute mit dem linken Bein aufgestanden?* - (...) Was Aberglaube ist, weißt du doch, oder?»

Ben nickt.

«Also wer abergläubisch ist, *glaubt*, dass die linke Seite die Unglücksseite ist.

Normalerweise streckt man morgens zuerst den rechten Fuß aus dem Bett, um aufzustehen. Wenn man allerdings mit dem *linken* Bein zuerst aufgestanden ist, ist an dem Tag etwas *falsch* gelaufen. Angeblich bringt das dann Unglück. Wenn ich dich fragen würde (...), wenn ich dich direkt fragen würde, also ich meine, ohne die Sache mit dem linken Bein - *Hast du schlechte Laune, Ben?* - wärest du verärgert, weil ich behaupte, du hättest schlechte Laune und dann bekämst du wahrscheinlich erst recht schlechte Laune, weil du dich von mir verletzt oder provo..ähm...geärgert fühlst.»

«Sigina! Meine Ohren! Hör' auf! Was ist denn das für ein Schwachsinn?! Warum redest du so viel?! Mir ist das alles viel zu kompliziert! Du hast versprochen, dass du mir die Zählstation zeigst!»

«Das tue ich auch, Ben, klar,sofort!»
«Muss ich jetzt eine zweite deutsche Sprache lernen?»
«Eine komplette Sprache wäre es ja nicht. Aber es könnte die Unterhaltung (*Unterhaltung ist besser als Verständigung!*) zwischen uns auf jeden Fall erleichtern, wenn du sprachliche Bilder verstehen würdest.»

Ben überlegt angestrengt. Das sieht man.

«Dann machen wir das halt so (…) --- Ich besorge mir ein Notizheft. Wenn ich *eure Bilder* nicht verstehe, schreibe ich sie auf. Du erklärst sie mir dann, okay Sigi?»

Sigina nickt und freut sich gleich doppelt. Darüber, dass Ben ihren ewig langen Ausführungen zugehört hat und ganz besonders darüber, dass er ihren Vornamen abkürzt.

«Ben, das ist eine tolle Idee! Das würde mir auch Spaß machen! Dann hätten wir beide ein gemeinsames Hobby!»
Sie lächelt ihn begeistert an.

Ben verzieht keine Miene.

Sie führt den Teenager, wie ausgemacht, durch die Zählstation. Sigina veranschaulicht Ben, wie sie die Lachse in der Sieg fangen, wie sie sie vermessen und später im Fluss aussetzen. Sie erwähnt auch, dass sie selbst Fische nachzüchten.

Ben ist fasziniert.

Der Junge sagt nichts und er stellt auch keine Fragen, aber Sigina spürt seine Begeisterung. Es ist sein aufmerksamer Blick, dem nichts zu entgehen scheint. Bens Augen reflektieren das Sonnenlicht. Er ist so sehr in dem Moment gefangen, dass der Regen von Ben unbemerkt weiterziehen konnte. Das Wetter ist jetzt nur noch ein unbedeutender Statist. Ben marschiert an der Zählstation aufgeregt auf und ab und betrachtet jedes Detail ganz genau.

Kurz vor elf mahnt Sigina zum Aufbruch. Sie hat allerdings noch einen Einfall.

«Ben, ich möchte dir noch etwas zeigen! Kommst du mal zu mir herüber?»

Sigina lehnt in einer Ecke der Aussichtsplattform. Als Ben unmittelbar neben ihr steht, wickelt sie einen dünnen Draht von der Aluminiumstange im Wasser ab. Sie zieht, bis etwas Größeres an der Wasseroberfläche auftaucht. Es schimmert in allen erdenklichen Farben im Sonnenlicht, so bunt wie das Mosaik eines Kirchenfensters. Grün, blau, gelb, braun, grau.

Vielleicht ein Topf oder ein Eimer? Was ist das?

Sigina hievt den Gegenstand auf das Podest der Plattform. Jetzt kann Ben ihn genau in Augenschein nehmen.

Er ist alt! Sieht wie Aladins Wunderlampe aus, diese Öllampe, in der der blaue Geist Dschinni wohnt, der Wünsche erfüllt. Er lauschte als Kind gebannt seinem Vater, wenn er dieses Märchen vorlas. Den Zeichentrickfilm haben sie sich im Kino angesehen. Es ist ein Gefäß. Eine Mischung aus Vase und Ölkanne. Von dem Deckelchen baumelt ein Kettchen herab, so wie bei Aladins Öllampe auch. Auf dem Verschluss hockt ein kleines Bronzepferd.

Ben öffnet seine Regenjacke, setzt die Kapuze ab.
Ihm ist zu warm.

«Sigina, was ist das? Sind da etwa Lachseier drin? Ist es ein Schatz? Wohnt in der Kanne ein Geist, der jetzt unsere Wünsche erfüllt?»

Bens Phantasie malt in kunterbunten Farben.

«Wenn da Lachseier drin sind, dann zeig' sie mal bitte, schnell, mach' mal den Deckel ab!», ruft er aufgeregt.

Sigina muss an Julius denken.

Und (…) an ihren Mann!

«Ben, das ist eine keltische Bronzekanne!* Sie ist schon sehr alt. Ungefähr 2355 Jahre. Sie stammt aus dem Grab der Keltenfürstin von Waldalgesheim.»

Sigina streichelt, in Gedanken versunken, liebevoll über den runden Bauch des Gefäßes.

Ben wartet ungeduldig. Das kann sie deutlich spüren. Sie schuldet ihm eine Erklärung. Jetzt! Soll sie es wirklich erzählen? Ben wäre der Erste!

Eigentlich weiß sie noch nicht einmal so genau, warum es sie so drängt, *es* unbedingt mit dem Jungen teilen zu wollen und warum *ausgerechnet* an ihrem ersten gemeinsamen Vormittag.

_____* Abb. Bronzekanne, Vgl. Bildergalerie im Anhang, S. 379.

Nach fast vier Jahren des Schweigens unterspülen ihre Gefühle den Damm der Vernunft. Er bricht und lässt ihre Worte völlig unkontrolliert herausströmen.

«Ben, da ist kein Lachs drin! *Dschinni* auch nicht. Ich habe dieses Märchen auch immer so geliebt!»

Sigina holt ein letztes Mal tief Luft. Geräuschvoll atmet sie durch den Mund wieder aus. Ben starrt sie verwundert an. Er wendet nicht eine Sekunde lang den Blick von ihr ab. Als Sigina zum Sprechen anhebt, ist sie schon nicht mehr Herrin der Lage, sie ist unfähig, sich zurückzuhalten. Es ist (...) zu spät.

«Ben (…), in diesem Gefäß wohnt kein Geist, sondern (…) mein verstorbener Ehemann (…). Er heißt übrigens Thomas!»

Sigina umarmt zärtlich die Kanne, hebt sie behutsam an. Dann dreht sie sich, im langsamen Tanz mit dem Gefäß vereint, um ihre eigene Achse.

Sigina beugt ihren Oberkörper leicht über die Brüstung der Aussichtsplattform und presst sich mit der Kanne im Arm gegen das Holzgeländer. Sie greift mit der rechten Hand nach dem Draht an der Aluminiumstange, zieht ihn näher zu sich heran und befestigt ihn am Deckel des Gefäßes. Dann lässt sie die Kanne wie einen Schiffsanker wieder zu Wasser. Als das Gefäß den Grund der Sieg erreicht hat, zurrt Sigina den Draht am Pfosten fest. Dann dreht sie sich um. Sie ist allein auf der Aussichtsplattform!

«Beeen!!! Beeennn???»

«Warte doch auf mich! Wo bist du denn, Junge?», ruft sie in die Einsamkeit hinein.

Sigina springt die Stufen der Aussichtsplattform hinunter und rennt bis zur Wahnbachtalstraße. Dort dreht sie sich aufgeregt um ihre eigene Achse.

Sie sieht sich hektisch nach allen Seiten um. Sie kann Ben nirgendwo sehen! Noch nicht einmal seine Silhouette in der Ferne.

Sigina fasst sich benommen an die Stirn.

Verdammt! Sie hätte auf den Jungen besser aufpassen sollen! Wie konnte sie nur so gedankenlos sein und Ben derart erschrecken! Was soll sie jetzt bloß tun? Was, wenn er nun versucht, allein nach Hause zu gehen? Sie sind hier noch einige Kilometer von Oberhalberg entfernt. Hier kennt Ben sich nicht aus.

Mit zittrigen Händen fingert sie ihr Smartphone aus der Jackentasche heraus. Wählt Julius Nummer. Als der Vater hört, dass sein Sohn nicht mehr in Siginas Obhut ist, läuft in seinem Kopf sofort ein Film ab. Der Streifen ist schon ein paar Jahre alt und hat ihm damals überhaupt nicht gefallen.

Warum ist Siginas Sprache so abgehackt? Warum erzählt sie so bruchstückhaft, redet so verworrenes Zeug?

Julius ist sehr besorgt. Er versucht vergeblich, seinen inneren Tumult im Keim zu ersticken. Er hastet zu seinem Auto und rast nach *Sankt Augustin*. Von unterwegs ruft er Sigina an und bittet sie, allein mit dem Bus nach Hause zu fahren. Er müsse sich jetzt unbedingt um *seinen Sohn* kümmern, könne sie nicht auch noch an der Zählstation abholen!

Das Schicksal geht zum zweiten Mal wohlwollend mit Julius um. Der Vater findet seinen Sohn. Ben hockt apathisch an der Bushaltestelle in *Buisdorf*, so als befände er sich in Trance. Julius fährt mit dem Wagen näher an ihn heran, hält am Fahrbahnrand und bittet Ben, in den Fond des Autos zu steigen. Der Teenager gehorcht widerstandslos. Der Vater stellt seinem Sohn keine Fragen. Wahrscheinlich hätte Ben auch keine einzige beantwortet. Nicht in seinem Zustand.

Als Julius mit Ben in *Oberhalberg* eintrifft, springt der Junge von der Rückbank hoch, stößt den Beifahrersitz brüsk nach vorne, öffnet rabiat die rechte Autotür und stürmt auf den Hauseingang zu.

Care, die vor dem Haus mit ihren Händen, aber vor allem auch mit sich selbst, ringend wartet, wird von Ben recht unsanft zur Seite geschoben.

Er stürmt durch die offene Haustür und stürzt die Holztreppe ins Kellergeschoss hinab.

Nur wenig später trifft auch Sigina ein.

Begleitet wird sie nur von ihrem schlechten Gewissen.

25.   Old tribes good vibes

Ben wirft sich mit Karacho gegen die Schwingtür unserer Hausbibliothek. Sie fliegt mit lärmender Geschwindigkeit gegen die rechte Zimmerwand. Der Teenager ignoriert Mrs. Letter und wirft sich auf den Teppich unmittelbar vor dem Bücherregal im Mittelgang.

Der Körper der aufgeschreckten Mitbewohnerin bewegt sich nur kurz ruckartig nach oben. Dann senkt sie ihr Haupt und beschriftet weiter ihre Karteikarten.

Mr. Letter, der teilnahmslos in einer Zeitschrift blättert, erreicht nicht eine Böe des aufziehenden Sturms.

Ben spart sich jeglichen Gruß. Er hangelt im Liegen nach einem Werk im unteren Regalbereich, schlägt es dann ungefähr in der Mitte auf und versenkt seine Nase tief in die angestaubten Buchseiten.

Mrs. Letter wirft einen verstohlenen Blick in die Richtung des aufgewühlten Jungen. Seine aufbrausende Art ist ihr mittlerweile vertraut.

Ben wirkt heute allerdings unruhiger als sonst. Was mag bloß geschehen sein?

Mrs. Letter widmet sich nur scheinbar ihrer Arbeit, tatsächlich wandern ihre Gedanken etappenweise den Weg der gemeinsam verlebten Wochen zurück. Ben und Mrs. Letter haben ein zartes Band der Freundschaft geknüpft. Das tut ihr gut, weil ihr Ehemann seit einiger Zeit so schweigsam ist. Bens Gesellschaft ist Balsam für Mrs. Letters vereinsamte Seele. Die Enkel wohnen weit weg, sie bekommt sie kaum noch zu Gesicht. Deren Eltern *zoomen*. Halten digitale Videokonferenzen mit den Großeltern ab. *Face Time.* Mrs. Letter soll ihr Gesicht einem Bildschirm zeigen. Sie hingegen hängt an liebgewonnen Traditionen. Mrs. Letter hat drängende Bedürfnisse. Für sie sind digitale Zusammenkünfte kein Ersatz für unmittelbare Nähe mit geliebten Menschen. Mrs. Letter sehnt sich danach, ihre Enkelchen auf den Schoß zu nehmen, an ihnen zu schnuppern und sie ganz fest an Omas Brust zu drücken. Sie möchte den lieben Kleinen etwas Schönes vorlesen. Sie sehnt sich danach, von deren Schokoladenpfötchen begrabscht zu werden, selbst dann, wenn sie ihre allerneuste Bluse anhat. Mrs. Letter spürt das Verlangen, sich in die stahlblauen, staunenden Kulleraugen der Enkel zu versenken und ihrem giggelnden Kinderlachen berauscht zu lauschen. Wie sollte das vor einem Computerbildschirm jemals gehen?

Dass Ben und Mrs. Letter sich einander annähern würden, war nicht unwahrscheinlich. Erscheint der leidenschaftliche, junge Leser doch nahezu täglich in der Bibliothek. Zunächst versuchte Mrs Letter, Ben das ein oder andere Buch schmackhaft zu machen, merkte dann aber recht schnell, wie literarisch bewandert er bereits ist und dass er seinen eigenen Kopf hat, seine individuellen Vorlieben. Ihn interessiert nur dieses eine bestimmte Bücherregal, das in der Mitte, das mit den Geschichtsbüchern. Als sie seine Leidenschaft für antike Kultur beobachtet, Ben lässt Bücher aufgeschlagen in der Gegend herumliegen, durchforstet Mrs. Letter die Umgebung noch genauer. Sie sucht nach literarischen Schmuckstücken für Ben. Oft sind Bücherschränke von Vandalen angezündet worden oder sogar bereits tiefschwarz verkohlt, manchmal sind sie mit viel zu vielen seichten Liebesromanen vollgestopft.

189

Sporadisch werden die Bücherschränke als Werbeplattform durch das Auslegen von Flyern zweckentfremdet. Mrs. Letter besucht aber auch sehr gepflegte, äußerst individuelle Möbel, erwähnenswert wäre hier der Bücherschrank in *Graurheindorf* in *Bonn*. Da ist bereits die Vitrine an sich ein Hingucker. Sie findet leider nur selten historische Fachliteratur, die Bens Leserherz höher schlagen lässt. Der literarische Inhalt der Bücherschränke variiert, von Stadtviertel zu Stadtviertel. Die rührige Mrs. Letter vergrößert daher recht bald ihren Suchradius auf fünfzig Kilometer und ist dann natürlich auch entsprechend länger buchreisend unterwegs. Kehrt sie von ihrer Schatzsuche mit lohnender Ausbeute zurück, flattert ihr Herz jedes Mal in freudiger Erwartung. Sie ist so gespannt wie ein Flitzebogen, wie Ben wohl auf ein mitgebrachtes Buch reagieren wird. Manchmal sucht sie auch einen befreundeten, antiquarischen Buchhändler in *Bonn* auf. Dort ersteht Mrs. Letter gelegentlich Werke über Germanen oder Kelten, nach denen der Buchhändler und sie gemeinsam im Vorfeld minuziös recherchiert haben. Ihre Beziehungen in der Buchbranche sind Mrs. Letter Gold wert!

Oder Bronze oder Eisen entsprechend der Epoche, von welcher aus Mrs. Letter ihr literarisches Netzwerk bewertet. Sobald sie reizvolle Fundstücke im Regal platziert hat, spielt sie die Ahnungslose. In Wirklichkeit erwartet sie ungeduldig Bens Reaktion. Der aufgeweckte Junge benötigt nie lange, um den Braten zu riechen.

«Mrs. Letter, das ist aber neu hier, oder? Sag' schon! Wo hast du das her? Hast du das etwa *extra* für mich besorgt?»

«Ich habe es in einem Antiquariat gefunden, Ben, in einem Laden, der alte Bücher verkauft. Wenn du mich so direkt fragst, ja, junger Mann, das habe ich *extra* für dich besorgt, für meinen Lieblingsleser!»

Ben lächelt erfreut, was nicht besonders häufig vorkommt.

«Danke, Mrs. Letter!»

Er macht einen Luftsprung und zieht sich mit dem neuen Werk in eine Nische zurück. Mrs. Letter spürt seine Begeisterung. Das macht sie glücklich.

Seit ein paar Wochen betritt der Teenager mit einem kecken Gruß die Bibliothek.

«Hallo, Mrs. Letter, wie geht es? Von deinem Raubritterfeldzug schon zurück?»

Heute ist ihm wohl nicht nach Grüßen. Er schnappt sich *Caesar. Der gallische Krieg.* Mrs. Letter erwähnte, dass es das bekannteste Buch der antiken Geschichtsschreibung sei, in einfacher Sprache verfasst, was Ben zunächst gegen sie aufbrachte. Was das denn solle, das mit der *einfachen Sprache*, fragte Ben Mrs. Letter. Er wäre nicht dumm. Mrs. Letter versuchte, die Wogen zu glätten, in dem sie Ben versicherte, dass sie wüsste, wie clever er ist. Doch er sei erst fünfzehn und antike Bücher seien manchmal in einer sehr merkwürdigen Sprache verfasst, dem Altdeutschen zum Beispiel.

Die Sprache habe sich über die Jahrhunderte immer wieder gewandelt und sei daher nicht jedem Leser unmittelbar verständlich. Außerdem vermute Mrs. Letter, dass Ben vielleicht das eine oder andere Fremdwort noch nicht kenne. Das sei überhaupt nichts Ungewöhnliches, wenn man jung sei. Sie meine es nur gut mit ihm und wolle, dass er auch alles verstünde, was er da so liest.

Während sie so zu Ben spricht, streichelt sie zaghaft über seinem Haarschopf. Der Junge schüttelt kaum merklich den Kopf, so als wolle er bloß eine Fliege aus den Haaren vertreiben, zeigt aber ansonsten überhaupt keine Anzeichen von Widerwillen.

Ben könne sie jederzeit fragen. Dafür sei sie schließlich da, sie sei für *ihn* da! Sie könnten auch gemeinsam lesen, wenn er das wolle.

Ben nervt es, dass Julius die Kelten unterwarf. Er nannte sie *Gallier*.

«Mrs. Letter, was heißt eigentlich *assimiliert?*», brüllt der Teenager in Richtung Rezeption.

«Warte mal, mein Junge, die alte Frau kommt mal eben zu dir hinüber gewackelt. Zeig mir doch bitte einmal den ganzen Satz, ja?»

Ben reicht Mrs. Letter das Buch und weist mit dem Finger auf das unverständliche Wort.

Mrs. Letter setzt ihre Lesebrille auf.
«Ach so, ja, also Julius Cäsar wollte (…), also *assimilieren* bedeutet hier „anpassen", „gleichmachen", verstehst du? Du kannst doch schon Englisch *simile* bedeutet im Englischen „Gleichnis, gleich", also ein Vergleich, aber lass mal, vergiss' es, Ben! Ich hole viel zu weit aus, das ist zu kompliziert!»

Der Junge schaut Mrs. Letter ratlos an.

«Mrs. Letter, was ist mit der Sprache und der Kultur? Ich brauche nur das *eine* Wort! Erklär' es noch mal, bitte!»

«Okay, okay, lass' mich mal eben überlegen (...), also Julius Cäsar wollte, dass die Kelten ihre Sprache so verändern, dass sie der Sprache der Römer *ähnlich* wird. Und auch bei der Kultur und den Traditionen der Kelten verlangte er, dass sie *so* sind wie die der Germanen, verstehst du es jetzt, Ben?»

Ben denkt nach. Es dauert ein Weilchen.

«Ich glaube, ich habe das jetzt verstanden, aber (…), aber (…), dann bedeutet das ja, dass die Kelten ihre *eigene* Sprache und Kultur vergessen sollten, also opfern mussten?!»

«Ja, mein Junge, so kann man das leider auch sehen.»

«Das finde ich aber überhaupt nicht in Ordnung! Das ist ja voll unfair!», ereifert sich Bens Gerechtigkeitssinn.

«Tja, Julius Cäsar war eben ein Herrscher und Imperator. Den hat es herzlich wenig interessiert, was die Kelten wollten. Cäsar wollte sein eigenes Land und sein Volk vergrößern. Er wollte mehr Macht.»

Ben möchte unbedingt mehr über die Kelten erfahren, doch Mrs. Letter sagt, es gäbe so wenige, verschriftlichte Quellen. Sie würde aber auf jeden Fall weiter suchen.

Der Teenager weiß, dass die betreffende Epoche die der vorrömischen Eisenzeit ist, also so in etwa vom dritten bis achten Jahrhundert vor Christus, da das Eisen gegenüber der Bronze immer mehr an Bedeutung gewann. Ihre Kultur nennt sich *Hallstattkultur*, nach dem berühmten Fundort im Salzkammergut benannt.

In Oberhalberg leben sie wie zur Keltenzeit, auf einem kleinen Gehöft, so abgeschieden. Wenn Mrs. Letter noch mehr Bücher für ihn findet, dann müssen sie noch ein zweites Haus nebenan kaufen.

Im dritten Jahrhundert vor Christus haben die Kelten ihre eigenen Münzen geprägt, so wie die Griechen auch. Das weiß Ben aber schon lange. Das wusste er schon, bevor sie überhaupt nach *Oberhalberg* zogen. Seine Eltern haben ihm als Kind Bücher geschenkt. Darin hat er gelesen, dass die Germanen viel von den Kelten lernten und wie sie sich gegen die Angriffe der Römer verteidigten. In der Schule haben sie in der sechsten Klasse die antiken Völker durchgenommen.

Was Ben ebenso sehr fasziniert, sind Flussgötter und Flussnamen. Damals gab es noch viel mehr Gewässernamen als heute.

Ben zerrt den dicken, braunen Schinken mit dem goldenen Rand aus dem untersten Regalfach. Wie schwer dieses Teil ist! Wenn ihm das jetzt auf den Fuß fällt, na dann, Halleluja! Das Buch ist steinalt, aus dem Jahr 1881. *Beiträge zur Etymologie Deutscher Flussnamen*, heißt es. Was dieses *Etimolloki* ist, hat Mrs. Letter Ben schon erklärt. Lomeyer heißt der Typ, der es schrieb. Der Mann hat sich viel um Flussnamen gekümmert, so richtig geforscht. Alte Papiere gelesen und so weiter.

Das möchte Ben auch, so richtig forschen! Alten Krempel lesen, das möchte er nicht machen!

Warum bemüht Mrs. Letter sich so, Bücher zu finden?

Ob sie sich in der Bibliothek langweilt?

Weil Mr. Letter stumm geworden ist?

Der redet gar nicht mehr!

Vielleicht hat er seine Sprache asiimiiliirt?

Einem anderen Volk gegeben?

Julius Cäsar kann nicht schuld sein.
Der ist ja schon lange tot!

_____Bens Aussprache des Wortes *assimiliert* ist an die phonetische Lautsprache angelehnt ˌ/asiːmiːlˈiːɐt /

Ben konzentriert sich wieder aufs Lesen. Die Germanen haben die Bildungsweise der Flussnamen von den Kelten übernommen. Da steht: «Kleinere Flüsse wurden zumeist mit Ableitungssilben gebildet (…).»

Silben kennt er! Was diese Ableididingsbumsdinger da sind, ist ihm völlig egal!

Und hier: « (…) [und endeten] auf -ana (-mana), -ina, -una, -isa (-asa) (…).»

Klingt wie das Schlaflied*, das Mama ihnen früher immer vorgesungen hat.

«(…) die Sieg als Nebenfluss des Rheins ist die alte *Sigina*», liest Ben **laut**.

Eigentlich weiß er gar nicht, warum er das Wort auf einmal so laut liest.

_____*Ausgelöst durch die Lautmalerei bei den Fluss-Suffixen kam der Autorin spontan das Schlaflied *LaLeLu* in den Sinn (1950 von Heino Gaze komponiert, durch den Spielfilm «Wenn der Vater mit dem Sohne» mit Heinz Rühmann bekannt geworden), das die Mutter der Autorin den Kindern abends als Schlaflied vorsang, woraufhin die Autorin diese Tradition liebend gern übernahm und ihrer eigenen Tochter des abends jahrelang LaLeLu vorsang.

Ben kratzt sich am Kopf. Fasst sich an die Stirn. Sie ist warm!

Sigina. Wieso jetzt Sigina?

Ben grübelt. Führt seinen Zeigefinger zurück an den Wortanfang. Lässt ihn dort erst einmal verwundert liegen. Schaut sich jeden einzelnen Buchstaben noch einmal ganz gründlich an. Dann liest er das Wort ein zweites Mal.

Ben springt auf und stürmt zur Rezeption.

«Mrs. Letter, Mr. Letter, Mrs. Letter, weißt du was?!»

«Nein, Ben, aber ich bin sicher, du wirst es mir gleich bestimmt sagen.»

Sie schaut den Jungen aufmerksam an.

«In dem fetten, braunen Buch, also in diesem dicken Schinken mit dem Goldrand, du weißt schon, (…) *dieses* Buch, das du das letzte Mal mitgebracht hast (…)».

Ben atmet ganz tief ein. Dann hält er die Luft an.

«Was ist denn damit, mein Junge?»

«Da (...) steht (…), da steht (…), der Name (…) Sigina. SI-GI-NA!!!»

Ben stößt seine Worte zusammen mit seinem Atem geräuschvoll aus.

26.   **Wenn der Nebel sich lichtet**

24. März. Sechs Grad. Schulfrei. Ein atemberaubender Sonnenaufgang! Sigina und Ben nehmen den Bus 592 von *Oberhalberg* nach *Hennef,* steigen dort in die Regionalbahn 12. Gegen acht erreichen sie *Merten* an der Sieg. Bens Zeit.

«Sigina, man sieht ja überhaupt nichts!», wundert er sich, als sie den Bahnsteig verlassen. Die Landschaft ist verhüllt, in Nebel eingehüllt.

«Ist das nicht phantastisch mystisch, Ben?! Nebelstille. Ein morgendliches Märchenland! Geräusche in weiße Watte gepackt.» Sigina schwärmt begeistert. Niemand ist unterwegs. Die Silhouetten eingenebelter Pferde wabern auf einer Weide. Behufte Gespenster.

Bäume sind nur schemenhaft erkennbar. Idyllisch. Romantisch.

Nach einem kurzen Fußmarsch erreichen die frühen Wanderer eine alte Eisenbahnbrücke mit fünf Torbögen. Weißer Nebel schwebt über der Sieg. Die noch milchige Sonne macht sich hinter dem dunstigen Schleier bereits schüchtern bemerkbar.

Sie laufen ein Stück des Weges durch einen Wald, biegen dann nach links ab, um einen Pfad entlang des Stroms zu nehmen, eine Alternative zum alpinen Steig. Nach einem moderaten Anstieg kommen Sigina und Ben an die *Stachelhardt*, einen Prallhang und ehemaligen Weinberg.

Sigina erklärt dem Jungen die Formation der Steilfelsen. Ben betastet leicht benebelt die Gesteine.

«An dieser Stelle, Ben, *mäandert* die Sieg unten durchs Tal. Das bedeutet, sie fließt in ausgedehnten Windungen, in schlangenförmigen Biegungen oder Kurven. Ihre Entstehungsgeschichte begann schon vor mehr als sechzig Millionen Jahren, kannst du dir das vorstellen?!»

Ben befühlt, schweigend und beeindruckt, die Felsen rings um ihn herum.

«Die Sieg bildete ein terrassenförmiges, unterschiedlich breites Flusstal, als die Hochflächen des Rheinischen Schiefergebirges anfingen, sich zu heben und sich der Rhein und seine Nebenflüsse in den Untergrund eingruben. Wenn sich bei weniger Strömung kleine Kies- oder Sandbänke formten, waren sie für den Fluss Hindernisse. Deshalb fing die Sieg an zu *pendeln*. Oft war sie dabei so richtig stürmisch und ausgelassen! Wenn das Gewässer schneller gegen den äußeren Bogen, also quasi gegen die Wand des Flussbettes, *prallte*, entstanden steil abfallende *Prallhänge*, so wie dieser hier, den du gerade so liebevoll streichelst.»

Sigina lächelt.

«Ben, meinst du, ich habe dir das gut genug erklärt, hast du es verstanden? Ben?!»

«Ich glaube schon (….). Sieht toll aus! Komm', lass uns weitere Abenteuer erleben, Sigi!»

Gut vier Kilometer streifen die beiden durch den Wald, an *Bülgenauel* vorbei, bis sie in *Auel* ankommen. Die Sonne hat an Strahlkraft hinzugewonnen. Sie spiegelt sich als großer, gelber Ball in der Sieg.

Der Nebel lichtet sich.

Es ist schon ein wenig wärmer. Sigina und Ben ziehen ihre Jacken aus. Wieder eine Brücke. In ihrem ganzen Verlauf mäandert die Sieg ungefähr durch dreißig Eisenbahnbrücken oder aber sie umfließt sie. Der Fluss tobt gut hörbar über die Flussschwellen. Vögel zwitschern. Ein riesiger Feldhase schneidet ihnen den Weg ab, um dann in rasantem Tempo die steile Böschung hinauf zu flitzen. Ben sagt, dass er gern einmal einem Fuchs oder einem Wolf begegnen würde. Dafür sind sie durchaus früh genug in Zweisamkeit unterwegs. Trotzdem sehen sie keinen von beiden. Sigina und Ben durchwandern *Auel*, ein Örtchen, das vorwiegend aus Fachwerkhäusern besteht und in dem gerade einmal 83 Menschen ihr Zuhause haben. In der Ferne erhebt sich die malerische *Burg Blankenberg* auf ihrem Felsen. Die Baumkronen der Wälder sind immer noch in Nebel gehüllt. Sigina lotst Ben auf eine Weide. Der Junge folgt nur zögerlich. Der Pfad führt über einen Damm. Das nasse Gras glitzert im Sonnenlicht.

Zu ihrer Linken stromert gemächlich der Fluss. Oberhalb auf der Siegener Straße rauscht der Verkehr. Nach gut fünf Kilometern, kurz vor dem Ort *Stein*, kommen sie wieder an eine Eisenbahnbrücke. Eine rote Regionalbahn saust über ihre Köpfe hinweg. Ben hebt seinen rechten Schuh an und streckt ihn Sigina vorwurfsvoll entgegen. Auf der Sohle klebt eine dicke braun-grüne Schicht Dung.

«Sigina, ich habe nasse Füße!», beschwert Ben sich.

«Tut mit leid, Ben, der Morgentau. Wir laufen nur noch bis *Blankenberg*, versprochen! Das sind höchstens noch zwei Kilometer.»

Oberauel. Sie sind jetzt seit gut zwei Stunden an der Sieg unterwegs. Ben zeigt auf eine kleine Bushaltestelle, unmittelbar rechts am Ortsausgang.

«Komm' Sigi, lass uns mal eine Pause machen, okay?»

Sie machen es sich auf einer Holzbank bequem. Sigina packt Proviant aus, reicht Ben ein belegtes Brötchen. Sie halten ihre Gesichter in die wärmende Frühlingssonne.

«Sigi?»

«Ja, Ben?»

«Sag' mal, (...) wie hast du deinen Mann eigentlich in die Bronzekanne hineinbekommen? Der war doch bestimmt viel größer als du!»

*Auf diese Frage ist sie **jetzt, hier und heute** überhaupt nicht vorbereitet! Sigina schweigt, sie muss unbedingt Zeit gewinnen. Was soll sie Ben jetzt bloß antworten?*

Sie hoffte, er hätte den Vorfall an der Zählstation nach seinem ersten Schreck vergessen oder er hätte ihre Aussage zumindest als Scherz aufgefasst.

Darüber gesprochen haben sie nie wieder. Es war pädagogisch nicht klug von ihr, den empfindsamen Jungen derart zu verunsichern. Fieberhaft überlegt Sigina, wie sie das Blatt nun wenden kann, ohne den jungen Trieb der zarten Pflanze ihrer Freundschaft zu verletzen.

«Ben, ich möchte erst einmal in Ruhe über deine Frage nachdenken. Ist das in Ordnung für dich? Können wir ein anderes Mal darüber sprechen?», fragt Sigina leise.

Bens Schweigen fehlt jegliche Gestik.

Sigina hofft, sie darf es als sein stillschweigendes Einverständnis werten.

Die beiden bleiben noch ein gutes Weilchen auf der Holzbank im Bushäuschen sitzen, im eigenen Gedankennebel eingehüllt.

Dann boxt Sigina ihre Worte durch die stillen Schwaden hindurch.
«Du, Ben, ich rufe mal eben Julius an, in Ordnung? Er kann uns ja am Bahnhof in *Blankenberg* mit dem Auto abholen. Dann brauchen wir nicht den Bus zu nehmen.»
«Sag' ihm, er soll ein Paar Schuhe für mich mitbringen und neue Socken!»
«Ben, bis zu Hause wirst du es ja wohl noch aushalten!

Nächstes Mal nehmen wir größere Rucksäcke und Wechselsachen mit, okay? Bei längeren Flusstouren ist das schon sinnvoll. Man weiß nie, in welchem Zustand der Weg am Ufer ist.»

Die Flusswanderer machen sich wieder auf den Weg, pilgern durch *Niederauel*, wo sich Heinrich Böll im zweiten Weltkrieg vor den Amerikanern versteckte. Dann biegen sie nach links ab, passieren eine Brücke, auf der sie noch einmal verzückt stehen bleiben, um die im Sonnenlicht glitzernde Sieg zu bewundern. Der Bahnhof *Blankenberg* ist ausgeschildert und in unmittelbarer Nähe.

Julius holt sie um Punkt elf ab. «Na, ihr beiden Streuner, wie war eure Tour?»

Ben klettert in den Fond des Autos. Sigina setzt sich auf den Beifahrersitz. Julius schaltet das Autoradio aus. «Na, los schon, Sohnemann, erzähl' mal!»

Ben schwärmt von bemoosten Felsen und Steinformationen, berichtet von dichtem Nebel, in dem man die Hand vor Augen nicht sah. Die Erwachsenen unterhalten sich über Dies und Das, als Bens Gesicht zwischen den Kopfstützen der Vordersitze auftaucht.

«Es war total schön, Dad, aber wie Sigi ihren Mann nun in die Kanne hineinbekommen hat, wollte sie mir einfach nicht verraten!»

Julius schaut Sigina fragend an.

Sigina macht eine abwehrende Handbewegung. Sie zuckt mit den Schultern.

Bens Vater wird nun vermuten, dass die blühende Phantasie seines Sohnes soeben mit ihm durchgegangen sei.

Ein solch' mystischer Vormittag wird seine Vorstellungskraft angeregt haben.

Julius erfüllt es mit großer Freude, dass das Zusammensein der beiden so harmonisch verläuft.

Foto S. 202: S. Lauer – Aufnahmeort *Merten* an der Sieg – Aufnahmedatum: 24.03.2025
Filter: Bleistift, Pinselstrich 4 – Originalfoto im Anhang, S. 379ff.

27.   «Maamaaaa, Mr. Letter ist tot!»

Etwas Haariges lugt unter dem Glastisch hervor. Blaue Krampfadern schlängeln sich wie Luftschlangen die Beine entlang. Die Puschen liegen in einiger Entfernung von der Sitzecke auf dem Boden, als wollten sie mit ihrem Träger überhaupt nichts mehr zu tun haben.

———

Sie teilen bereits ein halbes Leben miteinander. 1993 führte sein Weg ihn zu ihr. Sie waren beide Ende zwanzig. Er hielt eine Lesung in einer Buchhandlung*, in der sie als Buchhändlerin arbeitete, in *Neunkirchen-Seelscheid*, einer idyllisch gelegenen Gemeinde im Bergischen Land.

My home is my bookstore. Diese Einstellung teilten alle gleichermaßen, die Chefin, ihre Angestellten und die Kunden.

_____*Der beschriebene,magische Ort ist von der Buchhandlung *Löffelholz* inspiriert, die sich seit 1990 in Neunkirchen-Seelscheid befindet. Das Fachwerkhaus diente früher als Scheune. Paulina Löffelholz freut sich, dass ihr Geschäft einer der Schauplätze im Roman *Sigina* ist.

Wenn man abends im Dunkeln vor dem Schaufenster der Buchhandlung verweilt, strömt warmes, weiches Licht durch Fenster und Türen nach draußen. Wenn es im Winter schneit, was im Bergischen Land durchaus vorkommen soll, ist das Wintermärchen perfekt. Im Inneren des Buchladens ist alles aus warmen Holz. Ein reichhaltiges Sortiment an geschriebenen Worten dient als Lesefutter für alle Altersklassen und Geschmäcker. Angestellte und Stammkunden fühlen sich beim Betreten der Buchhandlung sofort heimisch, so als hätten sie in ihrem Zuhause einfach nur für einen Moment den Raum gewechselt.

Er schrieb Reiseromane und befand sich auf Lesereise im deutschsprachigen Raum. Das Schicksal spülte ihn zufällig an diesen magischen Ort. Seine mitreißende Art nahm die Zuhörer auf seine abenteuerlichen Reisen mit und zog sie unmittelbar in seinen Bann.

Ein halbes Jahr nach seiner Lesung stand er plötzlich am Thresen vor ihr.

Die Rohfassung seines neuen Romans sei fertig. Ob sie sein Manuskript als Erste lesen wolle.

«Ich?», fragt Mrs. Letter, die damals noch nicht so hieß, erstaunt.

«Sie lieben Bücher und Sie leben mit ihnen. Sie arbeiten in einem sehr individuellen Buchhandel, das gefällt mir. Es würde mir eine große Freude bereiten, wenn Sie mir diesen Gefallen täten», antwortet Mr. Letter, der immer schon so hieß.

Mr. Letter hätte genauso gut über die Vorzüge von Vorwerkstaubsaugern dozieren können, wahrscheinlich hätte es auf Mrs. Letter die gleiche Wirkung ausgeübt. Seine sonore Stimme versetzte sie unmittelbar in einen Rausch der Begeisterung, der sie nahezu automatisch erfreut nicken ließ. Die Worte des Schriftstellers schmeichelten ihr.
Der Schriftsteller und die Buchhändlerin arrangierten sich. Sie würde sein Manuskript lesen und ihm ihren Eindruck mitteilen.

Es blieb allerdings nicht bei diesem einen Mal. Die Letters entschieden sich für *lebenslänglich*. Ihre Bücherliebe machte sie zu unzertrennlichen Weggefährten.

Dort, wo die beiden auftauchten, verströmten sie eine literarische Atmosphäre. In ihren Augen spiegelten sich Aphorismen und Zitate, die nur derjenige sah, der die Letters tatsächlich *lesen* konnte. Das Paar sprach oft über Bücher, aber auch über vieles andere. Sie schwammen stets synchron, in Gedanken und Worten.

Als die Inhaberin des Buchhandels 1996 beabsichtigte, ihre Nachfolge zu regeln, fragte sie Mrs. Letter, ihre Mitarbeiterin der ersten Stunde, die in jenem Jahr bereits so hieß, ob sie ihr Geschäft übernehmen wolle. Mrs. Letter war noch nie zuvor Unternehmerin gewesen. Ihr war zweifellos bewusst, wie oft ihr geliebter Ehemann durch seine Lesereisen abwesend sein würde. So war Mrs. Letter erst einmal unsicher, ob sie eine solche Verantwortung überhaupt würde tragen können. Für sie war es nicht vorstellbar, unter einer anderen Chefin zu arbeiten, denn die ihrige war ebenso bezaubernd wie der einzigartige Buchladen.

Mrs. Letter scheute es gleichermaßen, sich eine andere Arbeitsstelle zu suchen.

Die Letters führten viele und intensive Gespräche miteinander, was für die beiden keine große Herausforderung darstellte, denn das taten sie doch immer. Sie wogen Für und Wider ab und entschieden gemeinschaftlich, den Buchladen an diesem idyllischen Fleck weiterzuführen. Mr. Letter beschloss, nur noch Lesungen in *Neunkirchen-Seelscheid* abzuhalten, um seiner Seelengefährtin jederzeit nah sein und mit Rat und Tat zur Seite stehen zu können, so wie es sich für einen liebenden Ehemann gehört. Er übernahm den Einkauf neuer Bücher und organisierte die literarischen Veranstaltungen vor Ort. Das Paar war glücklich. Das Schicksal hatte ihnen einen Traum erfüllt. Mr. Letter gewann sogar zunehmend den Eindruck, seine Frau würde mit dem warmen Licht des Interieurs um die Wette leuchten.

Vierundzwanzig Jahre lang führten die Letters hingebungsvoll ihren Buchhandel.

Bis zum Jahr 2020. Es brach eine Pandemie aus, die fatale Auswirkungen für jedermann hatte. Während des Lockdowns mussten die Letters ihren Buchhandel monatelang zwangsweise schließen. Manchmal brachten sie die Buchbestellungen, so wie Rotkäppchen den Wein und den Kuchen für die Großmutter, in einem Körbchen bis vor die Haustüren ihrer Kundschaft. Für die Letters und ihren Buchhandel war diese Zeit voller Schatten. Vor allem die in ihren Wohnungen und Häusern eingesperrten Kinder und Jugendlichen, verlangte es in schmerzhafter Isolation ständig nach Lesbarem. Es wurde während der Pandemie noch viel mehr gelesen als je zuvor, was für das Buch an sich sehr viel Licht bedeutete. In der Altersgruppe der 10- bis 29-Jährigen lasen zu Coronazeiten dreißig Prozent mehr als vorher. Mr. Letter hinkte jedoch verzweifelt seinen Bestellungen hinterher. Er wollte doch nur jeden Auftrag höchst persönlich ausführen. Aber sein Land verbot ihm, das Haus zu verlassen. Wie sollte er da neue Bücher bei den Lieferanten abholen, um sie der Kundschaft persönlich zu bringen?

Die Händler des geschriebenen Wortes durften Mr. Letter auch nicht mehr persönlich treffen. So geschah es, dass die Kinder, die Jugendlichen und die jungen Erwachsenen sich viel zu viel mit ihrer digitalen Gerätschaft beschäftigten, an der sie zufällig einen Knopf entdeckten, mit dem ersehnte Bücher ratzfatz bestellt werden konnten. Die Letters besaßen keinen Online-Handel. Den wollten sie auch gar nicht haben. Die Büchermenschen persönlich zu treffen, war ihnen eine Herzensangelegenheit, ebenso sehr wie sich mit ihnen in ihrem Fachwerkhaus von Angesicht zu Angesicht zu unterhalten. Über Bücher. Und selbstverständlich auch über alles andere, was die Kundschaft bewegte.

Irgendwann mussten die Letters allerdings zu ihrem Leidwesen feststellen, dass es mit ihren Finanzen schwindelerregend schnell bergab ging. Sie erhielten keinerlei staatliche, finanzielle Unterstützung, so wie andere Branchen während der Pandemie. 2021 mussten die Buchhandlungen doppelt so lange schließen wie im Jahr zuvor.

Die Letters führten viele und intensive Gespräche miteinander, was für sie keine große Herausforderung darstellte, denn das taten sie doch immer. Sie wogen Für und Wider ab und entschieden gemeinschaftlich, jedoch diesmal unter Tränen, ihr Geschäft an diesem magischen Ort für immer zu schließen.

Als die Buchhandlungen endlich wieder öffnen durften, wurden sie von Menschen gestürmt. Obwohl die Leser nun ersehnte Werke einfach per Mausklick bestellen konnten, hatten sie doch die Nähe zu ihrem lokalen Buchhandel schmerzlich vermisst.

Doch da war es für die armen Letters leider bereits viel zu spät! Ende 2021 löscht Mr. Letter zum allerletzten Male wehmütig das Licht im Inneren des Fachwerkhauses und schließt schwermütig die Eingangstür zu. Die beiden bücherliebenden Weggefährten sind fast siebenundfünfzig Jahre alt.

————

«Das Essen ist fertig! Jamin, hol' doch bitte mal die Letters und Ben, ehe hier in der Küche alles kalt wird!», ruft Care energisch über den Treppenaufgang nach oben.

«Mamaaaaaaaa! Wo sind dieeeee?», brüllt Jamin genervt nach oben.

«Die verschanzen sich im Trrrriiiiiooooo in der Hausbibliotheeeek. Wie iiiiimmmmmer! Also mach schoooon, Jamin!»

Jamin schlendert widerwillig und so gemächlich, wie es ihm nur irgend möglich ist, die Holztreppe hinunter. Im Keller stößt er rabiat die Schwingtür auf. Die Rezeption im Eingang ist verwaist.

Mrs. Letter wird auf Buchsuchtour sein. Aber wo ist Ben? Er liegt nicht vor dem Geschichtsbücherregal.

Jamin weiß haargenau, dass er den Auftrag seiner Mutter ausführen *muss*. Das gemeinschaftliche Essen aller Hausbewohner liegt ihr am Herzen. Es ist allen zu einer liebgewonnenen Tradition geworden.

Jamin sieht etwas Haariges, das unter dem Glastisch hervorlugt. Blaue Krampfadern schlängeln sich wie Luftschlangen die Beine entlang. Die Puschen liegen in einiger Entfernung von der Sitzecke auf dem Boden, als wollten sie mit ihrem Träger überhaupt nichts mehr zu tun haben.

«Maamaaaa!», schreit Jamin aus Leibeskräften nach oben.

«Ben und Mrs. Letter sind gar nicht daaaaahaaaa!!!

Und (…) ähm...»

Jamin muss Luft holen.

«Mr. Letter ist (….), Mr. Letter ist (…) toohhoot!

Maamaaaa, Mr. Letter ist tot!

(…) Kann mein Kumpel jetzt bei uns einziehen?»

28.   Wo bist du ?

Ben erlebt in den letzten Wochen Dinge, die ihn aus der Fassung bringen. Sigina glaubt, es ihm nachempfinden zu können. Das autistische Gehirn weist eine analog erhöhte Sensitivität auf wie das ihrige. Mr. Letter hilflos auf dem Fußboden liegen zu sehen, muss für Ben eine unerträgliche Reizüberflutung gewesen sein. Er ist nicht fähig, eine solche Situation zu deuten, geschweige denn auch nur ansatzweise allein zu bewältigen. Der Teenager wird die Flucht nach vorn angetreten haben, da er sich in seiner vertrauten Umgebung plötzlich so orientierungslos fühlte.

Sigina sorgt sich. Sie hofft, dass er sich an *die* Ufer der Sieg zurückgezogen hat, an denen sie auf ihren gemeinsamen Ausflügen bereits waren.

Sie macht sich sofort auf die Suche nach dem Jungen. Hals über Kopf verlässt sie eilig das Haus und hastet den Oppelrather Weg hinunter.

Keuchend erreicht sie nach einer Rechtskurve das *Halberger* Bachtal. Ihr Blick durchforstet sorgfältig die weite, bewaldete Landschaft, in der Hoffnung, Ben irgendwo zu entdecken. Sigina läuft nach links, lässt *Halberg* rechts liegen, folgt dem Bach bis hinunter nach *Oberauel*. Sie hetzt über die Aueler Straße, wo sie nach knapp drei Kilometern auf die Sieg trifft.

Hoffentlich ist Ben diesseits der Bahngleise geblieben!

Der ausgebüxte Teenager hockt im Schneidersitz auf den Kieselsteinen am Fluss. Genau an der Stelle, wo der Strom sich in kleinen, konzentrischen Kreisen ausgelassen um seine eigene Achse dreht. Zwei Bäume am Ufer gewähren Ben ein wenig Deckung. Trotzdem kann Sigina ihn sehen. Sie sprintet los.

«Ben! Beeeennnnn!», schreit sie aus voller Kehle, so lange, bis sie völlig atemlos das Ufer erreicht.

Ben stiert teilnahmslos auf die sich kräuselnde Wasseroberfläche.

Sein monotoner Sprechgesang besteht aus einem einzigen Wort.

«Tot. Tot. Tot!»

«Ben! Ich bin bei dir. Wir sind wieder zu zweit. Wir haben uns wahnsinnige Sorgen um dich gemacht!»

«Mr. Letter ist tot», schluchzt der Junge, ohne Sigina eines Blickes zu würdigen. Dann hebt er abrupt seinen Kopf und blickt aus glasigen Augen durch Sigina hindurch.
«Ich war ganz allein. Ich *wollte* Mr. Letter helfen! Ich wusste nicht, was ich tun muss!»
Seine jugendliche Ohnmacht und Hilflosigkeit strömen haltlos aus ihm heraus, drehen sich in konzentrischen Kreisen um seinen vor Qual gekrümmten Körper.

«Ben, ich verstehe dich! Ich kann mir vorstellen, wie du dich fühlen musst», antwortet Sigina sanft. «Mach' dir bitte keine Sorgen! Es wird alles gut werden. Darf ich mich neben dich setzen?»

Ben nickt stumm.

Sigina lässt sich zu seiner Linken auf den Kies fallen.

«Weißt du, Ben, was ich an *unserem* Fluss auch so mag?», fragt Sigina, nachdem eine ganze Weile niemand das Bedürfnis verspürte, etwas zu sagen. Sie beobachteten einfach nur das natürliche Spiel der Sieg.

Ben dreht den Kopf in Siginas Richtung, schaut sie fragend an.

«Die Sieg ist so facettenreich, ihr Wesen so bunt.»

Der Teenager scheint noch nicht einmal in der Lage zu sein, Siginas bebilderten Enthusiasmus zu bemängeln.

«Sie ist brav und wild, schwach und stark. Wenn viele Menschen am Wochenende an ihre Ufer kommen, fühlt sie sich bestimmt klein und hilflos und würde am liebsten sofort aus ihrem Bett aufstehen, um sich vor allen zu verstecken.»

«Ein Fluss hat gar kein *Bett!* Das ist nur ein Bild für den Graben, durch den er fließt», bemerkt Ben, der langsam seine Fassung wiederzuerlangen scheint.

«Stimmt, Ben!»
Sigina freut sich, da Autisten *normalerweise,* da ist es wieder dieses *verdammte!* Wort, nur wörtlich Gemeintes verstehen. Ben ist motiviert, er möchte wohl seine Kommunikation mit den Mitmenschen tatsächlich verbessern.
«Unser Fluss ist dann sicher ziemlich genervt, wenn Besucher lärmen und tierische Bewohner verschrecken. Die Leute hinterlassen haufenweise Müll auf den Wiesen und in den Auen, latschen durch die Büsche, zertrampeln Pflanzen und verängstigen brütende Vögel. Was meinst du, wie erleichtert die Sieg sein muss, wenn sie ab montags wieder in Ruhe fließen kann?!»

«So, wie wir beide, wenn wir nicht dort sein *müssen,* wo zu viele Menschen sind?»

«Genauso, mein junger Freund! Auf seiner langen, Reise durch Zeit und Raum versuchten die Menschen unentwegt, das Wesen des Stromes zu brechen, seinen Weg zu verändern, ihn zu begradigen und zu normieren. Er sollte sich ihren egoistischen Bedürfnissen anpassen. Die Leute interessierte es überhaupt nicht, was der Fluss dabei empfand und was *sein Wesen* ihm eigentlich vorgibt. Sie haben ihn beschmutzt und ausgebeutet.»

«Julius Cäsar hat das mit den Kelten auch so gemacht!», wirft Ben ein. «Aber der Naturschutz der tut doch viel für unsere Umwelt und für unsere Gewässer.»

«In den letzten Jahren schon, aber deshalb gibt es immer noch blinde, egoistische Menschen, die die Natur nicht wertschätzen, in sie eingreifen und sie zerstören. Die unbedingt wollen, dass etwas *so* ist, wie *sie* es sich vorstellen. So und nicht anders!»

«Meinst du jetzt so richtig blinde Menschen, also die überhaupt nichts sehen können?»

«Nein, Ben, ich meine störrische Dummköpfe, die die Natur ignorieren, sie missachten, denen einfach alles egal ist! Die, die im bildlichen Sinne die Augen verschließen, die nicht einsehen wollen.»

Sigina fällt auf, dass sich im letzten Adjektiv der Sehsinn versteckt hat und leider auch, wie viele komplizierte Worte in ihren Redefluss mit eingeflossen sind.

«Stopp!», unterbricht Ben Sigina.

«Das muss ich mir jetzt aufschreiben!»

Er hangelt sein Notizheft und einen Stift aus der Gürteltasche. «Wie soll ich das am besten notieren?»

«Schreib' einfach *Blind* bedeutet „nicht sehen" und *blind* bedeutet auch „etwas nicht sehen *wollen*", zum Beispiel die eigenen Fehler, das Wort wollen kannst du ja unterstreichen.»

«Wir beide lassen uns aber nicht brechen oder begradigen, oder?», fragt Ben, während er schreibt.

Sigina traut ihren Ohren kaum. *Ist das tatsächlich Ben, der das gerade von ihr wissen will?*

«Ben, Du bist vielleicht ein Wortakro(…), ähm Künstler! Ich bin so stolz auf dich! Du hast tatsächlich genau verstanden, was ich sagen wollte!»

Sigina nimmt Ben überschwänglich in ihre Arme und drückt ihn ganz fest an sich.

«Sigina, Stopp! Hör' sofort damit auf! Das ist mir zu viel! Lass' das gefälligst!»

Ben dreht sich aus Siginas Armen heraus, so wie eine Glühbirne aus der Fassung. Wütend rückt er demonstrativ einen halben Meter von ihr ab.

«Ist schon gut, Ben, verzeih mir bitte! Ich habe mich nur so über deine Frage gefreut. Meine Gefühle sind mit mir durchgegangen. Ich mache das nicht mehr, versprochen! Nein, bestimmt nicht – niemals! Niemals lassen *wir beide* uns brechen oder begradigen!»

Ben schweigt. Er wirkt nachdenklich, so in sich gekehrt. So als wäre er in einen Kokon eingesponnen und warte darauf, dass sich etwas in ihm entpuppe.

Sigina fließt in ihrem Gedankenstrom.

Plötzlich dreht sich Ben abrupt zu ihr um und rutscht wieder näher an sie heran. Er sieht Sigina eindringlich an. In seinem Blick liegt etwas Verletzliches.

«Ist Autismus eigentlich eine schlimme Krankheit, Sigi?»

«Ben! Allein das Wort *Krankheit* ist ja schon gruselig! Völlig fehl am Platz! Es ist (…).»
Sigina wühlt hektisch nach altersgerechten Formulierungen in ihrem Wortschatz. Sie möchte den jungen Freund nicht weiterhin verbal überfordern.

«Ben, *es* ist etwas, das dir bei der Geburt mit auf *deinen* Weg gegeben wurde. Das kommt öfter vor. Eine nervliche Störung. Das Wort *Störung* passt nicht.

Als wäre unser Kopf eine Waschmaschine, die immerzu einwandfrei funktionieren muss. Deine Nerven sind anders. Das ist ein immens großes Geschenk! Wer will schon so wie jeder andere sein, so ein Klon eines anderen Menschen?»

«So wie Dolly, das Schaf? Davon hat Papa mal erzählt. Damals war ich ja noch gar nicht geboren. Eigentlich sehen alle Schafe gleich aus!»

«Das stimmt gar nicht, Ben! Da solltest du noch einmal genauer hinschauen. Kein Lebewesen ist wie das andere! Wir können ja mal einen Schäfer besuchen, wenn du magst.»

«Wenn da nicht so viele Leute sind, mache ich das gern mit dir.»

«Wir», nimmt Sigina ihren *Faden* wieder auf, «sind alle einzigartig und du ganz besonders! Und weißt du was, Ben, ich passe auch nicht in das *normale* menschengemachte Schema!»

«Was hast du denn für eine Störung?»

«Ben, wenn du noch einmal dieses Wort sagst, drehe ich dir deinen kleinen Hals um!», empört sich Sigina scherzhaft. Sie kitzelt Ben. Er springt auf. Sein ansteckendes Lachen schallt das Ufer entlang.

«Ich bin sehr sensibel, was auch öfter vorkommt, also empfindsamer als andere. *Empfinden* ist ein anderes Wort für „fühlen". Ich fühle mehr, intensiver.»

«Das hört sich aber schön an», erwidert Ben verzückt, «so eine Stö (…), ich meine, so einen anderen Nerv hätte ich auch gern!»

«Es ist nicht immer leicht, Ben. Mich machen zu viele Sinnesreize verrückt. Zu viel Lärm, zu viele Menschen, zu viele Gespräche, zu viele Informationen, zu viele Gerüche.»

«Oh, weia!», kommentiert Ben ihre Aufzählung. «Dann würdest du ja besser in einem großem Terrarium leben.»

«Tja, manchmal wäre das tatsächlich ratsam. Wir beide schaffen uns unsere eigenen Terrarien. Jetzt so bildlich gesprochen. Also unsere Schutzräume. Ben, weißt du was? Ich mag es, wie du bist. So, wie du bist, bist du genau richtig. Du hast einiges an dir, um das dich andere bestimmt beneiden. Du ruhst in dir, lebst in deiner eigenen Welt, im *Ben-Terrarium*, du bist schlau und belesen! Wie viele Bücher du schon verschlungen, ähm, ich meine, gelesen hast! Das weiß ich von Mrs. Letter. Ich kann von dir noch lernen!»

Siginas Wangen glühen.

Wann hat sie das letzte Mal eine solch' leidenschaftliche Rede gehalten?

Sie spürt die Zuneigung für Ben körperlich.

«Ja, aber, in der Schule meinen sie, *ich* wäre ein *Problem!* Ich wäre ein Problem für *sie*! Ich will kein Problem sein!»

«Oh, du meine Güte! Wenn sie mit uns ein Problem haben, dann haben sie eben ein Problem mit uns! In Wirklichkeit sind *sie* das Problem! Ihre Sicht auf uns ist es. Ein Fluss ist ja auch kein Problem, nur weil er nicht immer nur stur geradeaus fließen will, lebendig eingemauert in einem Betongefängnis. Die Sieg tut auch nicht immer nur das, was andere von ihr erwarten. Sie mäandert lustig und verspielt durch die Auen. Wo bitte schön soll da *das Problem* sein?!»

Sigina merkt, dass sie in ihrer Leidenschaft für die Sache allmählich die Fassung verliert. Sie versucht, einen Gang in Tonart und Lautstärke herunterzuschalten. Ungewohnte Schärfe und ein zunehmendes Crescendo könnten Ben in seiner heutigen Gemütsverfassung irritieren, unnötig beunruhigen. Es geht einzig und allein um die Botschaft.

«Auch wir beide, Ben, folgen unserem *eigenen* Lauf, so wie die Natur es für uns vorgesehen hat», ergänzt Sigina ruhig.

«Wir sind stimmig. Zwischen uns gibt es viele Unterschiede, Ben, und einige Gemeinsamkeiten. Der Grund, warum sich unsere Seelen erkannten und miteinander verbunden haben. Auch wenn du mich im Garten steinigen wolltest.»

Sigina grinst.

Ben ist nicht zum Lachen.

«Du redest immer vom Töten. Erst will du mir den Hals umdrehen. Jetzt habe ich dich gesteinigt. *Eure Sprache* ist grausam!», bemerkt Ben.

«Oh, Ben, du hast ja so recht. Darüber habe ich gar nicht nachgedacht! Du hast mich mit Steinen beworfen, okay? Das wirst du ja wohl zugeben. Lustig war das für mich jedenfalls nicht!»

«Ich fand es auch mega doof, dass Papa dich angeschleppt hat! Wir sind schon viele Leute im Haus. Aber Sigi, weißt du was? Jetzt bin ich total froh, dass *du* da bist! Und weißt du, was das Allerbeste ist?»

Sigina schüttelt den Kopf und schaut Ben neugierig an.

«Ich habe *dich* gefunden. In dem dicken Buch mit dem goldenen Rand. Ich weiß jetzt, warum du *Sigina* heißt!»

Ben klatscht erfreut in die Hände.

«Tatsächlich, Ben? Dann ist das jetzt unser kleines Geheimnis, okay? Komm' lass uns heimkehren, junger Mann, es wird langsam frisch!»

Sigina erhebt sich. Ben tut es ihr gleich. Ihre Bewegungen verlaufen synchron.

Obwohl die Sonne dabei ist unterzugehen und obwohl es in den letzten Stunden merklich abgekühlt ist, ist es Sigina warm.

«Was passiert denn jetzt mit Mr. Letter?»

«Ben, mach' dir bitte keine Gedanken! Komm' jetzt, los!»

Sigina und Ben begeben sich in Richtung *Halberg.*

Auf dem Weg geht Sigina hinter Ben, damit er sich seinen eigenen Pfad suchen kann.

29.   **Der Mai geht**

Was jetzt mit Mr. Letter passiert?

Der Mann zieht aus! Hinein in ein schneeweißes Zimmer einer Fachklinik, auf dem Gut Zissendorf in *Hennef.*

Diese Einrichtung ist ausschließlich für Frauen. Und auch nur für solche, die Probleme haben. Mit der Sucht. Mama hat uns das jedenfalls so erklärt.

Die Umgebung ist voll schön! Für die Klinikleitung ist Mr. Letter wohl ein krass interessanter Fall. Deshalb hat sie bei ihm scheinbar eine Ausnahme gemacht. Eigentlich ist er ja gar keine Frau! Mr. Letter hat dann eingecheckt, also die anderen haben ihn eingecheckt. Er schläft ja. Vielleicht wollten sie in der Klinik die Männerquote erhöhen. Wer weiß das schon!

Eine Suchtproblematik hat Mr. Letter auch. Er hat so typische Symptome der *Sehnsucht.*

Doch jetzt erst einmal der Reihe nach.

Mr. Letter ist im Winterschlaf. Wie ein Igel. Er ist total *auf lock*. Obwohl wir schon Frühling haben. Er spricht nicht. Immer noch nicht! Noch nicht einmal im Schlaf. Er ist total verkabelt. Hoffen wir, dass er keinen krassen Stromschlag bekommt! Er trägt eine Maske. Nicht wegen Karneval oder Corona. Das ist ja alles schon vorbei, das Virus scheint erst einmal erledigt. Für die Beatmung. Mr. Letter liegt in einem weiß bezogenen Bett in seinem schneeweißen Zimmer. *Digga!* Krass hübsche, schneeweiße *Chayas* schweben wie Engel durch seinen Raum! Da kann man richtig *Auge machen*! Der *Babo* da ist auch ganz in Weiß. Weil mich das alles so blendet, wenn ich da auf meinem Hocker an Mr. Letters Bett sitze, habe ich das mit der Farbe jetzt mal gecheckt. Also *Weiß* steht wohl für Klarheit und Ordnung. Na, aufgeräumt ist es in seinem Zimmer auf jeden Fall! Die Farbe soll beruhigen und bedeutet Hoffnung._____

Anmerkung zur Jugendsprache: «auf lock sein» (etwas entspannt angehen); «Digga» (Bruder, Kumpel); «Chaya» (Mädchen, jg. Frau); «Auge machen» (neidisch sein); «Babo» (Boss,Chef); «krass,voll,total» (Adjektive, die hier der Steigerung ins Positive dienen).

Wir *alle* hoffen, dass Mr. Letter bald wieder aufwacht und mit uns spricht!

Mama hat einen teuflisch guten Plan ausgeheckt. Jeder von uns, also jeder Hausbewohner, schiebt immer genau sechs Stunden Wache an Mr. Letters Bett. Dann kommt die Ablösung. Wenn sie kommt! So hat jeder zwei Tage in der Woche frei. Das läuft jetzt schon seit vier Wochen so, seit dem ersten Mai. Da ist alles passiert.

Da Mama und Papa arbeiten müssen, hat Mama sich Urlaub genommen, Papa sitzt im Homeoffice. Sogar Ben macht mit. Aber erst seit Mrs. Letter ihm versprach, dass es im schneeweißen Zimmer totenstill sei *(Mrs. Letter! Deine Wortwahl ist krass ungeschickt!)* und nachdem Ben Rider und Teller breitschlagen konnte, das Regal mit den Geschichtsbüchern aus unserem Haus zu holen, um es in Mr. Letters Zimmer wieder aufzubauen. Natürlich haben wir den Klinik-Boss vorher interviewt. Der hat sich voll gefreut, weil er nicht weiß, was er in seiner Mittagspause tun soll.

Nun leiht er sich Bücher von uns aus und verzieht sich. Weiß der Teufel wohin!

Unter der Woche machen Ben und ich die Nachmittagsdienste, wegen der Schule. Der Mai hat voll viele Feiertage, sodass Mamas Plan super aufgeht. Allerdings hat sie noch mehr ausgetüftelt. Jeder muss Mr. Letter eine besondere Freude bereiten. Dabei schläft der doch den ganzen Tag und bekommt gar nichts mit! Mama sagt, er würde Stimmen hören (*Er hört Stimmen? Digga, voll krass!*) und vor allem die *Aura** spüren, die wir in seinem schneeweißen Zimmer verbreiten. Das würde Mr. Letter helfen, schneller wieder wach zu werden, meint sie. Alles klar, *Aura* kenne ich.

Ich habe Ihnen noch gar nicht erzählt, dass ich musiziere, oder? Ich spiele für Mr. Letter auf der E-Gitarre. Kein Problem, er liegt allein. Ich spiele nur Lieder, in denen von Büchern die Rede ist.

---

*Das Wort «Aura» ist auch in der Jugendsprache positiv besetzt (=persönliche Ausstrahlung/Eindruck, den eine Person auf jemand. anderen macht). Die Jugendsprache weist ein hohes kreatives Potential auf, so findet das Lexem «Aura» auch in seiner negativen Bedeutung Anwendung, z.B. als «Minus-Aura», z.B. bei einem im übertragenen Sinne peinlichen Fehltritt einer Person.

Das war voll die schwierige Suche! Passende Songs zu finden. Auf dem Smartphone lasse ich die Originale laufen und begleite sie mit der *Gitte**, manchmal *Das Buch* von den Puhdys. So ne' Uraltklamotte. Der Song handelt von einem fremden Planeten, wo so schlaue Leute leben, die so aussehen wie wir. Dort gibt es auch Bibliotheken. Manchmal spiele ich Mr. Letter auch *Das Buch der Erinnerungen* von den Böhsen Onkelz. Er kann sich über meine Songauswahl nicht beschweren. Er schläft. Singen tu ich aber nicht. Dann würde ich die *Aura* im weißen Zimmer stören. Obwohl das erste Lied eigentlich nur ein Sprechgesang ist. Ein Rap. Der Text ist mega gruselig. Komisch, dass Mr. Letter wegen der Lyrics in seinem schneeweißen Bett nicht aufschreckt. Das Buch beschreibt den Untergang der Erde, wäre ziemlich doof, wenn jetzt auch noch unser Globus offline ginge. Mama besteht darauf, dass es in den Songs auf jeden Fall um Bücher geht.

_____*«Gitte»(Gitarre)

Sie behauptet, das Wort *Buch* würde Mr. Letter *triggern,* er würde dann anspringen. Die Böhsen Onkelz sind ganz schön rockig. Ob die eigentlich wissen, dass sie ihren Namen falsch geschrieben haben? Jedenfalls lesen die Bandmitglieder im *Buch der Erinnerung.* Ihr Leben wäre ein Buch und sie mussten es nur schreiben, behaupten diese bösen Sänger.

Ben hat es viel leichter als ich. Der liest aus irgendeinem Geschichtsbuch Mr. Letter etwas vor.

Papa und Sigina betreiben einen Höllenaufwand. Papa hat seinen Diaprojektor angekarrt und im schneeweißen Zimmer aufgebaut. Er hält Mr. Letter Vorträge über die Sieg. Er fragt ihn auch immer, ob er dieses oder jenes Bild noch einmal anschauen möchte oder ob er Fragen hätte. Voll professionell mein alter Herr! Bis jetzt scheint Mr. Letter alles klar zu sein.

Sigina schleppt selbst gefangene Lachse an. Voll irre! Sie hat sogar einen Outsunny Grillwagen im schneeweißen Zimmer aufgebaut. Damit sie kein offenes Feuer entfachen muss. Sigina kann richtiges Teufelszeug, sogar mit Steinen Feuer machen, völlig ohne Streichhölzer und Feuerzeug. Das sollten Sie mal gesehen haben! Voll krass die Frau!

Wenn sie Schicht hat, grillt sie Mr. Letter fette Lachse. All die leckeren Fischleins türmen sich mittlerweile auf seinem rollenden Nachttisch. Er scheint keinen Appetit zu haben. Dabei duften diese Teile voll gut, also zumindest die *frisch* gegrillten.

Anfangs gab es richtig Ärger mit dem Klinikhäuptling. Der faselte irgendetwas von Hausordnung und Brandgefahr. Indianer machen auch Lagerfeuer. Jedenfalls wurde es im schneeweißen Zimmer auf einmal krass laut. Sigina schrie, sie wäre kein zündelndes Kleinkind. Sie reiße nach jeder Grillsession die Fenster weit auf. Ein Kind ist Sigina wirklich nicht mehr, aber es gab da mal so Gerede, dass sie so pürromanische Neigungen habe. Was immer das auch ist. Bestimmt so ne Krankheit, *Manie* kenne ich! Vielleicht hat es auch etwas mit gestampften Kartoffeln zu tun.

«Macht doch, was Ihr wollt!», schnaubt der Chefarzt und verließ schlecht gelaunt den Raum. Boh eye, der Typ liest *unsere* Bücher für lau! Mittlerweile hat sich übrigens das Problem mit dem toten Haufen gegrillter Fische gelöst. Das Lachsaroma strömt durch die ganze Klinik.

Den Bewohnern läuft das Wasser im Mund zusammen. Wie läufige Hunde folgen sie der Duftspur durch den ganzen Laden. Jetzt werden abends Lachse verlost. Es wird um sie gezockt. Natürlich auch um die, die bereits seit zwei Wochen fertig gebrutzelt sind und schon übelst stinken. Teller veranstaltet Bingorunden für die Bande. Er sollen nur so viele Spieler in das schneeweiße Zimmer, wie tatsächlich hineinpassen. Leute, das ist voll der harte Job für den armen Teller! Vor Mr. Letters Zimmer drängeln sich abends kilometerlange Schlangen hungriger Mäuler. Die Leute sind rücksichtslos, drängeln und mobben sich so voll *agro*. Ich habe krasse Panik wegen der *Chayas*! Wenn die denen auch nur ein Haar krümmen, dann lernen die mich kennen, ich schwöre! Wenn die Patienten sich nicht bewegen können, karrt Teller die Zockerbande höchstpersönlich in ihren rollenden Sesseln, Betten nebst Infusionsständern durch die ganze Hütte. Manchmal werden zwei oder mehr Patienten zusammen in ein Bett gequetscht, um Platz zu sparen.

_____«agro» (aggressiv), Jugendsprache.

Teller will den Speisesaal der Klinik anmieten. Dann karrt er nur noch Mr. Letter durchs Haus, fährt ihn mit dem Aufzug dorthin und müsste sich weniger mit dem restlichen Pack herumschlagen.

«So etwas hat es früher nicht gegeben! Eine ausgemachte Revolte ist das!», jammert der Klinikbabo, als er mir im Flur begegnet. Ich weiß gar nicht, was der Typ eigentlich hat. Endlich ist in diesem Laden mal Ramba Zamba!

Mama massiert Mr. Letters Luftschlangen. Dabei summt sie immer wie eine Biene. Sie schmiert seine Stampfer mit *Bee Cream* ein, aus hochdosiertem Bienengift. Nicht, dass Mr. Letter tot umfällt, bevor er überhaupt wieder erwacht ist!

Rider hat sich richtig das Hirn zermartert, um sich etwas auszudenken, also, was er für Mr. Letter tun kann. Das hat mit seinem Beruf zu tun, dass der so lange denken muss. Der hatte null Plan! *Auch* das hat mit seinem Job zu tun. Ich wette, die Finanzämter bestrafen ihre Leute, wenn sie coole Ideen haben.

Merkwürdigerweise hatte Rider sofort einen Einfall, als Mama den Druck auf ihn erhöhte. Ich spare mir jetzt mal die Bemerkung über einen eventuellen Zusammenhang zwischen diesem Umstand und seinem Beruf. Jetzt kümmert Rider sich jedenfalls um Mr. Letters Einkommensteuererklärung. Leute, wie langweilig! Rider verteidigt sich auch noch und behauptet, Mr. Letter hätte mehr Lebenszeit, wenn er wieder aufwache und wer hätte schon einen so coolen Finanzbeamten neben seinem Bett sitzen. Rider ist manchmal ne richtige Mimose, der war voll beleidigt! Er fragt Mr. Letter tatsächlich nach fehlenden Belegen. Bislang hat sich der sich aber noch nicht auf die Suche nach irgendeinem Wisch gemacht.

Mrs. Letters liest alte Liebesbriefe vor. Sie weint dabei immer voll viel, sodass die hübschen Krankenschwestern dauernd Mr. Letters Bettwäsche abtrocknen müssen.

Am einunddreißigsten ist Schicht im Schacht. Der Mai geht. Der Klinikboss schickt Rider morgens um sieben zurück nach *Oberhalberg*.

Eigentlich wollte er noch Teller vertreten, weil der nur selten bei Mr. Letter auftaucht, wenn er Frühschicht hat.

Der Klinikboss rief prompt in *Oberhalberg* an. Mama stellte das Telefon für alle auf laut.

Er sagte, er wisse nicht, was der Auslöser gewesen wäre. Ob der unerträgliche Krawall in der Klinik, die hoffnungslose Überfüllung im schneeweißen Zimmer oder aber der widerliche Gestank dieser toten Teile auf dem sterilen Nachttisch. Jedenfalls sei Mr. Letter von nun an wieder bei Sinnen.

Unsere Hausgemeinschaft bricht in ein Indianergeheul aus. Mrs. Letter überschwemmt den Küchenboden mit ihren Freudentränen.

«Jedenfalls ist jetzt wirklich Schluss mit lustig, Feierabend!», meint der Chefarzt streng.
«Sie kommen ab sofort bitte nur noch einzeln und das auch nur zu den offiziellen Besuchszeiten in die Klinik! Sobald Mr. Letter anfängt zu sprechen, werden wir versuchen herauszufinden, was ihn dermaßen aus der Umlaufbahn geworfen hat.»

Als Mrs. Letter aufgehört hat zu weinen, schnäuzt sie sich sehr geräuschvoll die Nase. Ihre Augen sind ganz rot.

«Am 31. Mai 1996 hatten wir unseren Buchhandel in *Neunkirchen-Seelscheid* eröffnet. Ist es nicht rührend, dass mein Liebster an diesen Jahrestag gedacht hat?»

30. Wenn die Pflicht ruft, sag' ich ruf zurück!

Männer unter sich!

Rider:	«Teller!»
Letter:	«Ja, mein Freund?»
Rider:	«Du bist zur Abgabe deiner Leistung verpflichtet!»
Teller:	«Wovon sprichst du bitte, Rider?»
Rider:	«Du hast dich mehrmals der Verspätung schuldig gemacht und dadurch andere in Schwierigkeiten gebracht!»
Teller:	«Meinst du meine Sitzungen an Mr. Letters Bett?»
Rider:	«Der Grundsatz von Treu und Glauben, Paragraph 242 BGB besagt, dass derjenige, der Verträge bricht, rechtswidrig handelt. Es liegt eine Vertragsverletzung vor!»

249

Teller: «Alle anderen Wachen im schneeweißen Zimmer habe ich ordnungsgemäß ausgeführt!
Ich erscheine stets frisch geduscht, einparfümiert und sogar bestens gelaunt im schneeweißen Zimmer!
Ich erfülle auch meine Aufgaben in unserer Gemeinschaft immer zu aller Zufriedenheit, kochen, Teenager bespaßen und so weiter!»

Rider: «Gemäß Paragraph 280 BGB stellt dein Verhalten einen Verstoß gegen die Dienstpflicht dar.»

Teller: «Sag' mal Rider, können wir uns bitte in unserer Muttersprache unterhalten? Du irritierst mich! Ich blieb also *schuldhaft* meinem Dienst fern. Und was machen wir jetzt?»

Rider: «Du wirst daher gemäß Paragraph 1605 BGB hiermit aufgefordert, die erforderlichen Auskünfte zu erteilen!»

Teller: «Was für Auskünfte? Warum ich zu spät
            oder manchmal gar nicht in die Klinik
            gekommen bin? Ich halte mich für euch
            fit, treibe Sport!»
Rider: «Du wirst zur Abgabe einer *detaillierten*
            Auskunft verpflichtet!»
Teller: «Weißt du was, Rider? Du kannst mich
            mal gerne haben! Schon einmal von
            Artikel 8 der europäischen Menschen-
            rechtskonvention gehört?
            Jede Person hat das Recht auf Achtung
            ihres Privatlebens! Der Schutz der
            Privatsphäre ist als Grundrecht in Artikel
            2 Absatz 1 des Grundgesetzes verbrieft!»
Rider: «Teller!!! Hut ab! Dass du dich mit der
            deutschen Gesetzgebung so gut
            auskennst! Alle Achtung!»
Teller: «Tja, Junge, vielleicht solltest du dir die
            Leute, die mit dir zusammenleben,
            einmal ein wenig genauer angucken!

	Was steht denn jetzt an *Buße* und Wiedergutmachung für mich an?»
Rider:	«Du könntest mit mir eine Runde auf der Playstation zocken, um Kohle natürlich!»
Teller:	«Das ist jetzt ein völlig neues Terrain für mich. Ich werde mich aber bemühen, mein Bestes zu geben. Wie hoch wäre denn der Spieleinsatz?»
Rider:	«Das sage ich dir unter vier Augen, Junge, später, wenn hier keiner mehr mitliest, okay?»
Teller:	«Verstanden! Alles Roger in Kambodscha!»

———

Wir hatten uns alle bereits seit unserem Einzug gefragt, was Teller eigentlich immer so früh morgens treibt. Wir beschlossen, ihn zur Rede zu stellen, sobald es mit Mr. Letter ein wenig bergauf ging.

Teller versuchte, auf seine gewohnt galante und humorvolle Art unseren Fragen auszuweichen. Dank unserer Unnachgiebigkeit legte er schließlich ein Geständnis ab. Er würde für einen Marathon trainieren und außerdem wegen des Erhalts seiner Muskeln vor dem Laufen noch täglich eine Stunde in die Muckibude gehen.

«Du?! In Deinem Alter?!», wundert sich Jamin lautstark.

«Ja, klar, wenn nicht *ich*, wer dann?! Ich bin topfit und auch vorher schon jahrzehntelang getrabt!»

«Ist das nicht belastend, das viele Training?», stimmt Mama in den Gesang der Besorgten ein.

«Wir wollen doch nicht, dass *dir* jetzt auch noch etwas passiert!»

«Ich passe schon auf mich auf, keine Sorge, Leute!», beschwichtigt Teller sein Team.

«Ich werde mich ab sofort so organisieren, dass ich meine Krankenhauspflichten erwartungsgemäß erfülle, in Ordnung Rider? Solange wird sich die Genesung unseres werten Mr. Letter ja wohl hoffentlich nicht mehr hinziehen!»

Ein Mann, ein Wort!

Acht Menschen lächeln zufrieden.

Sieben Fäuste werden schwungvoll nach vorn
ausgestreckt.

Genauso viele begeisterte Daumen zeigen nach oben.

Die Sitzung ist beendet.

31. Die Macht der Sprache

Der Chefarzt der Klinik behauptet, sein Patient wäre eine harte Nuss, die er zu knacken beabsichtige. Mr. Letter hätte Zeit und die Einrichtung würde sie sich für ihn nehmen.

Wer an Wunder glaubt, sei darüber informiert, dass Mr. Letter nach Wochen des Bangens und Hoffens plötzlich wie aus dem Nichts seine Stimme erhob. Er spricht Denise an, eine der unzähligen, bildhübschen Krankenschwestern der Klinik.

«Sagen Sie mal, mein liebes Mädchen, lesen Sie eigentlich?»

«Oh, nein, dafür habe ich leider überhaupt keine Zeit! Wir ersticken hier in Arbeit, sind personell vollkommen unterbesetzt. Die Zeit reicht noch nicht einmal dafür aus, schnell einen Schluck zwischendurch zu trinken!»

«Das tut mir aber leid», antwortet Mr. Letter sichtlich betreten.

«Ich hoffe, dass ich für Sie keine allzu große Last bin!»

«Aber, nein! Nein, Mr. Letter!», beruhigt Denise ihren Patienten.

«Sie sind ein so freundlicher, charmanter Gentleman und ich bin so froh, dass wir beide uns endlich ein wenig unterhalten können!»

«Und in Ihrer Freizeit? Lesen Sie da, verehrte Denise?»

«Ja, wenn ich Urlaub habe, dann schon», antwortet die junge Pflegekraft, während sie die zahlreichen toten Lachse auf Mr. Letters Nachttisch nach deren Größe sortiert.

«Wissen Sie, Denise, meine geliebte Frau und ich, wir waren Inhaber eines Buchhandels. Leider mussten wir ihn schließen. Das bedrückt mich immer noch!»

Die Krankenschwester unterbricht für einen Augenblick ihre Tätigkeiten im schneeweißen Zimmer und betrachtet Mr. Letter nachdenklich von der Seite.

«Mr. Letter, ich freue mich sehr, dass Sie ein solches Vertrauen zu mir haben. Dabei kennen Sie mich eigentlich doch gar nicht.

Mr. Letter, wie finden Sie die Idee, wenn ich ab morgen meine Frühstückspause bei Ihnen abhalte und Sie erzählen mir alles in Ruhe, so von Anfang an?»

«Was für ein glorreicher Einfall! Genauso machen wir beide das, liebe Denise!»

Nachdem der Chefarzt das vertraute Miteinander zwischen Mr. Letter und seiner Krankenschwester ein Weilchen aus gebührendem Abstand beobachtet hatte, spricht er Denise an. Sie bittet Mr. Letter, sie von der Schweigepflicht zu entbinden. Denise berichtet ihrem Chef, an welcher Stelle Mr. Letters Schuh drückt. Der Arzt kontaktiert umgehend die Ehefrau.

«Ihr Mann, gnädige Frau, leidet an einer posttraumatischen Belastungsstörung. Er ist psychisch schwer verwundet!»

«Oh, du liebe Güte, Herr Doktor! Wovon denn nur?», fragt Mrs. Letters beunruhigt.

«Mr. Letter hat die Aufgabe Ihres Buchhandels wohl nie verkraftet, geschweige denn jemals aufgearbeitet. Er erwähnte, dass Sie eine neue Aufgabe hätten, während er – ich zitiere - „(...)Tag für Tag nutzlos in der Sitzecke der Hausbibliothek vor sich *hinvegetiere"*. Das waren seine Worte. Mr. Letter habe sich nicht beschweren wollen, um Sie nach dem Verlust Ihres Geschäftes nicht noch mehr zu belasten. Er entschied, das Sprechen komplett einzustellen.»

«Das ist ja furchtbar!», stöhnt Mrs. Letter.
Wie hätte ich denn solches ahnen können? Ich dachte, er wäre zufrieden, wenn er mit Muße in seinen Zeitschriften blättert. Unsere Unterhaltungen vermisse ich schmerzlich. Wissen Sie, Herr Doktor, wir haben *ständig* miteinander geredet. Es gab nicht einen Tag, an dem uns der Gesprächsstoff ausgegangen wäre», sagt Mrs. Letter wehmütig.
«Aber was hat mein Mann denn genau? Ich meine, so organisch?»

«Wir haben Ihren Mann auf den Kopf gestellt und auf Herz und Nieren geprüft. Er hat nichts. Er ist kerngesund.»

«Aber wieso ist er dann so wie Dornröschen in diesen tiefen, bleiernen Schlaf versunken?»

«Also meine Liebe, ich weiß auch nur aus zweiter Hand zu berichten. Mr. Letter hat sich Schwester Denise anvertraut. Er erwähnte, dass es ihm am ersten Mai so richtig wehtun sollte und danach wollte er *nie wieder* etwas spüren!»

«Oh, mein Gott!»
Mrs. Letter ist erschüttert.

«Ihr Mann soll Kontakt zu den Nachbarn gehabt haben. Man unterhielt sich zunächst unverfänglich über Bücher. Dann musste Mr. Letter zu seinem Leidwesen feststellen, dass diese Leute nur noch online bestellen und den stationären Buchhandel meiden. Das muss Mr. Letter getriggert haben, sodass sich sein Trauma rührte.

Mr. Letter sprach unentwegt von einem *einunddreißigsten Mai.* Ich glaube, auch von Corona, obwohl die Pandemie ja schon eine Weile Geschichte ist. Den Kontext werden Sie sich besser erschließen können als ich, Mrs. Letter. Ihr Mann lud die Nachbarn in Ihre Hausbibliothek ein. Doch die lehnten sein Angebot postwendend ab und begründeten ihre Absage mit der Unterstellung, dass Sie in einer Hippie-Kommune leben würden, zu dem auch ein Außerirdischer gehöre, der mit seinen Armen gestikuliere, aber nie grüße. Sie meinten wohl Ben. Ein netter Teenager! Von *Autismus* scheinen die Leute noch nie etwas gehört zu haben. *Das* mutet eher *außerirdisch* an. Wir leben in aufgeregten Zeiten. Solche Phasen sind nie leicht für Sonderlinge. Das gilt auch für Ihre Nachbarn. Jedenfalls ist die Situation in *Oberhalberg* regelrecht eskaliert. Ihr Mann hätte sich oft im Vorgarten Ihres Hauses versteckt. Kaum parkten Fahrzeuge von Amazon oder DHL in der Straße, schlitzte er die Autoreifen der Transporter auf. Daraufhin stellten beide Paketdienstleister den Lieferservice für Ihre Nachbarn ein, was diese erst recht auf die Palme brachte.

Einmal soll sogar ein wildes Handgemenge vor Ihrem Haus stattgefunden haben. Kommuniziert haben die Kontrahenten allerdings nie miteinander.

Mrs. Letter, eigentlich kann ich mich nur wundern, dass Sie von all dem überhaupt nichts mitbekommen haben wollen! Soweit ich unterrichtet bin, halten Sie beide sich doch immer gemeinsam in der Hausbibliothek auf.»

«Das ist auch so, aber manchmal bin ich unterwegs, um für Ben neue Bücher zu besorgen», räumt Mrs. Letter reumütig ein.
«Mein Mann ist so still. Niemals wäre ich auf die Idee gekommen, dass er während meiner Abwesenheit Dummheiten anstellt.»

«Dass es ihm richtig wehtun sollte, damit meinte Ihr Mann, dass er nur ein einziges Mal seinen moralischen Wertekompass vernachlässigen wollte, um, auch das nur ein einziges Mal, bei Amazon *online* zu bestellen. So geschah es dann auch.»

«Was? Er hat *tatsächlich* digital bestellt?!«, fragt Mrs. Letter ungläubig.

«Kann er das denn überhaupt? Er macht um jeden Computer stets einen großen Bogen.»

«Jawohl, und wie er das kann! Unter einem Vorwand ließ er sich Jamins Laptop erklären, jedenfalls insoweit, als dass das für sein Vorhaben unerlässlich war», bestätigt der Chefarzt.

«Er beabsichtigte, gemäß seiner Aussage *nie wieder etwas spüren zu wollen*, Schlaftabletten zu bestellen. Er klickte auf dem Bildschirm beim Onlinehändler ein Foto an, auf dem Röhrchen abgebildeten waren, die den Originalen vermutlich täuschend ähnelten. Als die Ware geliefert wurde, parkte Amazon mit Sicherheitsabstand vor Ihrem Haus. Den Tabletten lag ein chinesischer Beipackzettel bei. Da Mr. Letter dieser asiatischen Sprache nicht mächtig ist, nahm so das Schicksal seinen fatalen Lauf.»

«Oh, nein! Wie schrecklich!», lamentiert Mrs. Letter. Sie ist entsetzt.

«Was genau hat mein Liebster denn nun zu sich genommen?»

«Nun», antwortet der Chefarzt, «wie der Digitalbeauftrage unserer Klinik nach intensiven Gesprächen mit Ihrem Mann und mit Denise sowie aufwändigen Onlinerecherchen bisher hat eruieren können, orderte Mr. Letter die Ware in einem Märchenshop, der Laden nennt sich *Alibaba*. Er bestellte Multi-Vitamin-Brause-Tabletten, also chinesische Nahrungsergänzungsmittel, unmittelbar in Shanghai. Die Dinger haben noch nicht einmal einen Namen! Die Verpackung ist verführerisch bunt. Welche Stoffe die Pillen exakt enthalten und Ihren Mann außer Gefecht gesetzt haben, tja, dafür müssen wir erst die Ergebnisse des Labors abwarten. Ich gehe stark davon aus, dass eine Stoffwechselentgleisung bei Mr. Letter zum Koma führte. Ihr Mann hat das Zeug ad hoc in großen Mengen geschluckt.»

«Und jetzt? Was machen wir denn jetzt bloß?»

Mrs. Letter ist überfordert.

«Ihr Mann wird sicher bald wieder auf den Beinen sein.

Ich soll Ihnen übrigens ausrichten, dass Mr. Letter Sie über alles liebt. (…) Ich rate dringend zu psychologischer Unterstützung, in Form einer Gesprächstherapie. Und dann sollte für den guten Mann alsbald eine schöne Aufgabe gefunden werden! Er ist topfit, in jeder Hinsicht, vor allem auch geistig. Sprechen Sie mit Ihrer Hausgemeinschaft. Ich bin sicher, Ihnen wird etwas Schönes einfallen!»

«Danke, Herr Doktor!» antwortet Mrs. Letter gerührt.

Ihre Wangen schimmern rosig. Die innigen Worte ihres Mannes zaubern einen gesunden Teint ins Gesicht.

«Darf ich Sie umarmen, bitte?», fragt Mrs. Letter zaghaft den Mann in Weiß.

«Das dürfen Sie», entgegnet der Chefarzt gerührt. Körperliche Nähe gehört leider noch nicht zum Standardrepertoire seines Klinikalltags.

Mrs. Letter ist erleichtert. Ihr Mann spricht wieder. Sie ist froh, dass keine schwerwiegende Krankheit diagnostiziert wurde, dass Mr. Letter weder einen Schlaganfall noch einen Herzinfarkt erleiden musste.

32.   Alles fließt! – Asche auch

Rider, der Mann mit den Superkräften, beschützt das Haus vor Schurken wie dem Verbrecherboss Wilson Fisk, alias Ben, wenn die beiden Marvel's Spider Man in Riders geheimen Gemächern unterm Dach spielen.

Nach dem Videospiel ist vor der Verbrecherjagd. Rider und Ben liefern sich über Stunden eine wilde Verfolgungsjagd durchs ganze Haus. Ben stürzt in halsbrecherischem Tempo die Holztreppe hinunter, verschanzt sich in Küche oder Wohnzimmer, während Rider ihm, mit einem Besen bewaffnet, dem Schwert des Superhelden, hinterher hechtet. Sie stoßen üble Verwünschungen aus, was die Letters in Angst und Bange versetzt. Inzwischen wissen sie, dass die Gegner das irre Treiben in der Regel unbeschadet überstehen werden.

———

Der Titel *Alles fließt* (Griechisch: «panta rhei» / Lateinisch: «cuncta fluunt») geht auf die Lehre des Philosophen *Heraklit* zurück. Er wird auch von dem Gelehrten *Ovid* im «15. Buch der Metamorphosen» im Rahmen der *Rede des Pythagoras* angeführt, der Fluss als Basis für unzählige Metaphern rund um das Leben.

Wir befürchten, dass einer unser Hausbewohner sich irgendwann einmal auf der Treppe das Genick brechen wird.

Uns wird richtig warm ums Herz, wenn unser Jüngster in seinem Versteck siegessicher jubelt, weil Riders Schwert am oberen Treppenabsatz aus der Hand rutscht und durch zwei Etagen hindurch lärmend in den Keller fällt oder weil der Gegner wegen eines im Flur herumstehenden Wasserkastens stürzt (Bis jetzt ist Rider mit blauen Flecken davongekommen. Care kümmert sich rührend um seine Blessuren).

Bei einem der letzten Male muss Ben Rider gegenüber erwähnt haben, dass Sigina ihren Ehemann höchstwahrscheinlich in der Sieg ertränkt hat und nun in irgendeinem Gefäß aufbewahre. Der selbst ernannte Ordnungshüter wird nach der vertraulichen Übermittlung dieser höchst brisanten Nachricht hellhörig und nicht minder misstrauisch gegenüber der vermeintlichen Übeltäterin.

Rider berichtet an mich und bittet Sigina um ein aufklärendes Gespräch unter vier Augen.

«Sigina, sollte es wirklich wahr sein, was Ben über deinen verstorbenen Ehemann und diese ominöse Kanne erzählt, solltest du tatsächlich etwas auf dem Kerbholz haben, dann wird dir sicherlich auch klar sein, dass ich dein Handeln auf keinen Fall stillschweigend unter den Teppich kehren kann. Mord ist eine Straftat! Desweiteren machst du dich nach Paragraph 168 StGB wegen der illegalen Aufbewahrung sterblicher Überreste der Störung der Totenruhe schuldig. Dir droht somit schlimmstenfalls eine Freiheitsstrafe von bis zu drei Jahren, andernfalls eine Geldstrafe.

Das Übelste an dieser Sache ist, dass du Ben durch dein gedankenloses Verhalten emotional und psychisch den Boden unter den Füssen weggezogen hast!

Ich bin zwar nur ein kleiner Beamter, doch auch ich habe Augen und Ohren. Wir Staatsdiener haben sogar ein Herz, auch wenn das Gros der Bevölkerung daran zweifelt.»

Sigina schweigt.

Sie sieht Rider betreten an.

«Rider, Ich spreche mit ihm!»

«Mit wem, mit Ben?»

«Nein! Mit Julius Cäsar.»

«Mit wem? Mit Julius Cäsar?

Ich glaube, jetzt drehst du völlig durch, Sigina!»

Rider schüttelt verständnislos den Kopf.

«Julius? Kommst du bitte mal in die Küche? Sigina hat *dir* etwas zu sagen!», schallt Riders Kommandoton durchs Haus.

Ich folge Riders Anordnung und richte meinen Blick auf die vermeintlich *Beschuldigte*.

«Sigina, du weißt, dass unsere Gemeinschaft bestimmte Werte hochhält. Dazu zählen Vertrauen, Ehrlichkeit und Loyalität. Als ich Ben und dich vor kurzem nach einer Wanderung am Bahnhof in *Blankenberg* abholte und mein Sohn irgendeine Kanne erwähnte, tatest du seine Bemerkung als nichtig ab. Dürfen wir dich fragen, was es mit Geschichte nun auf sich hat?»

«Können wir uns setzen?», fragt Sigina sichtlich verunsichert.
«Klar!», antworte ich.
«Rider, kannst du bitte mal eben unsere Mannschaft zusammentrommeln, Care, Teller und die Letters?

Das ist jetzt wichtig und betrifft uns alle! Lass' nur bitte Ben und Jamin erst einmal außen vor. Danke dir!»

Als alle, bis auf Jamin, Ben und Teller, in der Küche versammelt sind, kocht Care erst einmal Kaffee. Der Duft von frisch aufgebrühtem, schwarzen Gold zieht verführerisch durchs Haus.

«Kaffee?!» Teller lehnt begeistert am Türrahmen.

Kaffeeduft übt auf ihn einen bei weitem größeren Sog aus als das bloße Rufen seines Namens. Care zündet ein paar Kerzen an und drapiert sie liebevoll auf Küchentisch und Anrichte. Wir rücken dicht zusammen. Nicht aus Gründen des Platzmangels. Die körperliche Nähe ist symptomatisch für unseren gewachsenen Zusammenhalt. Wir haben die einstige Arche Noah im Laufe der Zeit zu einem verläßlichen Passagierschiff umgerüstet, auf dem wir so manchem Sturm auf hoher See gemeinsam trotzen. Als alle endlich mit Getränken und ein paar selbstgebackenen Keksen versorgt sind, fokussieren sich zwölf Augen auf Sigina.

Ebenso viele Lauscher sind auf Empfang gestellt.

Sigina spürt die ungeduldige Erwartungshaltung und fängt an zu erzählen.

«Also, dass mein Ehemann Thomas verstorben ist, das wisst ihr ja bereits alle von Julius. Er kam bei einem Unfall ums Leben und wurde dann eingeäschert. Meine Schwiegereltern wünschten eine Rheinbestattung, die sechs Wochen nach der Einäscherung erfolgte. Allerdings (…), wie soll ich das jetzt sagen? Also, (…) der Bestatter ist mein langjähriger Freund. Ich habe so lange auf ihn eingeredet, bis er mir Thomas Urne nach der Einäscherung leihweise überließ. Dass jemand solch' ein Gefäß vorübergehend mit nach Hause nimmt, um sich in Ruhe von seinem Verstorbenem zu verabschieden, ist in Deutschland nicht unüblich. Das hingegen auf Dauer zu tun, also die Urne für immer zu behalten, ist gesetzlich verboten. Das weiß ich! Die Urne war drei Tage lang in meiner Obhut, anschließend brachte ich sie dem Bestatter zurück. Allerdings (…) befand sich in ihr nicht mehr die Knochenasche meines Mannes, sondern (…) Katzenstreu (…).»

«Katzenstreu?!» Riders Stirn wirft Falten, die denen eines ausgewachsenen Shar Pei* nicht unähnlich sind.

«Also sprechen wir von einem Delikt im Bereich der Umweltkrimininalität!»

«Rider, ich weiß nicht, ob Asche umweltschädlich ist», antwortet Sigina, «und selbst wenn, ich glaube, es hätte mich in jenem tristen Augenblick überhaupt nicht tangiert!

Ich war unendlich traurig und verzweifelt, dass ich zumindest in diesem Leben von von meinem Mann getrennt sein würde».

Die Letters nicken überaus empathisch.

«Meine Schwiegereltern, die Trauergäste (...), niemand kannte den tatsächlichen Inhalt der Urne! Ich gab exakt 1,75 Kilogramm Katzenstreu in die Urne, entsprechend des Knochenaschegewichtes nach der Einäscherung.»

_____Der *Shar Pei** ist eine chinesische Hunderasse mit einem beeindruckenden Charakter, die in den 1970iger Jahren als seltenste Hunderasse und vom Aussterben bedroht galt. Sein Kopf ist durch starke Hautfalten gekennzeichnet, die bis zu den Schultern und am Hals nach unten reichen.

«Du bist mir ja eine Schlitzohrin, Sigina!», stelle ich ziemlich erstaunt fest.

«Und wir müssen jetzt also mit an Sicherheit grenzender Wahrscheinlichkeit davon ausgehen, dass die Asche deines Mannes sich tatsächlich in dieser Kanne befindet, korrekt?»

Sigina nickt.

«Ja, so ist es. Ich habe sie in der Sieg versteckt. Wenn ich Lachse aussetze, gebe ich Asche meines Mannes mit in die Kanne, also in die andere, die mit den Junglachsen. Ich entnehme immer ungefähr einen Teelöffel, also so in etwa fünf Gramm Knochenasche. Deshalb wollte ich auch nicht, dass der Junge beim Aussetzen der Fische dabei ist, obwohl ich ihn gern mitgenommen hätte. Also da war so ein Knabe in *Buisdorf* bei der Führung an der Zählstation, der wollte mich entlang des Flusses begleiten.»

Gern würde ich jetzt zustimmend nicken, verkneife es mir aber lieber, andernfalls wüsste Sigina, dass ich sie dort heimlich beobachtete.

«Und? Wie lange lässt du die Asche schon schwimmen? Wie viele Lachse aus der Kanne wandern pro Jahr in den Strom?»
Teller geht jetzt investigativ vor.

«Teller, gehts noch? Was wird das hier? Entwirfst du gerade eine Textaufgabe? Willst du etwa im Dreisatz ausrechnen, wie viel Asche noch in der Kanne ist?», fragt Care schnippisch, die ich auch dafür liebe, dass sie im Bruchteil einer Sekunde komplexe Zusammenhänge begreift.

«Du hast es erfasst, meine Liebe!», bestätigt Teller sein mathematisches Ansinnen. Er steht auf und angelt sich Bens Taschenrechner von der Anrichte.
«Also *Butter bei die Fische*, nenn' mal konkrete Zahlen, Sigina!», fordert er seine Mitbewohnerin auf, als ginge es um ihre Unternehmensbilanz.

«Meine Güte, Teller! Ich weiß es doch nicht! Bis auf die Tatsache, dass mein Mann vor fast vier Jahren gestorben ist und dass wir ab und zu Lachse aussetzen (…), aber wie viele Kannen genau? Keine Ahnung! Ist das jetzt wirklich so wichtig? Du überforderst mich gerade, Teller!»

«Teller, jetzt lass' es mal bitte gut sein! Das ist doch irrelevant!», meint Care.

«Im Zweifel können wir den Inhalt der Kanne ausschütten und und Asche wiegen», schlägt meine Frau vor, die ich auch dafür liebe, dass sie stets so pragmatisch und lösungsorientiert vorgeht.

«Ein Weniger an noch vorhandener Asche könnte sich strafmildernd auswirken!», wirft Rider aus juristischer Sicht ein.

«Darf ich jetzt weiter reden?», fragt Sigina nervös.

«Wie? Das ist immer noch nicht alles?!», echauffiert sich Rider.

«Jetzt halt endlich mal die Klappe!», fahre ich ihn genervt von der Seite an.

«Also, *die Asche fließt* mit den wandernden Lachsen durch den Rhein und dann weiter in die Nordsee», erklärt Sigina ihrer hochkonzentrierten Zuhörerschaft.

«Sie löst sich im Meer nicht auf, sondern verteilt sich im Wasser ohne negative Auswirkungen. Das habe ich gründlich recherchiert. Die Kelten glauben an ein Leben nach dem Tod und ich hoffe, dass mein Mann vielleicht auf diesem Wege meine Nachfahren, zum Beispiel in Irland, auf der Isle of Man, in Wales oder Cornwall, obwohl beides schon sehr südlich liegt, in Schottland oder vielleicht in der Bretagne ausfindig machen kann. Bis die Kanne leer ist, also bis wirklich das letzte Aschenkorn sich auf Reisen befindet, möchte ich die Zeit mit Thomas an der Sieg verbringen und unsere Flussmission gemeinsam durchführen.»

«Sigina, wieso beschleicht mich immer deutlicher das Gefühl, dass du nicht alle Tassen im Schrank hast?!», fragt Rider zynisch.

«Rider, was soll das denn?! Jetzt reicht es aber langsam mit dir! Es kann doch ein jeder glauben, was er mag. Deine Ausdrucksweise ist geringschätzend!»
Care gibt einen Warnschuss ab.

«Julius sagt, ich solle die Klappe halten. Ist das vielleicht wertschätzender?»
Jetzt fühlt Rider sich angegriffen.

«Sagt mal Leute, sind wir hier eigentlich im Kindergarten? Lasst doch Sigina endlich mal weiter erzählen!», ruft Mrs. Letter in den verbalen Schlagabtausch hinein.

«Ja, sorry, Leute! Go on please!»
Rider nimmt die Waffe runter.

«Die finanzielle Unterstützung, nach der du fragtest, Julius, das ist Witwenrente.

Das konnte ich dir an der Oase noch nicht sagen. Das letzte Kapitel meines Buches war noch ungelesen.»

«Was für ein Buch?»
Mr. Letter spitzt neugierig die Ohren. Er ist übrigens wieder putzmunter bei uns in *Oberhalberg*.
»Bist du etwa Schriftstellerin?»
Er strahlt Sigina wie ein Honigkuchenpferd an.

«Nein, Mr. Letter», beraube ich ihn seiner Hoffnung. Das ist metaphorisch gemeint. Das *Buch* dient als Bild für das Leben. Sie als literarisch Bewanderter werden das doch wissen, wem erkläre ich das überhaupt?!»

Mr. Letter nickt verschwörerisch.

«Die von mir geflochtenen Körbe lagere ich in der Garage des Bestatters. Das hattest du ja auch noch wissen wollen, Julius.»

«Dass die Kanne nach all den Jahren überhaupt noch an der Sieg ist, noch nicht abgetrieben oder gar entwendet, das wundert mich wirklich!», gebe ich zu Bedenken.

«Ich bin zur Kontrolle öfter vor Ort, habe sie gut befestigt und getarnt. Niemand weiß von der Kanne in der Sieg, außer Ben jetzt.»

«Die Bronzekanne war eine Leihgabe des Landesmuseums in *Bonn*, für unser Keltenmuseum. Ich gab sie nach dem Tod meines Mannes nie zurück. Die Angestellten dort werden das vergessen haben.»

«Wohl kaum, Sigina!», korrigiere ich sie.
«Die Museumsmitarbeiter führen ihre Dokumentationen sehr zuverlässig!»

«Woher willst du das denn wissen, Julius?», fragt Sigina verwirrt.

«Egal! Vergiss es einfach!», wehre ich ihre Frage ab.

«Keltenmuseum?»
Mr. Letter horcht zum zweiten Mal auf.
»Also ich glaube, hier *liegt noch einiges im Dunkeln*. So metaphorisch gesprochen.»

Mr. Letter grinst mich schelmisch an.

«Alle Details werden zeitnah nachgeliefert. Hier erfährt jeder alles, so wie immer», besänftige ich meine Mitbewohner.

«Sigina, ich schlage vor, du bringst die Bronzekanne nach *Oberhalberg.* Sie bekommt im Garten ihren Ehrenplatz. Wir errichten einen wetterfesten Schrein. Du wolltest ja wohl kaum die gesamte Knochenasche deines Mannes den Weiten des Ozeans übergeben, oder? Was meinen denn die anderen dazu?»

Teller blickt erwartungsvoll in die Runde.

Care und ich sind mit Tellers Vorschlag einverstanden. Die Letters nicken stumm. Rider untersucht mit seinem Zeigefinger die Holzmaserung unseres Küchentisches.

Am nächsten Tag bringt Sigina die Urne nach Hause. Ich kläre unsere Teenager auf. Mit Ben bespreche ich das Thema der Einäscherung, sage ihm, dass nur ein kleiner Teil der Asche des Verstorbenen in der Kanne sei und nicht etwa der ganze Mann. Dass Thomas auch keinem Mord zum Opfer gefallen wäre, sondern leider nach einem Unfall verstorben. Ben zuckt kurz und schaut mich irritiert an, als er *Thomas* hört. Ich sage meinem Sohn, dass das ein geläufiger Vorname sei, viele Männer hießen so, und dass Sigina sowieso bei Gelegenheit mit ihm sprechen wolle. Teller und Ben zimmern liebevoll einen wetterfesten Schrein. Sigina steht ihnen handwerklich zur Seite. Die Letters bemalen eigenhändig das gute Stück mit wasserfester Ölfarbe. Es dauert, weil die beiden Turteltauben herumalbern und sich ständig necken und sich dann auch noch selbst anmalen. Am Ende ähneln die Letters verblüffenderweise Mitgliedern indigener Völker. Ihre Gesichter sind fast noch farbenfroher als der Schrein selbst. Wir befestigen ihn auf einem Baumstamm im Garten. Die Bronzekanne wird im Rahmen einer feierlichen Zeremonie in den Schrein getragen.

Jamin begleitet den Zug mit *Ave Maria* auf seiner Klampfe. Sagte ich nicht, dass Menschen immer wieder die wundersame Gabe haben, uns zu überraschen? Was für ein wunderschöner Song, mein Sohn!

Die Tellers stehen Hand in Hand neben Jamin. Sigina wirkt gelöst.

Rider murmelt etwas von illegaler Vorgehensweise und Behördenaufsicht.

Die Hausgemeinschaft ist vollkommen in der feierlichen Atmosphäre der Zeremonie gefangen.

Niemand hat ein Ohr für Rider.

Vielleicht hätten wir ihm besser mal zuhören sollen!

33. **Care gibt!**

Und dann sollte für den guten Mann alsbald eine schöne Aufgabe gefunden werden. Er ist topfit, in jeder Hinsicht, vor allem auch geistig. Sprechen Sie mit Ihrer Hausgemeinschaft. Ich bin sicher, Ihnen wird etwas Schönes einfallen.

Mrs. Letter zitierte das Gespräch zwischen ihr und dem Klinikarzt nahezu wörtlich in *Oberhalberg*. So hallen die eindringlichen Worte als Echo in meinem Kopf nach. Ein appellierender Epilog nach turbulenten Wochen in der Einrichtung. Es soll Mr. Letter nicht nur physisch besser gehen! Ich lasse meiner Kreativität freien Lauf. Ich habe da eine Idee (…) und die (…) hat mit meinem Job zu tun.

Ich, Care, arbeite als Streetworkerin in *Köln*. Das empfinde ich als persönliche Berufung.

Ich unterstütze Jugendliche, die durch widrige Umstände in die Obdachlosigkeit geraten. Ich bin Anlaufstelle für *unglückliche Schicksale*.

Wir Sozialarbeiter sorgen für Schutz und Sicherheit auf den Straßen und für die Befriedigung essentieller Grundbedürfnisse der Betroffenen. Die Mediation bei Konflikten gehört genauso zu unserem Alltag wie die Suchtbegleitung und die Gewaltprävention. Wir stellen spannende Projekte auf die Beine! Da ist Kreativität eines jeden Sozialarbeiters gefragt.

Was könnte den Jugendlichen jetzt gut tun?
Wie können wir sie bestmöglich fördern?
Was brauchen *sie* genau *in diesem Augenblick*?

Wir bemühen uns, Jugendliche zu *verselbstständigen*, wie es im Sozialpädagogenkauderwelsch so schön heißt, um ihre Rückführung in ein *normales Leben* zu ermöglichen. Manche Betroffene wollen gar kein normales Leben, andere sehnen sich danach. Wir stärken Selbstvertrauen und *empowern* für ein selbstbestimmtes Dasein. Anglizismen! Jedoch manchmal drücken sie so plastisch und anschaulich aus, was eigentlich gemeint ist. Nicht selten sind es die Jugendlichen selbst, die die wahren Wunder vollbringen.

Die sich dank ihres starken Willens, der ihnen noch verbliebenen Energie und einer guten Dosis Zuversicht unbedingt aus ihrer misslichen Situation befreien wollen. Die sich aus ihr geradezu herauskämpfen, um endlich von der Straße wegzukommen. Es sind *diese* Jugendlichen, die eigenmächtig Praktikums- oder Ausbildungsstellen suchen, Schulabschlüsse nachholen und tatsächlich irgendwann ihr eigenes Reich beziehen. Das betrachte ich dann als meine persönliche Erfolgsstory. In solchen Situationen bin ich glücklich und stolz auf meine Schützlinge, was ich ihnen auch mitteile. Wenn die Jugendlichen uns verlassen, halte ich weiterhin Kontakt zu ihnen. Trennungen und Abschiede sind nicht mein Ding.

Menschen wachsen mir ans Herz und nisten sich dort ziemlich tief ein. Ich betrachte die Jugendlichen auf der Straße als *meine Kinder*. Manch einer von ihnen wird zukünftig noch Fragen haben, eventuell der psychologischen Begleitung oder meiner emotionalen Unterstützung bedürfen.

Ich liebe meine Arbeit! Es gibt für Streetworker immens viel zu tun. Gerade jetzt, in diesen aufgeregten Zeiten.

Der katastrophale Wohnungsmarkt, das Wegfallen von Ausbildungs- oder Arbeitsplätzen durch die künstliche Intelligenz, die zunehmenden Verarmung großer Teile unserer Gesellschaft, das geopolitischen Erdbeben (...).

Für die Sportskanone Teller fiel mir sofort etwas ein. Einige *meiner* Jugendlichen machen einen sportlichen Eindruck. *Meine* sechzehnjährige Livia, genannt Libbi, erzählte, dass sie ab ihrem achten Lebensjahr in einem Leichtathletik-Kader für Olympia aktiv war, bevor sie auf der Straße strandete.

Ich werde Teller interviewen, ob wir nicht gemeinsam ein Projekt initiieren wollen. Er könnte eine Laufgruppe leiten und natürlich auch selbst mitlaufen. Bewegung hat eine große Bedeutung für die physische, mentale und psychische Gesundheit. Das Laufen hat viele positive Nebeneffekte, wirkt stabilisierend auf Seele und Geist, soll sogar kognitive Fähigkeiten fördern und es kostet nichts, bis die paar Euro für Laufschuhe und Sportkleidung für die Kids. Da werden die Stadt *Köln* und die Jugendämter vor Begeisterung in die Hände klatschen.

Die Jugendlichen wären *laufend* beschäftigt, im doppelten Wortsinn, und sporadisch weg von der Straße, auch das in zweifacher Hinsicht. Teller würde mit ihnen im Wald oder am Rheinufer joggen.

Ich werde die Idee meinen Teamkollegen und den sozialen Trägern vorstellen und hoffe, dass Teller ebenso begeistert sein wird wie ich.

Bei Mr. Letter, um den es ja vorrangig geht, musste ich länger *brainstormen*. Er war Schriftsteller und liebt Bücher. Ein gelernter Buchhändler ist er im Gegensatz zu seiner Ehefrau nicht. Statt irgendwelche Praktikumsstellen für die jungen Erwachsenen bei Firmen oder externen Anbietern zeitaufwändig ausfindig zu machen, könnte Mr. Letter einspringen und Praktikanten in unserer Bibliothek anleiten. Je bunter ich mir das ausmale, um so reizvoller finde ich auch diesen Gedanken. Mrs. Letter weicht so gut wie nie von der Seite ihres Mannes. Sie wird ihn sicher hinsichtlich der Praktikumsinhalte und des Ablaufes in der Bibliothek unterstützen.

Die Letters sollen nicht umsonst jahrelang einen Buchhandel geführt haben!

Auch das werde ich mit meinem Team und den Trägern besprechen und mit den Letters natürlich. Ich bin gespannt, was die beiden davon halten.

Die Karten werden neu gemischt. *Ich gebe!* Am Ende könnte alles gut sein, weil es dann allen so richtig gut geht, auch Mr. Letter.

34.   Karma

Sigina   sitzt auf der Hollywoodschaukel. Julius
blickt von oben in den Garten hinunter. Es belastet ihn
schon viel zu lange! Er läuft die Holztreppe hinunter
und setzt sich zu ihr.

«Sigina, ich muss mit dir sprechen, es ist höchste Zeit!»
Er fürchtet ihre Reaktion auf seine Beichte, sucht nach
passenden Worten.

«Du klingst so ernst! Bekomme ich jetzt etwa die
Eigenbedarfskündigung?»

«Sigina, ich habe dich angelogen! Ich bin deinem Mann
Thomas Brogilos[1] sehr wohl einmal begegnet.»

———

[1]Brogilos bedeutet im Keltischen ‚eingehegtes Waldstück,
bruchiges Wiesen oder Waldgebiet'. Auf Brogilos geht der Name
des Ortes *Brohl* zurück. Vgl. Link in den Quellennachweisen im
Anhang S. 383ff: Siedlung an der Mündung des Brohlbaches.

«Was? Wann?»

«Im Frühjahr 2021. Dein Mann kontaktierte uns, um sich wegen eurer Insolvenz beraten zu lassen, selbe Branche und so. Da lernte ich deinen Mann allerdings noch nicht persönlich kennen, erst später trafen wir uns einmal auf eurer Burg.»

Sigina hört Julius Worte. Ihren Sinn versteht sie nicht.

«Julius, was meinst du mit gleicher Branche? Warum habt ihr euch getroffen? Warum hast du mir denn nie etwas davon erzählt?! Du hast mein Vertrauen missbraucht, mich belogen!»
Ihre Augen funkeln wütend. Sie wird von einem leichten Zorn angeflogen.

«Sigina, ich weiß nicht, wie ich dir das sagen soll! Am liebsten würde ich dir jetzt gern *meine Geschichte* erzäh -

len, so wie du mir deine auch erzählt hast. Nur eines lass mich dir bitte vorab versichern. Niemals, nicht eine Sekunde lang, hegte ich die Absicht, dich bewusst anzulügen! Ich fürchtete, dich zu verjagen, wenn du zu früh die Wahrheit erfährst. Ich hatte Bammel vor deiner Reaktion. Ich wollte erst deine Geschichte aus erster Hand, von dir selbst, hören. Ich wollte, dass du und nicht andere, die Medien oder die Presse, mir von deinem Mann und eurer Beziehung berichten. Ich wollte jede Einzelheit von dir erfahren. Ich wollte von *dir* wissen, was du nach der schrecklichen Tragödie fühltest. Ich wollte mir mein *eigenes* Bild machen, keines, das auf dem wackeligen Fundament von Gerüchten konstruiert ist. Ich wollte *deine* Wahrheit aus unmittelbarer Nähe erfahren, nicht via Teleobjektiv. Vor allem wollte ich dich persönlich kennenlernen und dich vor weiteren Treibjagden schützen!»

Sigina unterbricht Julius nicht, trotz ihrer Enttäuschung.

Julius schaut sie verunsichert an. Sie wirkt gelähmt. Betroffen.

«Sag' etwas! Ich bitte dich! Kannst du das verstehen?»

«Beantworte einfach meine Fragen, Julius!», erwidert Sigina distanziert.

«Also gut. Ich arbeite als wissenschaftlicher Referent für das Landesmuseum *Bonn*. Ich kümmere mich um die Veröffentlichungen von Pressebeiträgen und die digitale Textredaktion. Ich bin für die Kommunikationsmedien und die Konzeption von analogen Museumspublikationen verantwortlich, ich steuere die sozialen Medien (…).»

«Julius! Hör auf! Das hier ist kein Vorstellungsgespräch! Los, komm' sag schon, warum habt ihr Euch getroffen?»
Siginas Ungeduld ist in jedem Wort spürbar.

«Im Landesmuseum traf ich deinen Mann noch nicht.»

«Das sagtest du bereits, Julius!»

«Sigina, hab' Geduld, meinst du für mich ist das etwa leicht?!»

Julius versucht, sich zu konzentrieren, sucht verzweifelt den Anfang des *Fadens*.

«Mein Kollege aus der Finanzabteilung erwähnte, dass er mit Thomas verabredet wäre, weil der sich bezüglich eurer Insolvenz im Keltenmuseum von ihm beraten lassen wollte. Wir eröffneten übrigens am fünften Juni 2021 eine Keltenausstellung, das *Keltendorf*, aktuell läuft auch eine (…).»

«Julius Cäsar, um Himmels willen! Komm' endlich zum Punkt!»

«Warum nennst du mich eigentlich immer so?»

«Das weißt du ganz genau, also frag' nicht!»

«Dass ich Julius heiße, weißt du, seit du in *Oberhalberg* wohnst. (...) Thomas lud meinen Kollegen nach der Besprechung in *Bonn* auf die Burg *Brohl* ein, soweit ich mich erinnere, muss das im März 2021 gewesen sein.

Dein Mann schlug vor, dass mein Kollege jemanden mitbringen könne. Die Wahl fiel auf mich. Du, Sigina, musst an dem Tag unterwegs gewesen sein. Wir beide sind uns ja bei euch nicht begegnet.»

«Und warum sagtest du dann am Fluss, dass du meinen Mann gern persönlich kennenlernen würdest, obwohl du ihn bereits kanntest?!»

«Weil ich wollte, dass du weiter erzählst, auch von ihm. Was hättest du denn gemacht, wenn ich plötzlich gesagt hätte, übrigens deinen Thomas kenne ich, ein netter Typ. Du hättest sofort auf dem Absatz kehrt gemacht und wärest grußlos von dannen gezogen. Gebranntes Kind scheut das Feuer. Die Zeit sollte mit uns beiden reifen, mit dir und mit mir. Ich wollte, dass wir uns nacheinander die Bücher unseres Lebens vorlesen, uns zuhören, jede Zeile verstehen.»

«Du sprichst in Rätseln, Julius.»

«Gefiel er dir? War er dir sympathisch?»

«Thomas war (…) gastfreundlich (…) humorvoll. Ein interessanter Gesprächspartner. Er strahlte etwas aus (…), eine Aura, die uns beide unmittelbar in seinen Bann zog (…). Ihr passt perfekt zusammen (…).»
Julius schluckt, korrigiert sich.
«*Passtet. (…)* Jetzt, da ich dich kenne, bin ich mir sicher, du und Thomas, ihr ward wie füreinander geschaffen!»

«Du hast mich also belogen, als du sagtest, du wärest noch nie bei den Burgwällen oberhalb von *Brohl* gewesen. Du willst deinen Beruf nicht verraten, bist du jetzt fertig?!»

«Nein, Sigina, leider noch nicht! Im März 2021 überreichte ich deinem Mann die grün schillernde Bronzekanne aus dem Grab der Keltenfürstin von Waldalgesheim, eine Leihgabe als Gastgeschenk. Er bewunderte sie während der Keltenausstellung, sagte, dass sie dir bestimmt gefallen würde.»

«Du schweifst schon wieder vom Wesentlichen ab, Julius, wie geht deine Geschichte denn nun weiter?!»

«Ich schweife ab, Sigina, weil ich verzweifelt nach dem Anfang suche, nach passenden Worten. Ich zögere, weil ich nach wie vor deine *Verdammung* fürchte!»

«Mann oder Maus, na los, Julius, mach' schon oder brauchst du noch ein paar Wochen Bedenkzeit oder einen starken Schnaps? »
Sigina wird lauter, resoluter, ungeduldiger.

«Nein, ich brauche das alles nicht, weder Bedenkzeit noch Alkohol».

Viel zu lange läuft dieser Film schon vor meinem inneren Auge ab. Irgendwann mussten wir beide an diese brisante Schlussszene kommen.

Julius atmet tief ein.

«Sigina! Ich sage dir jetzt (...), wie es wirklich war! (...) Der Junge, (…) den Thomas (…) am ersten April 2021 (…).»

Weiter kommt Julius mit seinen Ausführungen nicht. Sigina stürzt auf ihn zu und presst ihre rechte Hand fest auf seinen Mund. Julius bekommt kaum noch Luft. Sie starrt ihn an, ihre weit aufgerissenen Augen berühren fast sein Gesicht, ihm bleibt keine andere Wahl, er MUSS tief in sie hineinblicken. Er sieht, wie hektisch und gleichermaßen konzentriert Sigina nachdenkt. In ihrem Kopf arbeitet es wild, es rattert, Zahlen kreisen orientierungslos durch ihr Gedächtnis, vermengen sich, manche vereinen sich, andere werden wieder voneinander getrennt. Sigina rechnet. Fieberhaft! Dann fällt sie auf die Knie, gibt Julius frei. Sigina reißt ihren Kopf nach oben und schreit:

«Neeeiiinn!!! Julius!!! Sag', dass es nicht wahr ist!»

«Doch! Es *ist* wahr, Sigina.», murmelt Julius.

Die Presse beschrieb den Jungen als *etwa* zehnjährig. EINS und NULL, *diese* beiden Ziffern sind in Siginas Gedächtnis abgespeichert. Eine NULL, keine FÜNF!

«Wir waren mitten im Umzug nach *Oberhalberg*. Ihm war alles zu viel, der Abschied von alten Freunden, die neuen Hausbewohner, der Umzugsstress, die Hitze (…).»

«Ich kann es nicht glauben. Ich kann es nicht glauben. Ich kann es einfach nicht glauben…!», stammelt Sigina verwirrt.

Julius redet weiter, wie in Trance, als hätte ihn jemand in Hypnose versetzt.

Wenn er es ihr jetzt nicht sagt, wann dann? Es darf auf keinen Fall eine weitere schuldhafte Verzögerung geben!

«Für ihn war der Umzug Stress pur. Wir Erwachsenen waren mit Kisten, all der Schlepperei beschäftigt.

Er hat dann das getan, was er immer tut, wenn ihn eine Situation überfordert. Er suchte das Weite, im wahrsten Sinne des Wortes. Nur kannte er sich in der Umgebung überhaupt nicht aus.»

Sigina wirkt wie betäubt. Sie blickt aus glasigen Augen in die Leere des Horizonts. Julius weiß nicht, ob sie ihm überhaupt noch zuhört. Dann erhebt Sigina sich, bewegt sich, wird immer schneller. Sie dreht sich wie ein Kreisel um die eigene Achse, beginnt, wie ein Tiger im Käfig, immer wieder vor und zurück laufen, vor und zurück, vor, zurück. Ihr Terrain ist eng abgesteckt, trotz des großen Gartens. Sie stoppt abrupt vor einer unsichtbaren Wand.

«Aber, das kann doch kein Zufall sein, Julius, oder?! Das ist ja wie (…) zur richtigen Zeit am falschen Ort zu sein (…) oder umgekehrt (…)!»

Julius klammert sich verzweifelt an den kläglichen Rest seines Mutes.

Er will jetzt endlich sein Kapitel zu Ende vorlesen. Koste es, was es wolle! Sigina ist noch an seiner Seite. Das ist jetzt das, was für ihn zählt!

«Er muss den ganzen Weg von *Oberhalberg* nach *Eitorf* zu Fuß gelaufen sein. Bestimmt zehn Kilometer. Das bei der Hitze! Vielleicht ist er auch mit der Regionalbahn gefahren. Das weiß niemand. Zu den Details wollte er sich nicht äußern. Wir haben uns sofort auf die Suche begeben, als wir merkten, dass er weg war. Nie hätten wir vermutet, dass er eine solche Entfernung allein zurücklegen würde. Selbst wenn er schnell marschiert oder gerannt sein sollte, zwei Stunden wird er gebraucht haben. Hohe Temperaturen sind ihm ein Gräuel. (...) Sigina? Hörst du mir überhaupt noch zu?!»

«Kann er denn schwimmen?», fragt sie leise.
Es klingt, als wäre Sigina jetzt untergegangen, als säße *sie* auf dem Grund des Flusses, als würde ihre Stimme durch das Wasser gedämpft und bemühe sich verzweifelt, an die Oberfläche zu gelangen.

«Inzwischen ja. Wir haben ihn einen Tag nach den Geschehnissen in *Eitorf* in einem Schwimmkurs angemeldet.»

Julius dreht und wendet Siginas Frage in seinem Kopf, beleuchtet sie von allen Seiten.

Ob seine Antwort ihr Trost spenden, die unerträgliche Tragödie rückblickend für sie sinnvoller erscheinen lassen kann? Das Wort sinnvoll ist in Anbetracht des Todes eines geliebten Menschen völlig absurd!

«Ich habe ihn überhaupt nicht wiedererkannt, auf den Fotos in den Medien. Damals war er noch ein Kind!», spricht Sigina mehr zu sich selbst als zu Julius.

«Wir vermuten, dass er oben auf der Höhenstraße die Sieg unten sah. So psychisch und physisch geschafft, wie er an jenem Tag gewesen sein muss, sprang er wahrscheinlich spontan, vollständig bekleidet in den Fluss. Dass dein Mann am ersten April Wasserproben *zufällig* an jener Stelle entnahm, war für uns ein absoluter Glücksfall, für dich eine unerträgliche Katas -

trophe! Ich konnte Thomas *nie* persönlich danken. Das belastet mich bis heute. Und egal, wie man das Blatt auch wenden mag, wahrscheinlich waren alle Beteiligten zur falschen Zeit am falschen Ort.»

«Thomas (…) Ben (…)!», wimmert Sigina.
Sie steht auf, nähert sich langsam der Schaukel, setzt sich links neben Julius. Dann lässt sie sich zur Seite fallen, zieht ihre Knie an und senkt das Kinn auf ihren Brustkorb. Sigina liegt in Embryonalstellung neben Julius. Er legt behutsam seinen Arm um ihre Schultern, spürt, wie Siginas schmächtiger Körper bebt. Stumme Tränen lassen ihn vibrieren. Tränen, die sich vier Jahre lang aufgestaut hatten und deren *Ausströmen* nun vielleicht endlich den Druck ihrer Trauer ein wenig mindern kann. Julius verharrt, erstarrt, bewegt sich nicht, sagt sagt kein Wort.

Julius möchte Sigina bei dem, was sie augenblicklich durchmacht, auf keinen Fall stören.

Plötzlich steht Jamin vor ihm.

302

«Hi ihr beiden! Dad? Was ist denn los? Was ist mit Sigina? Warum liegt sie? Ist etwas Schlimmes passiert?»

Julius gibt seinem Sohn mit der Hand stumme Zeichen. Jamin möge sie allein lassen und gehen. Der Teenager zuckt ratlos mit den Schultern und kehrt ins Haus zurück.
Julius hört Jamin mit Ben schimpfen.

«Nein! Ben! Kapierst du das eigentlich nicht?! Du bleibst jetzt gefälligst hier drinnen! Papa und Sigina wollen ungestört sein!»
Jamins Verhalten rührt Julius.
Er sieht Care an einem der oberen Fenster. Auch ihr signalisiert Julius, dass alles in Ordnung sei und er sie später unterrichten würde.

So bleiben der Eroberer Julius Cäsar, und Sigina, die aus ihrem früheren Leben Vertriebene, schweigend auf der Schaukel im Garten.

Nach einer stillen Weile wagt sich Julius an die letzten Seiten seines Kapitels.
«Ich arbeite in der Medienabteilung, bin ganz dicht dran am Geschehen.

Hinsichtlich der lokalen Berichterstattung sitze ich unmittelbar an der Quelle. Vier Jahre lang musste ich die Hetze gegen dich in den sozialen Medien und in der Presse ertragen, war jedes Mal wieder aufs Neue entsetzt, wenn sie dich wieder irgendwo aufgriffen. Wenn sie *dich* als ein *wildes Tier* diffamierten, ohne überhaupt jemals mit dir gesprochen zu haben! Ich möchte dich schützen, Sigina! Wenn ich schon nicht deinem Mann persönlich danken kann, dass er unserem Sohn ein *zweites Leben* schenkte, dann wenigstens das! Das bin ich mir und uns allen schuldig! Ich wollte verhindern, dass sie dich wie Bruno, den Problembären, einfach abschießen!»

Sigina schaut Julius erstaunt an. Dann prustet sie los.

«Welch' netter Vergleich, Julius!»

Ihre unerwartete Reaktion erleichtert ihn. Er fordert sein Gehirn auf, die Adrenalin-Produktion langsam herunterzufahren.

«Glaubst du an ein Leben nach dem Tod, Julius?»

«Ich bin noch niemandem begegnet, der von den Toten auferstanden wäre. Du etwa?»

«Ich glaube an ein Leben nach dem Tod. Die Kelten glauben an die Wiedergeburt. Die indischen Religionen tun es ebenso, *Samsara*. Glaubst du, dass es Zufall oder Schicksal war?»

«Was? Der erste April 2021? Möchtest du mich jetzt etwa in philosophische Diskussionen verwickeln?»

Julius schmunzelt.

«Man merkt, dass du ein Medienfuzzi bist, faktenbasiert und kopfgesteuert!»

«Quatsch, Sigina! Ich habe ein großes Herz und Gefühle. Apropos, Care wusste von Anfang an über uns Bescheid. Ich war mehr an der Sieg unterwegs als zuhause. Von den anderen Hausbewohnern kennt niemand die ganze Geschichte. Auch Ben nicht. Er weiß nur, dass der Mann, der ihm das Leben rettete, mit Vornamen Thomas heißt und leider nach den Ereignissen am Fluss verstarb. Nur das. Du kannst es ihm ja selbst erzählen, wenn du magst, Sigina.»

«Ben ist so ein beeindruckender Junge! Ich bin froh, dass er lebt!»

305

«Ja, das sind wir auch, obwohl das schlechte Gewissen deinem Mann und vor allem auch dir gegenüber wohl unser Leben lang bestehen bleiben wird. Aber hier von Schuld zu sprechen, würde den Ereignissen und auch allen Beteiligten nicht gerecht werden. Selbst wenn Ben hätte schwimmen können, (…) am *Totenloch* hatte er keine Chance, nicht bei der Hitze und vor allem nicht in seiner psychischen Verfassung!»

«Mein Mann ging es übrigens genauso, Julius! Das Leben ist ein mieser Verräter!», bemerkt Sigina zynisch.
«Das Leben ist doch nicht immer ungerecht, Sigina. Wir können manche Dinge einfach nicht beeinflussen und manches ist vielleicht doch vorherbestimmt.»

Julius hält nach seinen Worten einen Moment inne.

«Komm' bitte nach Hause, Sigi, bitte! Du bist Teil unserer Geschichte und wir sind ein wichtiger Teil der deinigen. Wir sind die Puzzleteile, die zusammen gehören, alles ist mit allem verbunden. Das soll jetzt nicht bedeuten, dass ich mich verpflichtet fühlen würde, an dir *unbedingt* etwas gutmachen zu müssen.

Ich bin dankbar, dass ich dich kenne, dass du tatsächlich bereit warst, mir *deine Version* der Geschichte zu erzählen. Du kannst nicht ewig bei Wind und Wetter durch die Natur stromern. (…) Natürlich kannst du das, das weiß ich auch!»

Julius grinst breit.

«Du wirst es auch weiterhin tun. Du wirst frei sein, nur unter anderen Bedingungen, unter einem Schutzmantel. In *Oberhalberg* sind alle Flügel ausgebreitet, wir nehmen dich unter unsere Fittiche. Du und Ben, ihr tut euch gut. Leiste keinen Widerstand mehr, du Nomadin! Das Feuer deines Leides wird kleiner werden, wenn du endlich aufhörst, die Flamme weiterhin mit Sauerstoff zu versorgen! Nichts passiert aus purem Zufall. Das Schicksal spricht zu dir, kannst du es hören? Ich schon!»

Sigina lacht amüsiert.

»Ist das jetzt das Wort zum Sonntag, lieber Julius? Also wenn ich nicht wüsste, dass du als Referent im Landesmuseum tätig bist, dann hätte ich jetzt auf jeden Fall auf *Pfarrer* getippt! Die Kirchen sollten sich deine wortgewaltige Rede mal unbedingt zum Vorbild für ihre Predigten nehmen!»

«Ich komme *nicht* nach Hause (…)!»

In Julius Blick flackert Bedauern auf.

Sigina zieht die Augenbrauen hoch und macht eine
wilde Grimasse.

Julius schaut sie irritiert an.

«Ich *bleibe* (…) bei euch (…) *zuhause*, Julius!»

Julius drückt Sigina fest an sich.

35.   Stromberg

Wir fristen zu viele Stunden des Tages im Keller, in der Hausbibliothek, und bedürfen dringend des Freiganges an der frischen Luft. Mein Argument hat die Hausgemeinschaft überzeugt, sie entschied, dass es sowieso höchste Zeit für einen *Familienausflug* sei. Das wäre lustig und würde unseren Zusammenhalt weiter stärken.

Care, unsere gute Seele, wurde damit betraut, die Vergnügungstour zu organisieren. Was das Ziel des Ausfluges betraf, ließ sie uns bewusst im Unklaren. Unterwegs rätselten wir, wo es denn hingehen könnte. Unsere Phantasie war grenzenlos. Ich hatte zufällig gesehen, wie Care einen Stapel gelber Gummihandschuhe in ihren Rucksack stopfte. Aus Gründen der Loyalität schloss ich mich ihrer Verschwiegenheit an.

Ich wollte ihre Freude nicht trüben. Es soll eine Überraschung sein.

Wir fuhren mit dem Bus nach *Hennef* und anschließend weiter mit der Regionalbahn nach *Herchen*. Ab da hieß es rund fünf Kilometer bis nach *Stromberg* wandern. Dafür würden wir laut Julius ein bis anderthalb Stunden brauchen. *Stromberg* ist ein Ort, der nur 575 Seelen zählt und in der Gemeinde *Windeck* liegt.

Ben und Jamin sind aufgekratzt. Ein unbeschwerter Ausflug unter Brüdern liegt schon länger zurück.

In *Herchen* marschieren wir über eine Eisenbahnbrücke und machen einen U-Turn, sodass wir das linke Ufer der Sieg erreichen.

«Boh, Papa! Wie eeeekeeelig! Sieh mal da unten!»
Jamin zeigt angewidert auf große, weiße, schäumende Pfützen im Fluss.
«W...waa...was...i….iss….ist….d...daa...das?!»

«Tja, mein Sohn, leider ist die Sieg an einigen Stellen stark verschmutzt. In *Eitorf, Blankenberg* und auch hier in *Herchen*. Das werden Produktionsrückstände aus der Industrie sein, die die Unternehmen hier in den Fluss einlassen. Ziemlich traurig! Dass die Behörden da nicht mehr den Finger drauf haben! Es so ist wichtig, unseren Lebensraum zu schützen!»

Wir kommen nach *Werfen*. Der Ort ist nicht viel mehr als ein in einem kleinen Hain verwunschen liegender Häuserhaufen. Es sieht märchenhaft aus!
Wir passieren abermals eine Brücke, auf der wir einen Blick auf die Breitseite des Flusses – wie passend! - *werfen* können.

«Hey, Leute bleibt mal stehen! Foto!»
Ben zückt sein Smartphone, Teller wirft sich in Pose, resigniert aber sofort, als er feststellt, dass Ben ausschließlich Wasser im Sinn hat.

Die Sieg ist von Wäldern umgeben, im Hintergrund erheben sich die Berge. Wir marschieren auf einem schmalen Naturpfad in Reih und Glied bis zu dem Restaurant *Im Siegwinkel*. Die Steinfelsen gegenüber reflektieren das Sonnenlicht. Nach knapp vier Kilometern kommen wir an eine grüne Bank.

«Lasst uns mal hinsetzen, schließlich ist das der erste längere Gang für meinen Mann, wir sind bereits seit einer Stunde unterwegs!», schlage ich vor.

Rider schweigt, Teller malt sich aus, wie schön es wäre, hier am Ufer entlang zu joggen. Ben und Jamin flitzen sofort ans Wasser und lassen Steine flitschen. Die Teenager albern ausgelassen herum und giggeln vor lauter Vergnügen. Care öffnet ihren Rucksack und versorgt alle mit klein geschnibbeltem Obst. Für jeden Wanderer gibt es ein liebevoll belegtes Butterbrot. Diese Frau ist einfach unbezahlbar!

«Möchte einer keines?», fragt Teller schmatzend in die Runde.

«Du kannst meines haben», antwortet Sigina.

«Ich bin eh nicht so der Butterbrotfan. Danke Care, total süß von dir!»

Sie reicht Teller ihr Brot. Er grinst zufrieden.

«Du bist aber auch ein alter Fresssack!», stichelt Rider und schaut Teller provozierend an.

«Das *alt* will ich überhört haben!», wehrt sich Teller mit vollem Mund.

«Schön, deine Stimme zu hören!», meint Julius.

«Ich fürchtete schon, dein Finanzamt hätte dir ein Schweigegelübde auferlegt!»

«Ich bin pensioniert, falls dein Langzeitgedächtnis schon wieder ausgefallen sein sollte, Julius!», schlägt Rider zurück.

«So aktiv wie du für diese Behörde bist, darf ich doch leise Zweifel hegen, oder?», foppt Julius Rider.

«Willst du mir etwa Schwarzarbeit unterstellen?», fragt Rider konsterniert. Er fürchtet, Julius könne seine moralische Integrität in Frage stellen.

«Was haltet ihr beiden eigentlich davon, wenn ihr euch in einem Wrestlingverein anmeldet? Da könntet ihr euch so richtig austoben!»

Mr. Letters Lachen ist ansteckend.

«War doch nur Spaß!», behauptet Julius.

«Aus Spaß wird ernst!», unterstellt Rider.

«Halleluja, ihr seid ja richtige Raubauken!» sagt Care.

«Jamin, kannst du bitte mal deinen Vater und Rider hier entfernen? Die versauen uns gerade die Stimmung!»

Sie lacht schallend.

«Was sollen wir denn mit *denen* hier am Wasser?! Papa kann ja noch nicht mal Steine flitschen!», wehrt sich der Ältere. Der saß!

«Dafür kann ich eine Menge anderer Dinge!», behauptet Julius übermütig.

«So, was denn?!», fragt Rider ironisch.

«So, basta, auf, auf, Leute! Der Fahrtwind wird eure erhitzten Gemüter kühlen! Wir mar-schier-ren, alle mal in Zweierreihen aufstellen und eins, zwei, drei, vier!» Teller scheint uns einige Etappen seiner Laufbahn verschwiegen zu haben. Jamin und Ben fassen sich tatsächlich an die Hände und positionieren sich zu zweit auf dem Weg.

Wir stromern weiter entlang der Sieg. Jamin und Ben bilden die junge Vorhut. Der Jüngere bleibt plötzlich mitten auf dem Weg stehen und kniet sich auf den Boden. Er beugt sich über irgendetwas. Dann dreht er sich hektisch um. «Mama, Mama! Komm ganz, ganz schnell!», schreit er aufgeregt.

«Vielleicht hat Ben Geld gefunden, verlorenes Diebesgut!», sinniert Rider. Seine Berufserfahrung berührt immer wieder unseren Alltag. Care wirft Julius ihren Rucksack zu und läuft Ben entgegen.

«Mama, guck mal, wie traurig!» sagt Ben bekümmert.

Auf dem Weg liegt eine kleine Feldmaus. Sie ruht auf ihrer linken Körperseite und streckt alle vier Pfötchen horizontal von sich. Eigentlich kann sie noch nicht allzu lange tot sein, sie macht nach wie vor einen integren Eindruck.

«Mama, was ist denn mit der Armen passiert?»

«Ben, mein Schatz, ich weiß es nicht. Dass sie von einem Biker überfahren wurde, kann ich mir eigentlich nicht vorstellen, denn (…).» Care sucht nach harmlosen Um -

schreibungen. Sie kann Ben schlecht sagen, dass das Tier nicht platt gefahren aussieht und dass ihm keine blutigen Gedärme unordentlich aus dem Unterleib hängen.

«(…) Sie ist so schön kuschelig, hat noch ihr ganzes Fell, die Maus. Sie hat ein richtig rundes Bäuchlein, überhaupt keine äußeren Verletzungen. Sie wird keinem Fressfeind zum Opfer gefallen sein. Vielleicht war sie krank.»

«Können wir sie mit nach Hause nehmen, Mama, bitte?!», fleht Ben eindringlich.

«Ben, nein! Hör auf mit dem Unfug! Wir fassen das Tier nicht an! Wenn sie eine Krankheit hat, dann stecken wir uns alle an!»

«Och, Mama!», stöhnt Ben enttäuscht.

 «Jamin, komm' *du* doch mal schnell!»

Der Jüngste sucht einen Verbündeten, der jetzt sofort mit ihm an einem Strang zieht. Die Teenager finden nach ein wenig Sucherei einen robusten Ast, auf den sie den kleinen Vierpfoter sanft mit den Schuhspitzen hinaufbugsieren.

Sie transportieren den kleinen Nager *sicher* an den rechten Wegesrand, ohne ihn überhaupt berühren zu müssen.

Ben lächelt stolz.

«Mama, so ist das besser, damit der Maus nicht noch etwas passiert, sie vielleicht überfahren wird oder so!»

Care lächelt gerührt. Ihre Söhne sind einmalig.

Nach anderthalb Stunden Fußmarsch erreichen wir *Stromberg*. Unter einer Brücke zieht ein Schwan auf der Sieg seine einsamen Bahnen. Der Fluss liegt entspannt in seinem Bett, die Bäume spiegeln sich auf der Wasseroberfläche. Die Sieg schimmert in ganz verschiedenen Grüntönen. Atemberaubend!

Im Eichenhain liest Jamin den Text einer Hinweistafel laut vor. Seit der Antike gilt die Eiche als Symbol für Stärke, Kraft und Beharrlichkeit.

Das Dorf *Stromberg* ist wegen der Fronhöfe des Cassiusstiftes in *Bonn* entstanden.

«Jamin, stopppp! Papa, was sind eigentlich Fronhöfe?», möchte Ben wissen.

«Habt ihr das etwa nicht in der Schule gelernt?!»

Mein Mann schüttelt verwundert sein schütteres Haar und lässt *zum allerersten Mal* meine Hand los, die er seit zwei Stunden ununterbrochen hält.

«Also, meine Herren, alle mal herhören!»

Mr. Letter dreht sich munter gestikulierend grinsend einmal um seine eigene Achse.

«Fronhöfe sind Gutshöfe, so wie Bauernhöfe auch. Früher waren sie der Mittelpunkt eines mittelalterlichen Dorfes. Auf so einem Fronhof wurde landwirtschaftlich gearbeitet. Man hatte Leibeigene, also Sklaven, die unentgeltlich, sprich völlig ohne Lohn schufteten. Und *Fron* kommt vom althochdeutschen Wort *frô*, was „Herr" bedeutet, also Chef.»

«Das soll ihnen als Erklärung genügen, mein Schatz!», bremse ich meinen übereifrigen Gatten.

«Das sind zu viele neue Begriffe für das Jungvolk.»

«Wir sind doch nicht doof, Mrs. Letter!», regt sich Jamin auf.

«Das behauptet auch niemand, mein Junge, ganz im Gegenteil! So helle, junge Köpfe, wie ihr beide es seid, sind mir schon ewig nicht mehr begegnet!»

«Hier gab es sogar schon Eichen, die fast vierhundert Jahre alt geworden sind!», zitiert Sigina beeindruckt.

«Guck' mal, da wohnen die Fronleute!»

Ben zeigt auf einen Hügel zur Rechten, auf dem die Fachwerkhäuser *Strombergs* zu erkennen sind.

Rider grinst hämisch, ihm gefällt wohl der Gedanke der Leibeigenen.

Nach ungefähr sechs Kilometern erreichen wir eine Siedlung mit dem schönen Namen *Sonnenau.* Jamin und Ben sprinten auf einem schmalen Pfad sofort wieder in Richtung Wasser.

«Die Sieg ist hier so schön!», schwärmt Sigina.

»So malerisch und seicht und all diese changierenden Grüntöne!»

«So, halt, Leute, umkehren! Wir müssen um zehn Uhr auf dem Parkplatz der Gaststätte *Zum Eichenhain* sein! Kommt Sohnemänner, Abmarsch!» kommandiert Care.

«Pommes! Cola!» jubeln Ben und Jamin im Chor.

«Nichts da! Ihr habt doch vor wenigen Minuten erst Brote und Obst gegessen. Dass man den Bärenhunger von Teenagern nie gestillt bekommt!»

Care dirigiert uns zum Treffpunkt. Auf dem Parkplatz sind bereits ein paar Menschen versammelt, Erwachsene, aber auch einige Kinder und Jugendliche.

«Was machen wir denn jetzt hier, Mama?» möchte Ben wissen.

«Wir beteiligen uns an der Müllsammelaktion in *Stromberg*», klärt Care ihren Jüngsten auf.

 Sigina strahlt erfreut.

«Kann man das auch *laufend* machen? Ich habe schon joggende Müllsammler gesehen!»

Teller ist aus dem Häuschen.

«Kann man schon», antwortet Julius, «nur *wir* tun das nicht!»

Care öffnet ihren Rucksack und reicht jedem von uns ein Paar gelber Gummihandschuhe.

«Mama, ich putze aber nicht! Das kommt überhaupt nicht in die Tüte!», mosert Ben.

«Das musst du auch gar nicht, mein Süßer.», beschwichtigt ihn seine Mutter.

«Wir tragen die Handschuhe nur vorsichtshalber, falls wir etwas sehr Ekliges anfassen müssen, damit wir uns keine Bakterien einfangen.»

Eine Dame stellt sich als *Anima Buona** vor. Sie verteilt große, blaue Müllsäcke an jeden Teilnehmer und teilt die Anwesenden in Kleingruppen auf. Da wir bereits eine Gruppe sind, bleiben wir unverändert zu neunt zusammen. Frau Buona gibt uns ein Sammelgebiet rund um den Eichenhain. Rider, Teller und Julius verfallen unmittelbar in einen Wettstreit. Wer von ihnen den meisten Müll sammelt, der müsse den anderen später einen ausgeben. Ich teile mir mit meinem Mann einen blauen Sack, Hand in Hand klauben wir den Müll von der Wiese und an den Ufern der Sieg auf, ich mit meiner linken, mein Mann mit seiner rechten Hand. Jamin und Ben scheint die Aktion Spaß zu machen. Sie schimpfen nur über die überall herumliegenden Zigarettenstummel. Nach zwei Stunden sind wir fertig.

Teller ist doch die ganze Zeit gerannt. Er ist puterrot im Gesicht. Rider grinst überheblich. Mein Mann wird zum Schiedsrichter ernannt. Er soll feststellen, wessen blauer Sack den meisten Inhalt aufweist und dann den Sieger bestimmen.

_____* Italienisch, wörtlich: (die) gute Seele

Es sieht nach einem Unentschieden aus, aber bei genauerer Betrachtung stellt sich Rider als Müllsammelkönig heraus.

«Du bist ja auch so mickrig! Du kommst durch das Gestrüpp viel besser hindurch als wir!» outet sich Julius als schlechter Verlierer.

«Danke für die Blumen, mein Lieber!», antwortet Rider im Glückstaumel.

Die Teilnehmer bekommen jeweils ein Getränk und einen Imbiss auf Kosten des Hauses. Da Jamin und Ben anschließend immer noch lautstark über Hunger klagen, lädt Teller unsere Mannschaft zum Essen ein.

Drei Stunden lang sitzen wir an einer langen Holztafel im Gasthaus. Die Teenager schlürfen die Getränkekarte rauf und runter. Care fragt die Wirtsleute, ob sie ein Gesellschaftsspiel im Hause haben. Mit *Mensch ärgere dich nicht* kehrt sie grinsend an unseren Tisch zurück.

«Das passt ja wie die Faust aufs Auge!»

Rider schaut Julius herausfordernd an.

»Warte nur ab, Bürschchen! Beim nächsten Mal schlage ich dich!« zischt Julius hinter vorgehaltener Hand.

«Au ja, Mama, machen wir das noch einmal?»

«Wenn es euch Spaß gemacht hat, Jamin, dann auf alle Fälle. Es wird auch an anderen Orten entlang der Sieg Müll gesammelt. Hier in *Stromberg* findet es nur einmal jährlich statt.»

Wir spielen den ganzen Nachmittag, sind jedoch chancenlos. Rider gewinnt eine Partie nach der anderen. Ärgern tut sich niemand, noch nicht einmal Julius. Stattdessen bewässern die Herren zur Feier des Tages die ausgetrockneten Kehlen mit ausreichend Bier. Rider ist schließlich derart berauscht, dass er Sigina auffordert, mit ihm Blutsbrüderschaft zu feiern. Wir sind beruhigt, dass sich nicht mit Rasierklingen am Tisch geritzt und auch kein Blut vor unserer aller Augen ausgetauscht wird, so wie Winnetou und Old Shatterhand es seinerzeit praktizierten. Es funktioniert scheinbar auch so. Auf heftige Umarmungen folgen einige Küsschen auf die rechten und linken Wangen der neuerdings Verbrüderten.

Ben und Jamin tauschen verschwörerische Blicke aus und stoßen mit Cola auf das innige Ereignis an.

Am frühen Abend trifft unser Trupp, erschöpft, aber glücklich, wieder in unserem Haus in *Oberhalberg* ein. Der gemeinsame Tag tat gut, wir Letters waren an der frischen Luft!

Von nun an wollen wir mindestens einmal im Monat gemeinsam etwas unternehmen, nicht nur, um Müll zu sammeln.

Rider fallen plötzlich die Augen zu. Er verabschiedet sich von uns und kriecht auffällig bedächtig auf allen Vieren die Holztreppe nach oben.

Jamin und Ben werfen sich auf den Fussboden. Sie kugeln sich vor Lachen.

Als Rider nach einer gefühlten Ewigkeit oben angekommen ist, dreht er sich ungelenk zu uns um.

»Danke, Leute! War echt cool heute!»

Trotz seiner äußerst verwaschenen Aussprache ist seine Botschaft für uns glasklar.

_____Die Wanderung durch *Stromberg* fand am 17. März 2025 statt, die Müllsammelaktion vor Ort am 22. März 2025.

36.   Samsara

Am Dorfkreisel in *Oberhalberg* ruht eine kleine Bushaltestelle, ein überdachtes Häuschen aus verwittertem Holz. Rechts daneben befinden sich eine Aluminiumstange mit einem Bushaltestellenschild und ein grüner Mülleimer, zur Linken eine Anschlagtafel für Dorfmitteilungen.

Ich sitze gern auf der Bank in diesem Häuschen. Grünes rankt von unten hinauf bis auf die Sitzfläche. Das stört hier niemanden. Ich bin übrigens Sigina. Bisher sind wir uns nur in Julius Erzählungen begegnet.

Es ist Dienstag, morgens um halb acht. Ich warte auf Jamin und Ben und lasse dabei meinen Blick durch die Landschaft und die Gedanken durch meinen Kopf schweifen. *Die Gedanken sind frei.**

_____*Ich denke, was ich will und was mich beglücket.* Aus: „Die Gedanken sind frei „,einem Volkslied von August Heinrich von Fallersleben, hier aus der ursprünglichen Fassung von 1865 zitiert, 2. Strophe, 1. Vers.

Das Bushaltestellenhäuschen ist ein Schutzraum. So wie das von mir bewohnte Gartenhaus, so wie die Siegauen, die Flusstäler und die Wälder ringsherum. *Sie sind meine Tore zur Welt!* So wie die alten Leutchen im Süden einen Stuhl vor ihre Haustür stellen. Sie sind dann zwar noch zuhause und geschützt, nehmen aber trotzdem am Treiben des Lebens außerhalb ihrer vier Wände, ihres Schutzraumes, teil.

Hier auf meiner Bank überblicke ich das Ringsherum von oben, so wie ein hoch auf einem Baum in einer Buschlandschaft dösender Leopard. Sein geflecktes Fell verschmilzt auf seinem erhöhten Aussichtspunkt mit dem Laub der Blätter. Für Lebewesen, die sich unter ihm bewegen, bleibt er unsichtbar. Ich verschmelze mit den Wäldern des Bergischen Landes und dem Siebengebirge. Mein Blick gleitet sanft hinunter ins Tal. Ich sehe die Spitze des *Hennefer* Kirchturms, das Siegtal ist meine Augenweide.

Oberhalberg und seine Bushaltestelle sind vermeintlich sichere *Orte.* Hier dominieren Weite und

Stille. Über den Tag geschieht nicht allzu viel. Manchmal parkt ein Anwohner am Kreisel und lässt seinen Vierbeiner aus dem Fond des Autos. Wir sind wenige hier oben, mit uns Zugewanderten gerade einmal fünfzig Einwohner.

Der Schulbus 592 kommt nur zweimal am Tag, morgens um zehn nach sieben und um zwei nach acht. Den ersten Bus nehmen auch Ben und Jamin, den um zehn nach sieben. Dann sind sie um acht im Schulzentrum in der Fritz-Jacobi-Straße. Ein Ruftaxi kommt, wenn man es dreißig Minuten vor der Fahrt bestellt, immer zehn Minuten vor jeder vollen Stunde.

Es ist heute Riders Part, die Teenager zur Schule zu begleiten. Nach dem gestrigen Gelage in *Stromberg* fällt er aus. Er liegt im Bett, schläft tief und fest und seinen Rausch aus.

Da Jamin und Ben in *Oberhalberg* eine Stunde für ihren Schulweg brauchen und da bislang keiner von beiden auch nur ein einziges Mal genörgelt hat, werden sie, sozusagen als Anerkennung für vorbildliches, jugendliches Verhalten, einmal pro Woche von uns zur

Schule gebracht. Mit dem Auto dauert die Fahrt höchstens eine Viertelstunde nach *Hennef*. Die kürzeste Route misst ungefähr elf Kilometer.

Da ich als einzige keinen eigenen Wagen besitze, bestelle ich ein Ruftaxi für zehn vor acht. Dann sind wir zwar ein wenig zu spät in der Schule, doch Jamin und Ben sollen durch den *Deal* einen Vorteil haben und länger schlafen können als üblich.

Anfangs plagten mich Zweifel wegen Julius Vorschlag, in ihre Hausgemeinschaft zu ziehen. Die erste Begegnung mit meiner neuen Wahlfamilie verlief holprig. Eigentlich war es sogar ziemlich schrecklich. Riders Auftritt als Stinkstiefel, Ben massakrierte mich mit Steinen im Garten. Viele fremde Gesichter auf einen Schlag.

Heute ist alles gut. Ben ist mir ans Herz gewachsen. Unsere Bedürfnisse und Empfindsamkeiten ähnlich sich. Die Narben auf meiner Seele sind noch da. Sie schmerzen weniger, die Wunde hat aufgehört zu bluten. Auf dem Schorf hat sich eine Kruste gebildet, über die ich manchmal mit den Fingerkuppen streiche.

Ben und ich lernen uns weiterhin näher kennen und somit einander besser verstehen. Wir eignen uns die Sprache des anderen an. Bens dicker Panzer ist mit der Zeit ein wenig weicher geworden. An einigen Tagen schimmert so etwas wie Zuneigung mir gegenüber durch ihn hindurch. Auch wenn der Junge eher zum verschlossenen Typus Mensch gehört.

Julius Beichte war ein Schlag für mich. Erstaunlich, wie sich verschiedene Lebens*fäden* miteinander verweben können. Nach Thomas Tod hat es mich nie interessiert, *wem* er eigentlich das Leben rettete. Ich war furchtbar wütend auf diesen Jungen und dessen Eltern. Weil sie auf ihr Kind nicht aufpassen konnten, rissen sie meinen Mann aus *meinem* Leben. Aus meiner damaligen Sicht trugen *sie* die alleinige Schuld. Trauer und Schmerz trübten meinen Blick für das Schicksal meiner Mitmenschen. Ich lebte mit verstümmelten Sinnen, eingetrübten Linsen, einem taubem Gehör und einem erkalteten Herz. Ich hauste hinter einer unsichtbaren Wand, die meine Mitmenschen ausgrenzte und mich vor ihnen *schützen sollte*.

Ich fühlte mich unendlich allein, wollte meinen unerträglichen Schmerz mit niemandem teilen. Wer hätte mich verstanden, sich in meinen Kummer überhaupt hineinversetzen können?

Als mir Julius das letzte Kapitel seines Buches vorlas, kehrte mein Sehvermögen allmählich zurück, meine Augen sahen wieder klarer, ich fing erneut an hinzuhören. Nach und nach kam das Verständnis für die tiefere Bedeutung von Julius Worten. Ich las ganz leise mit ihm mit, auch zwischen den Zeilen seines Skriptes.

Das Glück begann in mir zu blubbern. Ich legte meine rechte Hand unter meinen linken Brustkorb. Das Uhrwerk meines Körpers schlug aufgeregt, pumpte frischen Lebenssaft in mich hinein. Der *mäanderte* genauso unbekümmert durch meine Blutbahnen wie das Wasser der Sieg in ihren Flusswindungen.

Von da an betrachtete ich unser gemeinsames Schicksal aus einer anderen, einer für mich neuen Perspektive. Was müssen diese *armen* Eltern durchgemacht haben, weil ihr Sohn, ein Nichtschwimmer, plötzlich nicht mehr auffindbar war?!

Ein Kind mit autistischen Zügen, das in seiner eigenen Welt lebt. Was für eine Todesangst müssen Vater und Mutter durchlitten haben!

Als ich Julius während seiner Beichte in die Augen sah, überfluteten mich der Stolz auf meinem Mann und auch Dankbarkeit. Ich war dankbar dafür, dass Thomas Ben aus dem Wasser holte, obwohl er genau wusste, wie grausam und gefährlich die Sieg manchmal sein kann.

Ich danke dir, Thomas!

Ich liebe dich.

Das wird auch immer so bleiben.

Samsara bedeutet in Sanskrit, dem Altindischen, der Mutter aller Sprachen das *beständige Wandern*. Ein jeder wandert durch sein Leben, in seinem individuellen Sein, in seinem eigenen Zyklus von Werden und Vergehen. Wir alle sind in ständiger Bewegung. Ich glaube an die Wiedergeburt. Ich verließ Anfang April 2021 mit Thomas gemeinsam *das* Leben. Ich wollte niemals mehr wiedergeboren werden, nicht ohne meinen Mann. Meine Trauer fraß mich auf.

Das Schicksal sandte Julius an die Sieg, einen überaus hartnäckigen Weggefährten, meinen neuen Lebensbegleiter. Ich leistete ihm Widerstand, wollte mich und meinen Pfad nicht *begradigen* lassen, wollte es nicht zulassen, dass meine Trauer und mein Schmerz *besiegt* werden.

Julius spielte den Ahnungslosen, vermutlich wusste er, warum ich ihn Julius Cäsar nannte. *Sigina* nenne ich mich in unserer Hausgemeinschaft. Wir sind drei, die diesen Namen gemeinsam tragen.

Die Kelten glauben an die Unsterblichkeit, sie glauben an die Wanderung der Seelen. Meine Seele ist nach *Oberhalberg* gewandert. Ich wünsche Thomas, dass auch seine Seele einen wunderschönen Ort findet. Manchmal habe ich das Gefühl, dass sie es bereits getan hat, dass dieser herrliche Platz gar nicht so weit liegt, von *Oberhalberg*.

Ich, Sigina, glaube, so wie die Kelten auch, an die beseelte Natur, daran, dass Bäume und Pflanzen von einer spirituellen Kraft durchdrungen sind, die sie an die Menschen weitergeben.

Mein Zuhause ist der Fluss, *meine Sieg*, die Wälder und die Berge ringsherum.

Ich umarme Bäume und spreche mit ihnen. Julius behauptet, dass wir in unserer Hausgemeinschaft *schräge Typen* wären. Entschuldigen Sie, dass ich jetzt laut lachen muss. Aber das stimmt wirklich und es betrifft jeden einzelnen von uns, und das ohne Ausnahme. Das ist auch der Grund, warum ich so gut dorthin passe, nach *Oberhalberg*.

Ich bin eine Druidin der Neuzeit.

Wir alle, Sie auch, durchleiden kleine Tode, täglich. Abschiede, Trennungen und Verluste, die winzig kleinen und die unendlich großen, die, die so wahnsinnig weh tun.

Doch ich schweife ab, das ist doch Julius Part!

Hilfe! Es ist schon viertel vor acht. Ich muss die Jungens aus dem Haus jagen. Die müssen doch zur Schule.
Da ist auch schon Ben. Er steht mit seinem Schulrucksack oben an der Oppelrather Straße.

«Komm' Ben, wir müssen los! Der Taxifahrer kommt in fünf Minuten!»

«Jamin sitzt noch im Schlafanzug am Küchentisch und kaut gelangweilt auf seinem Müsli herum.»

«Was? Warum das denn?»

«Er hat verschlafen. Rider hat ihn nicht geweckt (…). Mama meint, er hätte gestern *zu tief ins Glas geschaut*. Welches Glas? Immer diese Bilder!»

Ich muss schmunzeln. Ja, das stimmt, Rider hat für seine Verhältnisse tatsächlich eine ganze Menge getrunken. Das ist er gar nicht gewöhnt. Dem wird ziemlich der Schädel brummen. Wahrscheinlich wird sich Rider heute gar nicht mehr aus den Federn erheben.

«Komm' mal zu mir herüber bitte, Ben. Hierhin zu *meiner Bank*. Ist jetzt egal. Ich bestelle das Taxi ab und ein neues eine Stunde später. Wir lassen heute mal *alle Fünfe gerade sein*. Ich rufe bei der Gelegenheit auch gleich im Schulsekretariat an.»

Ben zückt sein Notizheft.

«Sigi, hör' auf! Immer diese Bilder! Erklärung?»

«Also junger Mann, *zu tief ins Glas zu schauen,* bedeutet Rider hat zu viel Alkohol getrunken. Das hat er nicht vertragen und deshalb wird er heute Kopfschmerzen haben und ist *hun* (…) sehr müde. *Alle Fünfe gerade sein zu lassen* heißt, dass wir es heute mit der Uhrzeit einmal nicht so genau nehmen. Es herrscht in *Oberhalberg* sozusagen ein Ausnahmezustand (…) ähm, wir machen eine Ausnahme. Wir fahren heute einfach später in die Schule. Fünf ist ja keine gerade Zahl, (…)?»

«0,2,4,6 (…)!»

«Super, genau Ben! Wobei, (...)ich bin mathematisch ja keine große Leuchte. Ich weiß eigentlich gar nicht, ob Null überhaupt eine Zahl ist. Da müssen wir nachher mal Rider fragen, wenn er wieder auf dem Damm ist. Der kennt sich mit so etwas aus!»

Ben schleudert sein Notizheft in hohem Bogen auf die Wiese.

«Jetzt reicht es mir aber, Sigi! Das Heft ist sowieso voll. Was eine *mathematische Leuchte* ist und wo der *Damm* ist, auf den Rider klettert, darüber können wir ja morgen sprechen.

Für heute habe ich genug von dem unverständlichen Gequatsche!»

«Okay, ich sage eben Care kurz Bescheid. Sie soll Jamin um viertel vor neun aus dem Haus schicken. Lass' mich bitte eben noch kurz zwei Telefonate führen. Sollen wir noch in den Wald gehen? Wir haben ja noch ein wenig Zeit.»

Ben nickt.

Wir stapfen über die taunasse Wiese. Vogelgezwitscher. Marschieren auf einem Naturweg. Er ist zerfurcht. Die Reifen von Försters Jeep haben große Fahrrillen in den Boden gegraben. Nadelbäume säumen den Weg. Zwischen uns fällt kein Wort. Nach einer Linkskurve geht es talabwärts. Wir kommen auf die Römerstraße, die links nach *Niederhalberg* führt. Wir kommunizieren per Gestik, hocken uns auf die am Wegesrand gestapelten Baumstämme. Frische Luft, absolute Stille. Beides webt uns in einen Kokon ein. Nach einer Weile beuge ich mich zu Ben hinüber.

«Komm' mein Schatz, wir müssen zurück, ansonsten verpassen wir auch noch das nächste Taxi!»

Ben erhebt sich, springt auf dem Rückweg wie ein junger Welpe vor mir her.

Jamin wartet schon am Bushaltestellenhäuschen. Der Taxifahrer kommt den Berg hoch gerast, fährt durch den Kreisel. Wir steigen ein. Im Auto schwärmt Jamin überschwänglich von seiner neuen Flamme an der Schule. Ben dreht seinen Kopf genervt nach rechts. Mit Mädchen hat er es nicht so. Noch nicht. Der Taxifahrer muss Jamin beim Leben seiner Mutter schwören, dass kein Sterbenswörtchen über die Angebetete an die Öffentlichkeit gelangt. Gehorsam lässt unser Chauffeur das Lenkrad los und erhebt beide Hände gleichzeitig zum Eid. Doppelt genäht hält wahrscheinlich besser. Meine Knie werden weich. Unser Fahrer stürzt freihändig in einem atemberaubenden Tempo durch *Niederhalberg* und *Berg* hinab ins Tal.

Wir haben acht Grad. Der Himmel ist bedeckt. Gelegentlich lässt er Gnade walten und die Sonne darf kurz durch ihn hindurch blinzeln. Es fegt ein frischer Wind in *Hennef.*

Ich verabschiede mich von Ben und Jamin an der Schule und trete den Heimweg an.

Ich laufe über den Horstmannsteg. Dottergelbe Forsythien leuchten fröhlich. Ich biege nach links ab. Rechts ruht der *Allner* See. Der Weißdorn steht bereits in voller Pracht, so als würden seine Blüten mit den gelben Griffeln und den herauslugenden rötlichen Staubblättern die Zweige liebevoll umarmen. Die Knospen des Gewächses erinnern an Kohlweißlinge, diese taumelnden, weißen Schmetterlinge. Es sieht aus, als läge eine Kolonie von ihnen auf den Ästen und sauge mit keulenförmigen Fühlern die duftende Frühlingsluft gierig ein. Der Himmel malt mit weißen, grauen und blauen Farben. Der *Allner* See spiegelt die bunte Vielfalt auf seiner Oberfläche. Die *Hennefer* Kirche schlägt zur halben Stunde. Ein Hubschrauber, der mit flatternden Rotorblättern, so wie eine im Flug erstarrte Libelle, über dem See steht, übertönt das Glockengeläut. Wonach der Pilot wohl ausspäht? Ich kann keine Person entdecken, die im Wasser der Hilfe bedürfte. Also marschiere ich weiter und nehme die rechte Abzweigung. Die Sieg entscheidet sich für die linke. Sie reist nun weiter nach *Seligenthal*. Nach einem Kilometer unterquere ich die Autobahn 560. Rechter Hand döst *Herr Schlamm*, ein sichelförmiger See.

Das junge Laub der Bäume kleidet die Umgebung in Lindgrün. Der *Allner* Sportplatz ist verwaist. In der Lettestrasse haben die Menschen liebevoll ihre Bäume geschmückt. Bunte Schleifen zieren die Stämme, Sonnenblumen und Eimerchen baumeln an ihnen herunter. Farbenfrohe Pflänzchen stecken neugierig ihre Köpfe aus den Töpfen. Am Fuße des Baumes döst ein Strohteddybär in einem Beet. Wie ruhig es hier ist. Schmucke Häuser. Einige neu erbaut. In den Gärten lehnen sich gelbe Forsythien an zart rosafarbene Kirschbäume. *Allner unser Dorf!* Hier wird Gemeinschaft noch gepflegt. Ein Aushang wirbt für Veranstaltungen. Stammtisch, *Allner schwingt den Besen*, Nachtwanderung für Kinder, Olympiade, Europalauf. Kreativ und einfallsreich! In größeren Städten fällt ein solcher Zusammenhalt leider neuerdings aus. Hier in *Allner* kennen sie sich bestimmt alle und passen gut aufeinander auf.

Nach zwei Kilometern treffe ich wieder auf die Sieg. Ich verlasse *Allner* rechter Hand und lasse das Schloss achtlos liegen. Der Straßenverkehr lärmt. Die Sieg stromert, verspielt wie ein Kätzchen, an meiner rechten Seite durchs *Bröltal*.

Nach dreieinhalb Kilometern erreiche ich den namensgebenden Ort. Ich biege in den Flutgraben ein. Neben der Kita *Die Waldmäuse* steht eine Bank. Die zweibeinigen *Nager* turnen ausgelassen und frühlingshaft aufgekratzt auf den Spielgeräten im Garten der Tagesstätte herum. Der Brunnen auf dem *Bröler* Dorfplatz ist auf Blumen gebettet. Nach fünf Kilometern grüßt der 45 Kilometer lange Zustrom der Sieg, die Bröl, die bei *Allner* in sie einmündet. Noch ein Stück über die lärmende K 17. Blitzer säumen ihren Straßenrand. Als ich nach rechts abbiege, sehe ich die Produktionsstätte der Eckes Granini mit dem grün-roten Schriftzug. Ich überquere die Bröl und biege nach sechs Kilometern auf den Holzweg ein. Der Derenbach plätschert. Spätestens jetzt müsste ich Ben auf die Schultern nehmen, wäre er nicht schon so groß und schwer, es folgt ein drei Kilometer langer, steiler alpiner Aufstieg auf den *Stachelberg.* 212 Meter ist er hoch, ein beliebter Startplatz für Drachenflieger und Paraglider. Von oben genießt der Kletterer eine herrliche Aussicht über die weite Siegebene. Wenn Ben zu Fuß unterwegs ist, läuft er meist im Tal am Fluss entlang.

Das werden gut sieben Kilometer sein. Alles andere ist dem Teenager viel zu anstrengend. Das vertraute Geräusch der Baumsägen durchbricht die Stille des Waldes. Munteres Plätschern hier und da am Wegesrand. Pferdeäpfel mitten auf dem Weg. Der Wind kitzelt meine Nase. Ich ziehe meine Kapuze tiefer ins Gesicht. Digitaler Wackelkontakt. Würde ein Gewitter aufziehen, wäre ein Wanderer schutzlos. Kein Unwetter in Sicht. Seit dem Tod meines Mannes fürchte ich Naturgewalten nicht mehr, lebe im Einklang mit der Natur und mit mir, vertraue meiner Intuition. Nach sieben Kilometern erreiche ich *Niederhalberg*, unsere nördlich gelegene, kleine Schwester. Herrliche Ausblicke. Ein paar Meter noch die waldige Römerstraße entlang, dann links nach *Oberhalberg.*

Nach neuneinhalb Kilometern Fußmarsch erblicke ich *meine kleine Bushaltestelle*. Ich lasse mich auf *meiner Bank* im verwitterten Holzhäuschen nieder. Zuhause!

Ben und Jamin werden nachmittags mit dem Bus kommen.

Vielleicht ist Rider bis dahin auch wieder fit.

37.   Zucker im Kaffee?

Keine Sorge! Bin wieder fit. Ist ja inzwischen auch schon zwei Tage her, unsere Tour nach *Stromberg*. Normalerweise trinke ich überhaupt keinen Alkohol. Da hat Sigina recht. Deshalb hat mich das Trinkgelage mit Julius und Teller vorgestern auch so aus den Socken gehauen. War wirklich schön, der Tag an der Sieg mit meiner Wahlfamilie. Und dann noch die Trophäe als Müllsammelkönig. Das war wirklich genial!

Ich zog in die Hausgemeinschaft nach *Oberhalberg*, weil ich keine Lust mehr hatte, für das Finanzamt in der Außenprüfung tätig zu sein. Ich kann recht gut allein leben. Irgendetwas fehlte dennoch.

Mein Job ist übrigens spannend. Wir prüfen in Anwesenheit der Kriminalpolizei Privatleute. Kleine Haie, auch Schwergewichte, manchmal sogar Prominente.

_____Der Titel des Kapitels und auch der hier noch folgende Vorschlag Mr. Letters auf S. 352 referieren auf Erik Silvesters Song *Zucker im Kaffee?*, 1969 von Hans Blum komponiert.

Manchmal jagen wir die Bürger bereits morgens um fünf aus ihren warmen Bettchen. Unangekündigt, beim ersten Hahnenschrei, damit die Leutchen erst gar nicht auf die Idee kommen, noch schnell irgendwelche mysteriösen Unterlagen zur Seite zu schaffen. Gelegentlich betätigen echt üble Gestalten den Türdrücker, wenn sie überhaupt öffnen. Ungewaschen und ungekämmt, im flauschigen Schlafanzug. Mir würde es sicher nicht anders gehen, stünde ein Überfallkommando zu nachtschlafender Zeit unangemeldet vor meiner Haustür. Wir prüfen in den meist chaotischen Buden, ob die Leutchen ihre Steuererklärungen korrekt gemacht haben. Oder ob sie irgendwelche Geheimnisse hüten. Das macht immens viel Arbeit! Wir nehmen Wohnungen und Häuser auseinander, während sich deren Bewohner verängstigt im Badezimmer verschanzen oder aber vor Schreck gelähmt am Türrahmen kleben bleiben. Der eine oder andere von der Steuerbehörde Gegeißelte tut einem natürlich manchmal leid. Nur muss es ja überhaupt erst einmal so weit kommen, dass wir auftauchen.

Aus Langeweile machen wir das bestimmt nicht. Auf Mitleid lässt sich auch leider in einer Finanzbehörde keine Karriere aufbauen.

Irgendwann wurde es in meinem Job allerdings von Tag zu Tag gefährlicher. Die Steuerhinterzieher bewaffneten sich bis an die Zähne und trachteten nach meinem biederen Leben.

Leben um Leben, Auge um Auge, Zahn um Zahn, Hand um Hand, Fuß um Fuß, Brandmal um Brandmal, Wunde um Wunde, Beule um Beule.*

Ich war auf keinen Fall bereit, auch nur ein einziges meiner Körperteile für den guten Zweck der Finanzbehörde zu opfern oder mir irgendwelche Verletzungen im Dienst zuzuziehen.

Ich vermute, dass das Finanzamt mich wegen meines Sternzeichens anheuerte. Recht und Ordnung sind meine Passion. Führt ein Bürger seine Steuern nicht anständig ab, ist die Ordnung der Bundesrepublik Deutschland gefährdet.

Ein Fall für *007 Rider!*

_____* 2. Mose 21, 23-25, Lutherbibel 2017

Es ist meine erste Bürgerpflicht, Missstände aufzudecken und sie zur Anzeige zu bringen, damit die nötige behördliche Ordnung wieder hergestellt wird!

Jungfrauen gelten als äußerst zuverlässig, fleißig, ordnungsliebend und detailverliebt. Sie gehen überaus analytisch und pragmatisch vor. Im Grunde habe ich meist schon eine Lösung parat, noch bevor das eigentliche Problem entstanden ist.

Manchmal sind Jungfrauen auch als pingelig, kleinlich, intolerant und misstrauisch verschrien. Das ist nur der Neid der Besitzlosen, also der anderen Sternzeichen.

Mich quält seit Wochen der illegale Besitz dieser Bronzekanne!

Es ist auch in diesem diffizilen Fall meine erste Bürgerpflicht im Namen des Landes Nordrhein-Westfalen zügig einzugreifen!

Mache mich jetzt also auf den Weg (…).

Aus ermittlungstaktischen Gründen hülle ich mich gegenüber meiner *Oberhalberger* Hausgemeinschaft in Schweigen.

Die Letters sitzen im Garten. Solch' ein Leben möchte ich auch einmal haben!

*Na, dann mal los! Wat mutt, dat mutt!**

Es ist sommerlich warm. Mittags. Ben und Jamin sind noch in der Schule. Ihre Eltern schwitzen an den Arbeitsplätzen. Sigina ist in Sandalen an der Sieg unterwegs. Teller dreht irgendwo in Shorts seine Runden. Rider? Wo der steckt? Das wissen die Götter!

Mrs. und Mr. Letter sitzen gemütlich nebeneinander auf der Hollywoodschaukel und genießen ihre verdiente Mittagspause. Und die traute Zweisamkeit. In ihren Gläsern klirren Eiswürfel. Mrs. Letters Mokassins liegen im Gras. Mr. Letter trägt einen schicken Sombrero und eine Designer-Sonnenbrille. Sie steht ihm gut!

_____ *Plattdeutsch für *Was muss, das muss*. Eine Aufforderung, sich mit der gegebenen Situation zu arrangieren und das Beste aus ihr zu machen.

Mr. Letter blättert mit der Rechten in einer Hochglanzbroschüre. Wahrscheinlich *Schöner Wohnen*. *Ist aber hier kaum möglich!* Seine linke Hand ruht auf Mrs. Letters rechtem Oberschenkel.

Es kommt selten vor, dass es in *Oberhalberg* derart ruhig zugeht.

Mrs. Letter bewundert die bunten Blumen ringsherum. Cares Werk.

«Möchtest du ein Zitronenbonbon, mein Schatz?», fragt sie.

«Ja, gern, wenn die Dinger nicht wieder so am Gaumen kleben!»

Mr. Letter erhebt sich.

«Ich bin gleich wieder da. Ich gehe mal eben die Futterröhren auffüllen. Die Blaumeisenmütter haben einen Mordshunger. Denen stehen schon die Federn zu Berge. Die Armen kommen mit dem Füttern der gefiederten Schreihälse kaum nach!»

Mrs. Letter beugt sich vornüber. Ihr Mann marschiert ins Haus. Sie angelt nach ihrer Handtasche, die unter der Schaukel liegt.

Als Mrs. Letter sich wieder aufrichtet, blickt sie in den rabenschwarzen Lauf eines Revolvers.

«Keinen Mucks! Und keine Bewegung! Aufstehen! Los, los! Und keine Sperenzien, Madame! Meine P6 ist fertig durchgeladen. Schussbereit!»

Mrs. Letter wird kreidebleich. Sie steht im Zeitlupentempo auf und stellt sich am ganzen Körper zitternd vor die Schaukel.
«So, und nun mal ganz brav die Hände auf den Rücken, dalli, dalli!»
Der Polizeibeamte zerrt Mrs. Letters Oberkörper recht unsanft nach links und legt ihr Handschellen an.
«Au, das tut weh! Nicht so fest! Seien Sie doch nicht so rabiat! Was habe ich denn in Gottes Namen verbrochen, dass Sie mich so grob behandeln? Warum sind Sie überhaupt hier?»
«Das soll Sie jetzt mal nicht interessieren! Wo ist denn der Knabe, der eben noch so zutraulich neben Ihnen saß?»
«(...)Ähm(..). Meinen Sie meinen Mann? (…) Aua! Ich habe nachher lauter blaue Flecken! (…)

Der muss gleich wieder hier sein. Der holt Vogelfutter (...)», stammelt die geschockte Mrs. Letter. Sie kann kaum aufrecht stehen. Ihre Knie sind butterweich. Sie sorgt sich um ihr beider Wohlergehen, befürchtet das Schlimmste.

Eine Horde schwer bewaffneter, vermummter Gestalten stürzt in den Garten.

«Wo ist die Kanne?!»

«Welche Kanne?!», fragt Mrs. Letter verunsichert.

Mr. Letter schlendert in aller Gemütsruhe aus dem Haus. Kaum erblickt er die vielen, nicht geladenen Gäste im Garten, lässt er das Vogelfutter fallen.

«Jetzt stellen Sie sich mal nicht dümmer als Sie sind, meine Liebe! Sie wissen ganz genau, was wir hier suchen! Die keltische Bronzekanne, das Eigentum des Landesmuseums *Bonn*. (…) Los, Freunde, wir durchsuchen jetzt erst einmal deren Hütte!

Einer von Euch patrouilliert hier an der Hollywoodschaukel und passt mir gut auf die beiden Unschuldslämmer auf. Nicht, dass die noch auf krumme Gedanken kommen und das Diebesgut an die Seite schaffen!»

«Diebesgut?» Mr. Letter versteht *seine* Welt nicht mehr! Eigentlich geht ihm das schon eine ganze Weile so.

«Hinsetzen! Und keinen Laut, ihr Turteltauben! Habt ihr das verstanden?!»

Völlig verwirrt nehmen die Letters auf der Schaukel Platz. Sie rücken fassungslos zusammen und starren dabei hilflos in das dunkle Rohr der Waffe, die der strenge Polizeibeamte zielsicher auf sie beide richtet.

«Soll ich die Bronzekanne mal eben schnell holen?», flüstert Mr. Letter seiner Angetrauten in deren linkes Ohr.

«Hey, du da, wer flüstert, der lügt! Was ist? Hast du Durst? Musst du vielleicht mal für kleine Jungen?»

Mr. Letter schüttelt den Kopf. Im Haus herrscht großer Tumult. Sämtliche Türen und Schränke werden aufgerissen, Stühle und andere Dinge einfach umgeworfen. Das ist gut hörbar, da bei schönem Wetter die Fenster des Hauses offen stehen. Mr. Letter sorgt sich um die Bücher in der Bibliothek. Mrs. Letters strahlend blaue Augen sind vor Panik geweitet.

«Laut der Verwaltungsvorschrift zum Polizeigesetz des Landes Nordrhein-Westfalen vom 19.12.2003 – 44.1-2001 haben Sie sich des Kunstraubes strafbar gemacht. Dieser fällt unter Paragraph 242 des Strafgesetzbuches. In ihrem Fall handelt es ich um einen besonders schweren Fall, da es sich bei der gesuchten keltischen Bronzekanne um eine Sache von Bedeutung für Wissenschaft, Kunst und Geschichte handelt. Daher sind wir auch heute mit einem verstärkten Aufgebot angetreten, mit exakt zehn Polizeikräften.»

Also doch, der Beamte meint die olle Kanne, in der Sigina ihren Mann aufbewahrt, denkt Mr. Letter im Stillen. Es beruhigt ihn, dass er wenigstens den Zusammenhang dieser ungewöhnlichen Situation begreift.

«Lieber, Herr Polizeidirektor, warum machen Sie denn so ein Aufhebens hier? Warum haben Sie das nicht gleich gesagt?! Sie hätten mich nur höflich fragen müssen! Ich hätte Ihnen die Kanne doch schnell gebracht! Möchten Sie zur Beruhigung vielleicht ein Tässchen Kaffee? Ihre Freunde im Haus auch? *Zucker im Kaffee? Und Zitrone oder Sahne in den Tee?**»

Der Polizist dreht den Lauf des Revolvers und richtet ihn auf Mr. Letter. Er spielt nervös am Abzug.

«Hören, Sie mal zu, Freundchen! Wir sind hier nicht zum Kaffeekränzchen! Dann holen Sie das gute Stück gefälligst! Wir werden es laut Paragraph 43 sicherstellen und dem rechtmäßigen Eigentümer unmittelbar aushändigen.»

_____*Vgl. Anm. S. 342.

«Alle mal herhören! Die Hausdurchsuchung der angezeigten Täter laut Paragraph 41 ist hiermit abgeschlossen. Gestohlener Kunstgegenstand kann nun ordnungsgemäß sichergestellt werden», schallt es durch den Garten.

Das Polizeitrupp poltert die Holztreppe im Haus hinunter, stürzt zur Haustür hinaus und stellt sich dann in einem ordentlichen Kreis rund um die Hollywoodschaukel auf.
Mr. Letter dreht sich auf seinem Weg zum Schrein noch einmal um.
«Bevor ich es vergesse, möchten Sie die Kanne mit dem Verstorbenen oder lieber ohne? Er ist nur noch ein Fliegengewicht!»

Der Polizeibeamte reicht einem Kollegen verärgert sein Smartphone. «Steff, ruf' doch mal bitte eben den psychologischen Dienst an, irgendetwas stimmt hier mit dem Volk nicht!», und zu Mr. Letter gewandt: «Und Sie bringen mir jetzt sofort die Bronzekanne, so wie sie ist, verstanden?!»

«In Ordnung, in Ordnung, ist ja schon gut», antwortet Mr. Letter pflichtschuldig, aber auch schon wieder selbstbewusster. Er nimmt das begehrte Gefäß vorsichtig aus dem Schrein, kehrt bedächtig mit ihm zur Schaukel zurück. Mr. Letter hat beide Arme um die Bronzekanne geschlungen, drückt sie ganz fest an an sich.

«Jetzt wird Sigina aber traurig sein (…), wir übrigens auch! Wir haben den Schrein wunderschön bunt angemalt.»

Mr. Letter streckt während der Übergabe der Kanne an den Beamten sein Kinn in Richtung Mrs. Letter.

«Gefällt er Ihnen?»

Der Polizist zieht genervt seine buschigen Augenbrauen hoch.

«Für das unerlaubte Verstreuen von Knochenasche ist noch ein Bußgeld von 20.000 € fällig! Haben Sie so viel Bargeld im Haus? Dann können wir die Angelegenheit gleich hier vor Ort regeln!»

«Z-Zwaaaa...nnn...zigggg?!»

Mr. Letter traut seinen Ohren kaum. Eigentlich hört er noch recht gut.

«Leider nein. So viel Geld brauchen wir normalerweise nicht, um Lebensmittel einzukaufen.»

Er ringt erneut um Fassung.

Der Polizist schlägt zackig die Hacken zusammen. Seine vermummten Kollegen sortieren sich und stellen sich in Zweierreihen am Gartentor auf. Dann räumen sie grußlos und im Gleichschritt das Schlachtfeld. Der Truppenführer trägt die Bronzekanne wie eine Trophäe hoch erhoben über seinem Haupt.
Als Mr. Letter das kraftvolle Röhren mehrerer Dienstschlitten vor dem Haus wahrnimmt, schüttelt er resigniert den Kopf. Stumm schließt er das Gartentor, geht zurück zur Schaukel und lässt sich neben seiner Frau auf die Sitzkissen fallen.

Die Letters fristen den Rest des Nachmittags apathisch im Garten. Auch die Vögel sind vollkommen verstört, sie zwitschern nicht mehr. Irgendjemand muss ihnen die Freude am Gesang verhagelt haben. Das Paar wagt es auch nicht, das Haus zu betreten, aus Furcht vor der Bescherung, die sie dort erwarten wird. Man tut nichts, als auf der Schaukel zu sitzen, gelähmt, innig im Schock vereint. Als der Abend sich am Horizont ankündigt, füllt sich nach und nach das Haus in *Oberhalberg*.

Die Letters berichten anschaulich, was sich am Tag im Garten zutrug. Ihre Stimmen brechen, zahlreiche Tränen kullern. Sigina ist geschockt. Teller geht in den Keller, um die elektrische Säge zu holen. Der Herr Oberwachtmeister scheint eine Kleinigkeit vergessen zu haben (…).

In der Küche befreit Teller unter Mrs. Letters angsterfülltem Blick deren geschundene Hände.

Rider knöpft sich Sigina vor.

«Dir ist bekannt, dass die private Aufbewahrung einer Urne nur für einen kurzen Zeitraum legitim ist. Du kennst das Friedhofsbestattungsgesetz und daher weißt du auch, dass es eine Ordnungswidrigkeit darstellt, Knochenasche zu verstreuen. Das verstößt gegen die Pietät der katholischen Kirche, die befürchtet, dass Verstorbene für Gebete so überhaupt nicht mehr empfänglich sind.»

«Rider, ich glaube, du spinnst!», regt sich Julius auf. «Du selbst bist bereits vor Jahren aus Steuergründen aus der katholischen Kirche ausgetreten. Von den Skandalen, in die sie verwickelt ist, wollen wir ja gar nicht erst reden. Mehr Schein als Sein!»

«Was, wenn unsere armen Letters heute Mittag einem Herzinfarkt erlegen wären? Welch' unerträglicher menschlicher Verlust!», seufzt Teller bewegt.

«Wer weiß, was sie jetzt mit meinem Mann anstellen!» schluchzt Sigina.

357

«Findest du es eigentlich nicht hinterhältig unserer Hausgemeinschaft gegenüber, klammheimlich zum Ordnungsamt zu latschen und dann auch noch bei der Polizei Anzeige zu erstatten, anstatt mit uns zu sprechen?! Sind wir hier ein Team oder nicht?», ereifert sich Jamin, der vor allem in den letzten Wochen einen beeindruckenden Reifeprozess durchlaufen hat.

Der Angeklagte schweigt.

«Rider, was bedeutet *Loyalität* eigentlich für dich?», fragt Care, ohne seine Antwort abzuwarten.
»Loyal zu sein bedeutet für mich, zu seinen Leuten zu stehen und ihnen uneingeschränkt treu zu sein. Sigina hat schon genug Tragisches erlebt! Erst verlor sie ihren Ehemann bei einem Unfall und jetzt ist auch noch seine Asche konfisziert! Loyal zu sein heißt, die Interessen anderer beständig im Auge zu behalten, sprich *die unsrigen*. Wir haben mit Hingabe einen Schrein gezimmert, den die Letters mit Freude bemalten, die Bestattungszeremonie in unserem Garten und so weiter (…).»

Das Wort Loyalität lockt den Finanzbeamten a.D. aus seiner Reserve.

»Loyal (…) zu sein (…) bedeutet (…) und deshalb (…).«

Niemand begreift, was Rider eigentlich sagen will. Er ist kaum zu hören. Seine Stimme wackelt. Er zieht ständig die Nase hoch, stammelt. Er scheint emotional bewegt zu sein, was in einem eklatanten Widerspruch zu seinem üblichen Auftreten steht.

»(…) Loyal zu sein (…) bedeutet auch, seinem Dienstherrn, den Gesetzen, der Verfassung und unserem Staat gegenüber treu zu sein. Ich habe doch nur meine Pflicht getan!«, verteidigt sich Rider bedrückt.

Julius stellt Rider vor eine zweifelhafte Wahl.
«Du musst dich schon entscheiden, entweder dein Land oder wir!»
«Jetzt übertreib nicht, Schatz! Wir wollen in unserer Hausgemeinschaft keine mafiösen Strukturen aufbauen», zügelt Care ihren aufgebrachten Ehemann.

«Mama, worüber redet ihr? Warum benutzt du so viele komische Worte?», meldet sich Ben zu Wort.

«Das erkläre ich dir später, mein Engel», erwidert Care.

«Ich übernehme das!», mischt sich Teller ein.

«Ich bin schließlich hier der Italienfreund! Ben, kommst du nachher mal mit deinem Heft in *mein* Zimmer?»

Der Jüngste nickt.

«Wenn das so ist, dann haben wir eben einen Loyalitätskonflikt. Dann befindet sich Rider in einem inneren Zwiespalt. Er fühlt sich wohl *seinem* Staat gegenüber und vielleicht auch ein wenig uns gegenüber verpflichtet (...)», so Mrs. Letters weiser Einwand.

Rider springt vom Stuhl auf!

«Ich fühle mich euch gegenüber nicht nur *ein wenig* verpflichtet. Ihr seid mir wichtig! Ich habe mich noch nie im Leben so wohl gefühlt wie in der letzten Zeit mit euch in diesem Haus. Wir sind doch eine Familie!»

«Hoppla!» entschlüpft es der irritierten Care. Riders Gefühlswallungen sind neu für sie.

«Einmal Beamter, immer Beamter!», spottet Julius.

«Julius, das ist unfair! Rider ist übrigens nicht der einzige Staatsdiener am Küchentisch.»

Teller wird laut.

«Mama, sag' doch Rider einfach, er soll *sofort* die Kanne zurückholen. Siginas Mann soll wieder bei uns wohnen, wie er es vorher auch getan hat. Die Letters haben so toll gemalt!», schlägt Ben vor.

«Die Jüngsten haben immer die besten Ideen. Ben, warum sagst du das Rider nicht selbst? Ich schließe mich deinem Vorschlag jedenfalls gern an. Ich finde auch, Rider, dass es jetzt an dir ist, die Angelegenheit wieder in Ordnung zu bringen, die Asche zurückzuholen und die Sache mit dem Bußgeld zu regeln. Verarmt bist du ja scheinbar nicht, soweit ich über deine Pension im Bilde bin. Vor allem muss die Strafanzeige zurückgezogen werden. Und du musst *uns* versprechen, dass solches sich nie wieder wiederholt!

Dein Verhalten stört die Gemeinschaft. Es wird zuerst immer mit Mitbewohnern gesprochen», predigt Care.

Rider nickt.

Zunächst verhalten.

Dann munterer.

Care ergreift erneut das Wort.
«Also, Leute, lasst uns abstimmen, wer ist dafür, dass wir das so machen? Bitte die Hände heben!»

Acht Arme schnellen in die Höhe.

Acht Augenpaare blicken sich um.

Sie richten ihren fragenden Blick auf Rider.

Zaghaft hebt der seinen rechten Arm.

«Leute, versprochen, ich bringe das wieder in Ordnung. Ich schwöre! Und.(..) mir passiert das kein zweites Mal.

Nie wieder werde ich euch enttäuschen», flüstert Rider und hebt dabei seine rechte Hand.

Seine Handinnenfläche zeigt zur Mitte des Tisches, sodass alle sie sehen können.

Sein Daumen, sein Zeige- und sein Mittelfinger sind parallel gestreckt.

Sein Ringfinger und der kleine Finger sind gebeugt.
«So wahr mir Gott helfe!»

«Lauter, Rider! Wir wollen deinen Worten Glauben schenken. Lass den *alten Knabe*n da oben lieber mal außen vor. In letzter Zeit läuft auf diesem Planeten unter dessen Regiment so einiges schief!», mahnt Julius. «Wie wäre es mit *Hilf dir selbst, dann hilft dir Gott*?», schlägt Teller vor.
«Was soll das jetzt hier werden? Eine heilige Messe in *Oberhalberg*? Fehlt nur noch ein Rudel Messdiener, das weihräuchernd durch unser Haus zieht!», bemerkt Julius.

«I will do my very best!», sagt Rider akzentfrei.

«Mama, seit wann können *Beamte* Englisch?»

Jamin kratzt sich verwirrt am Kopf.

«Was sagt Rider?»

Bens Fremdsprachenkenntnisse sind noch rudimentär.

«Dass er sein Bestes tun wird, also sich ganz doll anstrengen will!», übersetzt Care.

«Das ist prima!»

Ben ist begeistert.

«Jetzt mal ernsthaft, Leute! Rider, meinst du, wir können uns auf dich verlassen? Du biegst das wieder gerade und es kommt nie wieder vor?»

Julius möchte Rider festnageln.

Rider nickt.

Es ist eindeutig!

«So wahr ich Rider heiße! Ähm, (…), also, ich meine, ähm (…) mich in unserer Hausgemeinschaft so nenne (…). Ihr wisst bestimmt, was ich meine.»

Die Versammlung ist beendet. Das Urteil wurde einstimmig angenommen. Enthaltungen: Keine!

Am nächsten Morgen, in aller Herrgottsfrühe, es ist noch stockdunkel draußen, fährt Rider zur örtlichen Polizeidienststelle. Er zieht die von ihm gestellte Strafanzeige zurück. Gleich im Anschluss besucht er das städtische Ordnungsamt. Dort ist Rider kein unbeschriebenes Blatt. Der Amtsleiter kennt ihn seit vielen Jahren *persönlich*. Über die Anzahl der von Rider angezeigten Ordnungswidrigkeiten hat der Behördenchef inzwischen den Überblick verloren. Weil Rider jedoch Stammkunde im Amt ist und weil ein neutraler Bestatter ganz offiziell feststellte, dass bereits eine erstaunliche Menge an Knochenasche fehle, einigt man sich auf die Zahlung der Hälfte des vom Ordnungsamt verhängten Bußgeldes. Rider begleicht die geforderte Summe galant aus der Portokasse, und das, ohne auch nur mit der Wimper zu zucken.

Kaum ist diese Angelegenheit zur beiderseitigen Zufriedenheit geregelt, überreicht der Amtsleiter Rider, feierlich und auffällig gerührt, ein transparentes Tütchen mit hellgrauer Asche. Dieses möge er bitte schnellstmöglich der Witwe überbringen.

Die Bestattung des Verstorbenen sei bereits vor geraumer Zeit erfolgt. Man wolle im Ordnungsamt daher keine unnötig hohen Wellen mehr schlagen. Man sehe auch davon ab, die Eltern des Verstorbenen über die kleinen Ungereimtheiten nach dessen Ableben zu unterrichten. Man verzichtet selbstverständlich auch darauf, den Bestatter über den kurzen Dienstweg zu informieren.

Auch die katholische Kirche würde selbstverständlich kein Sterbenswörtchen über die ungewöhnliche Abwicklung im Ordnungsamt erfahren. Sie möge nicht noch weiter erzürnt werden, zumal sie momentan den tragischen Verlust ihres langjährigen Chefs zu beklagen habe und darüber hinaus seit vielen Jahrzehnten unter dem mysteriösen Mitgliederschwund ihres Vereins leide.

Aus Sicht des Ordnungsamtes seien somit das staatliche Gleichgewicht und auch die kosmische Ordnung wieder vollständig hergestellt.

Als Rider beruhigt nach *Oberhalberg* zurückkehrt, übergibt er Sigina die sterblichen Überreste ihres Gatten.

Sigina läuft in den Garten und öffnet vorsichtig den bunten Schrein. Dann schüttet sie die verbliebene Knochenasche ihres Mannes in die schillernde Bronzekanne, die dank Julius auch schon wieder *heimgekehrt* ist.

Abendliche Sonnenstrahlen tanzen vergnügt auf dem runden Bauch des keltischen Reliktes.

38. Life itself! So ist das Leben!

Es liegen einige turbulente Monate hinter uns. Im Sommer scheint alles gut zu sein. Es scheint uns allen gut zu gehen.

Rider begleitet Sigina an die Zählstation und hilft beim Vermessen der Lachse. Er bat sie, mit ihm an der Sieg Yoga zu machen. Sigina traute ihren Ohren nicht, doch dann war sie einverstanden. So ziehen die beiden einmal wöchentlich früh morgens mit Yoga-Matten an den Fluss. Dort machen sie *Bäume, Brücken, Katzen* und *Kühe, Krähen, heraufschauende Hunde* und heben die Arme zum *Sonnengruß*. Einmal ließen wir uns die Übungen am Abendbrottisch von ihnen vorführen. Herrlich!

Nach wie vor unternimmt Sigina ihre solitären Streifzüge durch die Natur.

Ben bestand den erweiterten Schulabschluss nach der Klasse zehn. Er erhielt die Zulassung zum Besuch der Oberstufe der Gesamtschule. Julius und ich sind immens stolz auf ihn! Die Freundschaft mit Sigina spielt für seinen schulischen Erfolg sicher eine ebenso große Rolle wie Mrs. Letters mütterlicher Umgang mit Ben.

Unsere Hausgemeinschaft ist aktiv und viel unterwegs, der Keller inzwischen ausgebaut. Daher konnte Jamins Freund tatsächlich *bei uns* einziehen.

«Wie, noch mehr Leute?!»,
beschwerte sich Ben.

Seine Frage mündete in einem breiten Grinsen. Seit diesem Jahr ist ihm bewusst, was für eine Bereicherung die *richtigen* Menschen für eine Gemeinschaft sein können.

Jamin und dessen Freund bewerben sich um einen Ausbildungsplatz zum Audio Ingenieur im Bereich Tontechnik und Musikproduktion beim SAE Institut in *Köln*. Spannend! Diese Ausbildung dauert anderthalb Jahre. Sie werden sich mit Gehörbildung, Akustik, Entertainment (Hörspiel, Hörbuch, Multimediaproduktion) und der Musikproduktion für Film, Theater und Musical beschäftigen. Wir baten Jamin, sich an den Studiengebühren zu beteiligen. Die Teenager suchen zur Zeit lukrative Nebenjobs. Die Ausbildung beginnt am 8. September. Wir werden im Keller ein Tonstudio einrichten und unsere Nachbarn über die Geräuschentwicklung in unserem Haus zeitnah informieren.

Teller gründete unter Cares Federführung eine Laufgruppe in *Köln*. Mit 16- bis 18jährigen rennt er montags und mittwochs morgens früh um neun 5 Kilometer am Rheinufer entlang. Die sportliche Betätigung scheint allen Beteiligten Spaß zu machen. Teller wird den laufenden Entertainer spielen.

Sporadisch erscheinen ihre Fotos in der Lokalzeitung oder Beiträge in den sozialen Medien. Der Vorläufer machte uns gegenüber Andeutungen, dass er Großes mit seinen Leichtathleten vorhabe.

Die Letters sind von der Idee der Praktikanten in unserer Bibliothek angetan. *Es ist also alles im Fluss!* Die ersten Bücherfreunde sollen im kommenden Januar eintreffen. Sowohl die Stadt *Köln* als auch die Träger der Jugendhilfe haben Cares Vorschlag ohne Einwände durchgewunken.

Mrs. Letter ist damit beschäftigt, einen Praktikumsplan mit Inhalten und dem Zeitplan für die einzelnen Lern- und Arbeitsschritte zu entwerfen. Jedem Praktikanten werden Aktivitäten und Kompetenzen zugeordnet, die er in unserer Bibliothek erwerben soll.

Mr. Letter nimmt an einem Kurs zum Erwerb des Ausbildereignungsscheins teil. Das war nicht erforderlich, aber er wollte es so gern. Er hat wöchentlich sechs Unterrichtsstunden, sodass er das Zertifikat innerhalb von sechs Monaten erhalten wird.

Mr. Letter denkt darüber nach, Lesungen in *Oberhalberg* zu geben. Bei der Organisation könnten ihn die Praktikanten unterstützen.

Care und ich sind glücklich, das Mehr-Generationen-Projekt tatsächlich in die Tat umgesetzt zu haben. Unsere Träume waren keine Schäume. Wenn es nach uns beiden ginge, könnte alles so bleiben, wie es augenblicklich ist.

Doch da sind ja auch noch Zufall, Schicksal, Karma und Samsara. Wir müssen erst einmal abwarten, was sie für uns alle hier so vorgesehen haben!

Wir lassen Sie, lieber Leser, zukünftig gern an der weiteren Entwicklung in *Oberhalberg* und an den Ereignissen an der Sieg teilhaben.

Doch nun lassen Sie uns bitte erst einmal die Gläser erheben. Auf all das, was wir bis hierhin schon gemeinsam geschafft haben.

Oberhalberg lebe hoch!

Unsere Hausgemeinschaft lebe hoch!

Drei Mal hoch!

Und Sie natürlich auch, *lieber Leser*!

Leben Sie hoch!

Na, dann, Prosit allerseits!

Wir sind sehr gespannt auf das, was da noch so kommen mag (…).

39. Party-time!

Die hohen Flammenblumen stehen in voller Blüte, bestechen den Betrachter mit ihren phantastischen Farben von reinem Weiß über Zartrosa bis hin zu einem leuchtendem Rot und einem tiefem Violett. Einen Meter sind sie schon hoch, ganz schön gewachsen, seit wir in *Oberhalberg* wohnen!

Die Leidenschaft, mit der Care unseren Garten hegt und pflegt, was sie mit allen Lebewesen tut, die ihr nahestehen, ist deutlich sichtbar. In den sonnigen Beeten sorgen die Schafgarben für Farbe. Ihre Blüten leuchten in allen erdenklichen Gelb-, Orange- und Rottönen. Einige werden im Laufe des Sommers sogar noch ihre Farbe wechseln, erklärt die Gärtnerin mit dem grünen Daumen, die rote Schafgarbe zum Beispiel. Pfauenaugen und Zitronenfalter tanzen durch die sommerlich flirrende Luft. An den Stauden und Büschen ist ein großes Brummen und Summen zu vernehmen. Was für eine paradiesische Kulisse für unser *GARTENFEST*!

Es ist der 20. Juli. Seit einer Woche sind Schulferien.

Teller hantiert hoch konzentriert am Grill. Auf seiner Schürze steht der Warnhinweis «Vorsicht – Heiß!» Zur Feier des Tages trägt er eine Kochmütze. Fachmännisch wendet er mit dem Grillbesteck das Fleisch auf dem Rost und benetzt liebevoll die Paprika, Tomaten, Zwiebeln und Auberginen, die unsere Teenager vormittags schnibbelten, mit Leinöl. Jamin und dessen Freund laufen mit schwer beladenen Tabletts über die Wiese und versorgen unsere durstigen Gäste mit kühlen Getränken. Man hört Gläser in irgendeinem Winkel des Gartens klirren, irgendwer stößt mit irgendwem an. Blumenduft und Grillaroma ziehen harmonisch vereint durch die Straße. In der Küche klappert es. Die Damen des Hauses sind mit den letzten Vorbereitungen beschäftigt. Der Wettergott hat wahnsinnig gute Laune. Die Sonne lacht. Es ist warm, aber nicht zu heiß.

Rider und Mr. Letter unterhalten sich mit den Dorfbewohnern. Zu unserem Gartenfest ist der ganze Weiler erschienen, schließlich hatten wir bei Einzug keine Gelegenheit, unseren Einstand zu geben. Auch die, die unseren Jüngsten für einen *Außerirdischen* hielten, amüsieren sich in unserem Garten. Besagter Nachbar legt seine Hand vertraulich auf Bens Schulter. Unser Jüngster zuckt leicht irritiert, lässt sich aber ansonsten nichts weiter anmerken. Er verabschiedet sich von seinem Gesprächspartner und marschiert geradewegs zur Schaukel. Dort sitzt Sigina, in Gedanken versunken. Ben stupst sie an. Sie lächelt erfreut und schaut ihm dabei in die Augen.

«Sigina, weißt du, was ich später einmal machen möchte?»

Sie schüttelt den Kopf.

«Ich glaube, ich werde Biologe wie Thomas. Dann entnehme ich Wasserproben aus den Flüssen und kümmere mich um die Sieg, wie findest du das?»

Sigina dreht ihren Kopf nach rechts. Ben soll nicht sehen, was seine Worte in ihr auslösen.

«Sigina, was ist? Du sagst ja gar nichts! Oder findest du die Idee doch nicht gut?»

«Ben! Ich finde sie wunderschön!»
Ihre Antwort trifft nur zögerlich ein. Sigina wischt sich mit ihrem linken Zeigefinger eine Träne aus dem Augenwinkel in der Hoffnung, dass Ben sie nicht bemerkt.

Sicher wird er sein Vorhaben in die Tat umsetzen. Irgendwann bestimmt!

Sigina dreht sie sich zu Ben um und nimmt ihn ganz fest in ihre Arme. Ben ziert sich nicht. Das rechnet sie ihm hoch an.

Plötzlich schlingt Ben beide Arme um Sigina.

Es ist *ihre* erste körperliche Nähe seit vier Jahren.

Es (...) es fühlt sich richtig gut an!

Bronzekanne aus dem Grab der Keltenfürstin von Waldalgesheim, 330-320 v. Chr. (Foto: Jürgen Vogel, LVR-LandesMuseum Bonn)

Quelle: www.damals.de

Foto: @ S. Lauer – 20.03.2025

km5.67 zw.
Merten.u.Bach
(Eitorf)

Foto: @ S. Lauer – März 2025

Vgl. Kap. 26, S. 197. Bild 1 Originalfoto zur Bleistiftzeichnung
Fotos: S. Lauer – AO: Merten/Sieg – AD: 24.03.2025

Quellenangaben

Das Gedicht auf S. 163 wurde im Rahmen des Poesiemontags für Instagram verfasst (Text: S. Lauer 01.03.25)

In ihrem etwa 16 bis 17 Meilen langen Laufe folgt die Sieg, liegen auch Quelle und Mündung nur 11 Meilen auseinander, in launenhaften Windungen den Krümmungen ihres Thals, bald zwischen lieblichen Wiesengründen, gut bestellten Aeckern und Weinbergen, bald zwischen mit dichtem Laubholz bestandenen, in sanften Linien sich hinziehenden Höhen bis, wo sie bei Siegburg ganz in die Ebene tritt, von Siegen ab in stets westlicher Richtung, und sich, gewöhnlich unbemerkt, schüchtern zwischen Weidenpflanzungen versteckt, bei Bergheim, Grau-Rheindorf gegenüber, in dem Strome des Rheines verliert. Wie alle Bergflüsse kann sie aber auch unbändig, ja so ungestüm werden, dass sie in ihrem unteren Thale oft aller Nothwehr des Menschen spottet, rings die Feldfluren überschwemmt und an ihrer Mün -

dung der Rheinschifffahrt äusserst gefährlich ward durch die ungeheuren Massen von Sand und Geröll [,] welche sie dem Flussbette des Rheines zuführt bei einem Falle von 120 Fuss per Meile, oder 1807 Fuss auf ihrem ganzen Laufe. Wie viele Flösse und Schiffe sind auf diesen wechselnden Sandbänken nicht zu Grunde gegangen, und welche Summen hat die Regierung nicht schon angewandt, um diese Gefahren zu beseitigen, die Schifffahrt zu sichern? Ganz gebändigt ist die launenhafte Tochter der Berge jedoch noch nicht, wie bescheiden und schüchtern sie auch in der größten Zeit des Jahres dem Rheine zu schleicht.

Wenn aber im Sommer plötzlich ein starkes Gewitter sie aus ihrer trügerischen Ruhe aufscheucht, braust sie mit eben dem unbändigen Ungestüm dahin, wie im Frühjahre, wenn die Sonne den Schnee, der viele Monate lang ihre Wiege umlagert, die Bergsäume und Schluchten ihres Bettes bedeckt und füllt, in unzählige Bäche und Bergströme verwandelt, und ihr Thal die von allen Seiten ihr zuströmenden Wassermassen kaum zu fassen vermag. Die Wiege der Sieg liegt in der Provinz Westfalen, im Regierungsbezirke Arnsberg, im Kreise Siegen, der 11,49 Meilen^2 mit etwa 40,000 Einwohner umfasst und an den Kreis Wittgenstein stößt, aus 9,52 Meilen^2 bestehend, auf denen 20,000 Menschen wohnen. Das mittlere und untere Siegthal gehört zur Rheinprovinz und zwar zum Regierungsbezirke Coblenz in dem Kreis Altenkirchen mit 11,35 Meilen^2 und 33,000 Seelen, aber grösstentheils zum Regierungsbezirke Köln, mit dem Siegkreis, der 14,46 Meilen^2 umfasst, mit etwa 70,000 Einwohnern.

Dies ist ein Textausschnitt aus dem Buch „Das Siegthal" von Ernst Weyden, zuerst erschienen im Jahr 1865. (c) 2022/2023 Frank Kemper*. Anm.: Weyden war ein Kölner Schriftsteller (1805-1869); Frank Kemper bemüht sich, antiquarische Bücher mit lokalem Bezug wieder verfügbar zu machen, wie o.g., das seit 2022 bei BOD erhältlich ist.

*https://lokalgeschichte.de/sieg-quelle-lauf-und-muendung (Abruf 15.02.2025) Anm. der Autorin:
Die Orthographie wurde in ihrem originären Zustand der Zeit belassen.

Verlauf von **Sieg** («Sigina/Siccere»),
Bröl und **Hanfbach** («Hanapha»)

Quelle: www.heimatverein-boedingen.de

Was könnte die Sieg nicht Alles erzählen, wenn wir ihre Sprache verstehen würden? Schade, denn schon lange bevor sich die ersten Menschen hier ansiedelten und den *vicus chaltouva* gründeten – der erstmals im Jahre 1071 in einer kaiserlichen Urkunde erwähnt wurde – zog die Sieg schon ihre 155 Kilometer lange Bahn von ihrer Quelle im Siegerland bis zur Mündung in den Rhein bei Mondorf, stets an Kaldauen vorbei. Und in diesen Jahrhunderten hat sich an ihren Ufern viel ereignet. Ihr Name hat keinen Bezug zu Sieg als Triumph, sondern leitet sich vom keltischen Wort „Sikkere" ab, was so viel bedeutet wie „schneller Fluss". Seine Quelle, zunächst ein schmales Rinnsal, liegt etwas versteckt in einer Höhe von 603 Metern über Normalhöhennull im Rothaargebirge (Siegerland), in direkter Nachbarschaft der Quellen von Eder und Lahn. Das Gefälle beträgt bis zur Einmündung in den Rhein 558 Meter, das mittlere Gefälle beträgt 0,15 Prozent; pro Sekunde fließen durchschnittlich 53 Kubikmeter Wasser in den Rhein. Ab 1850 wurde der Mittellauf der Sieg stark reguliert. Anlass für die Begradigungen war – unabhängig von den Bemühungen zur Verhinderung von weiteren Überflutungen der Äcker, Wiesen und Gärten sowie Gebäudeschäden bei den häufig auftretenden Hochwassern mit den damit verbundenen existentiellen Problemen der Bevölkerung – insbesondere das sich damals ausbreitende Schienennetz der Eisenbahn. Für den Bau der Strecke Köln – Gießen durch das Siegtal mussten zahlreiche Brücken über die Sieg gebaut werden, und dafür war die Überbrückung einer regulierten Sieg mit einem engen Bett sicherlich einfacher und kostengünstiger als die Überquerung ei -

nes Flusses mit mehreren Seitenarmen. Für die Begradigung sprachen aber auch gesundheitliche Gründe. Die zahlreichen Teiche, Weiher und Sümpfe rund um Siegburg waren die Ursache des zu dieser Zeit immer wieder auftretenden „Wechselfiebers". 1848 starteten die Maschinenweberei und Kattunfabrik in Siegburg und der Eigentümer von Haus zur Mühlen eine Initiative zur Trockenlegung der Gewässer mit dem Ziel, den ständig hohen Krankenstand ihrer Mitarbeiter zu reduzieren. Erst 1960 konnte die Malaria durch die Verlandung von Altarmen in Deutschland ausgerottet werden. Fast jedes Jahr kam und kommt es zu Hochwassern an der Sieg, bei denen der Pegelstand von 0,5 Meter auf bis zu vier Meter und sogar darüber steigt. Zu katastrophalen Zuständen führte zum Beispiel das Hochwasser des Jahres 1909, durch das ein Mensch zu Tode kam und viele Brücken weggerissen wurden. In den Jahren 1970, 1994, 2011 und 2015 wurde am Pegel Kaldauen ein Hochwasser von 499, 490, 486 und 467 Zentimeter gemessen. In den amtlichen Aufzeichnungen sind zudem vermerkt „schweres Hochwasser mit Packeis" im Jahre 1662, 1775 eine „schwere Flut", 1809 und 1889 „dickes Eis mit meterhohen Schollen".

Heute wird die Sieg gerne von Freizeitsportlern in Anspruch genommen. Vor einigen Jahrhunderten diente sie eher gewerblichen Zwecken, wie dem Flößen von Holz und dem Transport von Waren aller Art. Die Kähne hatten eine Tragfähigkeit bis zu 200 Zentner. Die Anfang des 19. Jahrhunderts einsetzende Industrialisierung hatte böse Folgen für die Sieg, die bis dahin als einer der fischreichsten Flüsse Deutschlands galt.

Für mehrere große Fischsterben wird die Firma Krages (Etzbach) verantwortlich gemacht. Inzwischen hat sich die Sieg – auch dank des großen Engagements des Siegburger Fischschutzvereins – wieder zu einem sauberen Fluss mit einer gesunden Fischpopulation entwickelt. Allerdings macht den Fischen nun der Klimawandel zu schaf-fen. Unter der anhaltenden Trockenheit und Hitze in den Jahren 2018 bis 2020 und den damit verbundenen Niedrigständen litt die Wasserqualität sehr, nur ganz wenige Lachse zum Beispiel fanden den Weg siegaufwärts zu ihren Laichplätzen.

Die Sieg wurde im Rahmen des Europäischen Ökologischen Schutzsystems „Natura 2000" als besonderes Schutzgebiet ausgewiesen. Die Nutzung des Flusses mit Kanus, Kajaks, Schlauch- und Ruderbooten ist reglementiert. So ist es nicht mehr gestattet, die Sieg zu befahren, wenn der Wasserstand nicht ausreichend ist. Der Pegel in Betzdorf muss mindestens 55 Zentimeter anzeigen, der in Eitorf 30 cm. Flöße, Modellschiffe etc. sind generell von der Nutzung der Sieg ausgeschlossen. Das Betreten der Uferregionen und das Baden sind nicht überall erlaubt.

Einen Eintrag ins Guinness-Buch der Rekorde als *unmögliche Flaschenpost* erhielt 1998 im Übrigen eine Weinflasche, die 1993 von Christine Klinkhammer als Flaschenpost bei Hennef in die Sieg geworfen und 1996 in Falmouth (Maine, USA) angeschwemmt wurde.

Quelle: https://bg-kaldauen.de/als-die-sieg-noch-kurven-hatte/

Weitere Quellenangaben, chronologisch geordnet, nach dem Datum ihres Abrufs:

Anm. d. Autorin: «Avon» ist das keltische Form für «Fluss»; «Sigunna» und «Sigina» sind wie auch «Siccere» keltische Namen der »Sieg».

Kapitel-Buchstaben/Flussnamen : LVR-Wissensportal Namen-Ortsnamen-Gewässer: Sieg (Abruf Juli 2021)

Die Kelten an der Sieg. Autor Raab. https://www.image-galerie-raab.de/chronik/171-die-kelten-an-der-sieg.html (Abruf 16.02.25)
Flussnamen im Mittelalter:
https://mittelalter.fandom.com/de/wiki/Flussnamen (Abruf 05.03.25)
Gewässernamen Sieg:
https://dat-portal.lvr.de/namen/gewaessernamen/sieg (Abruf 05.03.25)Keltisch im Rheinland:
https://dat-portal.lvr.de/zeit/einfluesse-fremder-sprachen/keltisch-im-rheinland (Abruf 15.02.2025)
Naturschutzgebiet Siegaue: 331 Pflanzenarten fühlen sich hier heimisch: https://ga.de/bonn/beuel/331-pflanzenarten-fuehlen-sich-hier-heimisch_aid-41010905 (Abruf 19.02.25)

Das Wildlachs-Zentrum Rhein-Sieg:
https://www.fischschutzverein-siegburg.de/verein/berichte/das-wildlachszentrum-rhein-sieg/?mobile=1
(Abruf 20.02.25)Das Siegwehr Buisdorf mit Fischaufstieg:
https://www.kuladig.de/Objektansicht/KLD-252478
(Abruf 20.02.25)
Sieglachse aus der Auffangstation landen nicht in der Pfanne: https://www.ksta.de/region/rhein-sieg-bonn/sankt-augustin/sankt-augustin-sieglachse-aus-der-fangstation-landen-nicht-in-der-pfanne-878999 (Abruf 20.02.2025)
Die Lachszucht. Lokalgeschichte:
https://lokalgeschichte.de/die-lachszucht (Abruf 22.02.2025)Das Keltenmuseum Hochdorf/Enz:
https://www.keltenmuseum.de/das-museum (Abruf 26.02.25)
Trügerische Idylle: In der Sieg lauern tiefe Stellen https://www.ksta.de/region/rhein-sieg-bonn/truegerische-idylle-in-der-sieg-lauern-tiefe-stellen-206864 ((Abruf 26.02.25)
Autismus und Hypersensibilität: Gemeinsamkeiten und Unterschiede: https://diversara.de/autismus-und-hochsensibilitaet/ (Abruf 03.03.25)
Die Geschichte der Jugendherberge:
https://www.jugendherberge.de/bayern/service/wir-ueber-uns/unsere-geschichte/ (Abruf 04.03.25)

Das Totenloch in der Sieg: https://rheinland-reporter.de/das-totenloch-in-der-sieg/ (Abruf 08.03.25)Wie waren die Kelten wirklich? https://www.outfit4events.de/eur/artikel/interesantes-aus-der-geschichte/selbst-caesar-hatte-angst-von-ihnen-wie-waren-die-kelten-wirklich/?srsltid=AfmBOoqzV719yw7Y5Hu98IplqoGjIooQLtuf9tv7oh mrr4E0J7zb1nkw (Abruf 11.03.25)Die Kelten im Rheinland: https://www.wissenschaft.de/geschichte-archaeologie/die-kelten-im-rheinland/ (Abruf 15.03.25)

Die Kelten kommen: https://www.lwl-archaeologie.de/de/blog/die-kelten-kommen/ (Abruf 15.03.25)

Siedlung an der Mündung des Brohltalbaches: https://kreis-ahrweiler.de/kvar/VT/hjb1976/hjb1976.18.htm (Abruf 15.03.25)

Auf den Spuren der Kelten im Kreis Ahrweiler: https://kreis-ahrweiler.de/kvar/VT/hjb2004/hjb2004.28.htm (Abruf 15.03.25)

https://bg-kaldauen.de/als-die-sieg-noch-kurven-hatte/ (Abruf 21.05.25)

Noch eins!

Weder für die Recherche noch für das Verfassen dieses Romans wurde künstliche Intelligenz verwendet, außer vielleicht der, die in Suchmaschinen heutzutage automatisch verbaut ist.

Ich erwandere die Sieg, so wie andere Flüsse in Nordrhein-Westfalen und Rheinland-Pfalz auch, von der Quelle bis zur Mündung.

Die Begebenheiten an der Sieg waren während des Schreibens im Frühjahr 2025 wie geschildert. Die Charakterzüge einiger Figuren sind, wie es bei Autoren oft der Fall ist, von lebenden Persönlichkeiten inspiriert, die sich mit Sicherheit während der Lektüre wiedererkennen werden.

Mich begeistert dieser Roman. Manchmal allerdings war ich nicht mehr als ein schreibender Handlanger der Figuren, die ihre Geschichte selbstständig, fast ohne mein Zutun, weiter entwickelten. Die schriftstellerische Reise, zumindest dieses Bandes, ist hiermit beendet. Der Roman ist an seiner Mündung angekommen.

Meine Absicht ist es, Sie mit auf die Reise zu nehmen, Sie durch meine Augen die Schönheit der Sieg und ihrer wunderschönen Umgebung im Rhein-Sieg-Kreis (Rheinland-Pfalz) betrachten zu lassen und Sie dazu zu bewegen, sollten Sie es nicht sowieso schon vorhaben, die Schauplätze aufzusuchen.

Meine Sieg mäanderte in einem authentischen Ambiente durch ganz unterschiedliche Lebensgeschichten. Manche Ereignisse sind fiktiv, die mitlaufenden Emotionen stets authentisch.

Am 21. April 2021 waren es tatsächlich 25.8 Grad!

Bonn, 31. Mai 2025

Susanne Lauer

FSC
www.fsc.org
MIX
Papier aus ver-
antwortungsvollen
Quellen
Paper from
responsible sources
FSC® C105338